바다의 순례자

• 이 책은 국립대만문학관에서 실시한 ‘2013~2014년 대만문학번역출판 보조계획’의 지원을 받아 출판되었음(國立臺灣文學館補助出版).

바다의 순례자

샤만 란보안 지음

이주노 옮김

어문학사

: 대만 지도 :

타이베이(臺北)

타이완

타이둥(臺東)

록도(綠島, 화소도)

소란위섬
(小蘭嶼, 란위 작은 섬)

가오슝(高雄)

란위섬(蘭嶼)

이른 아침 출항하기 직전의 어선들

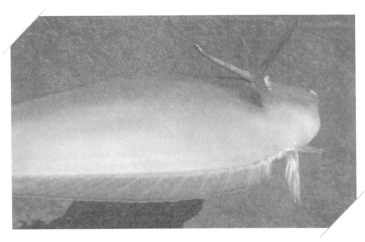

작살에 찔린 물고기

사냥한 물고기들

덕에 말리고 있는 물고기들

한밤의 날치잡이

전통노래 경연대회

귀항하여 아버지와 함께 지은 배(맨 오른쪽)

새로 지은 배의 진수식

최근 작가의 모습

아들과 함께 배를 짓고 있는 작가

한글판 서문 — 한국의 독자 여러분께

안녕하세요. 한국의 독자 여러분! '문학의 바다'에서 여러분과 만나게 되어 기쁘기 그지없습니다. 이 순간 제 벅찬 가슴은 고요히 날아오르고 있습니다.

타이베이에서 출생지 섬으로 돌아와 정착하여 부모님과 함께 지낸 11년간, 저는 그분들 세대의 신체언어와 환경토양이 잘 어우러진 아름다움을 맛보았습니다. 이와 더불어 저는 매일 쪽빛 바다 해류의 운율을 줄곧 바라보면서 우리 민족의 해양과학, 맨몸으로의 잠수, 배 짓기 등으로부터 바다의 '춤추는 습성'을 익히고, 바다와 친밀한 정감을 쌓는 문학 창작가가 되었습니다.

우리는 어쩌면 '해양문학'에 대해 잘 알면서도 낯선 회색의 해면에 처해 있는지도 모릅니다. 잘 안다는 느낌은 아마 서구 백인의 『백경』, 『노인과 바다』, 『어둠의 심장』, 『빙도(冰島)의 어부』, 『바다 늑대』 등, 제가 말하는 서구 백인식의 '해면 위의 해양문학'에서 비롯되었을 것입니다. 기본적으로 이들

소설의 출판은 서구인의 해양관으로 우리 인식 속의 '해양 문학'의 본보기가 된 것이지, '우리' 동양인이 직접 만들어낸 산물은 아닙니다.

우리 아시아의 해양 율동에 대한 인식이란 북위 10도 이상의 여러 섬 혹은 연해지구에서 매년 태풍에 할퀴고 휩쓸린 참혹한 상황, 하늘에 닿을 만큼 커다란 파도가 눈 깜작할 사이에 벼랑을 때리는 야성의 오만함 등입니다. 이들은 사람들의 탄성을 자아내지만, 감관(感官)의 직각은 마치 악마의 야수에게 펄떡거리는 심장의 빗장이 졸려 금방이라고 질식할 것만 같은 두려움을 안겨줍니다. 바다의 정서는 간혹 뜻밖의 극심한 바다 지진을 일으켜 우리 인류로 하여금 능동적으로 빗장을 걸게 만들기도 합니다. 이것이 우리 일반 사람의, 제 생각에는 부인할 수 없는 공통의 경험이며, 그렇기에 바다와의 진심 어린 교류를 거절하게 됩니다.

제가 살고 있는 조그마한 섬은 타이완 남동쪽에 있는데, 타이완에서 직선거리로 49해리 정도이며, 식민 지배를 받은 후에 란위 섬(蘭嶼島)이라 일컬어졌습니다. 솔직히 말해, 제가 사는 섬은 태풍에 해를 입은 횟수가 이루 헤아릴 수 없으며, 태풍이 섬을 할퀴면서 끼친 크고 작은 손실은 우리 생존의 철학이 되었습니다. 우리는 태풍의 잔혹한 위력을, 태풍의 일시적인 무자비함을 순순히 받아들입니다. 원망을 품지 않은 채 말입니다.

우리 민족은 맨몸의 '육안'과 '잠수'를 통해 바닷물이 혼탁해지는 변화를 관찰하여 태풍이 올 거라는 것을 알아차립니다. 마치 문명화가 더딘 다른 곳에서 조상의 경험지식에 의지하여 주위환경의 변화를 재빨리 읽어내는 것과 마찬가지이지요. 그리하여 우리는 미리 태풍에 대비하여 손실을 줄입니다.

"맨몸으로 잠수하여 태풍이 다가온다는 걸 알아차린다는 게 무슨 뜻이지요?"

태풍이 머잖아 생겨날 즈음에는 그것이 신호를 형성하기 마련인데, 잠수를 해보면 바다 밑 모래의 움직임이 평소의 물리반응과는 다르다는 걸 금방 알 수 있습니다. 이 경험지식은 조상에게서 전해진 거지요. 그래서 우리는 잠수하여 물고기를 잡음과 동시에, 바닷물결과의 교류를 거절하는 게 아니라 바다의 율동을 받아들이는 법을 익히고 단련하는 것입니다.

평소에 바다는 마치 앞니 빠진 우리 집 외할머니처럼 상냥하고 정다울뿐더러 인생 지혜의 해설자 노릇도 합니다. 이 섬의 우리 아이들은 바닷가를 거닐 만한 나이 때부터 바다 밀물과 썰물의 '다우족 역법' 리듬을 익히고 느끼기 시작합니다. 우리 민족은 양력을 사용하는 대신, 매일 밤 형태가 달라지는 달로 날짜를 따지며, 매일 밤 나름의 '이름'이 존재합니다. 이 '이름'이 우리에게 바다의 정서를 알려주는데, 바다의 정서란 '해류'의 세기입니다.

따라서 바닷가는 어려서부터 우리를 길러 낸 야성의 교

실입니다. 우리는 몸으로 직접 바다의 변화, 밀물과 썰물의 열정을 느낄 뿐만 아니라, 물고기 사냥을 마치고 돌아온 마을의 모든 남자로부터 모래사장에서 물고기의 이름을 배운 덕분에 어려서부터 물고기 가운데에는 여자가 먹는 물고기, 남자가 먹는 물고기, 아이를 밴 여자가 먹는 물고기, 노인이 먹는 물고기가 있다는 걸 깨닫습니다. 우리의 조상은 달이 일으킨 밀물과 썰물이 먹이를 찾는 물고기의 기분을 좌우한다는 걸 우리에게 알려주었지요. 풍부한 산호초를 오가는 울긋불긋한 물고기들의 모양과 빛깔은 우리에게 잠수하라 손짓하여 눈을 즐겁게 해주고 알맞은 사냥감을 제공합니다. 그래서 우리는 우리 배에 여러 색깔을 칠합니다. 채색된 수많은 배는 바다를 오르내리는 장식품이며, 우리 민족이 바다의 기분과 정감을 느끼도록 해줍니다. 그리하여 태풍이 몰아치는 것은 우리 식으로 말하자면 우리의 환경을 파괴하는 게 아니라 깨끗이 정리하는 것이며, 우리가 수업을 마치고 잠깐 쉬는 시간인 셈입니다.

저는 열여섯에 나고 자란 섬을 떠나 공부하러 타이완으로 갔다가 서른둘에 귀향하여 정착했습니다. 열여섯 해 동안 한자를 쓰고 이른바 지식이란 걸 배우고 도시의 생활기능을 익혔습니다. 이것들은 제 온몸을 상처투성이로 만들었으며, 저는 낙심하고 얼이 빠졌습니다. 서른둘에 귀향하여 문명이 제 몸에 낙인찍은 상처를 치유하기 시작했습니다. 아버지께서는 이렇게 말씀하셨지요.

"어서 돌아와라, 나약해진 내 외아들아! 우리 섬의 파도로 바깥 문명의 낙인이 찍힌 너의 상처를 깨끗이 씻어내자."

그리하여 바닷속 잠수를 열심히 배우기 시작하면서 열여섯 해 동안 퇴화해버린 생존의 기술을 보완하였습니다. 그런데 바로 이때 문제가 발생했습니다. 작살총을 만드는 건 그리 큰 문제가 아니었습니다. 가장 어려운 문제는 바닷속 오 미터 이내로 잠수하자마자 고막이 바닷물의 압력을 견디지 못하는 것이었습니다. 너무나 고통스러웠는데, 이 년의 시간이 지나서야 적응하게 되었습니다. 그다음 문제는 물고기들이 저에게서 멀리 떨어져 돌아다니는 바람에 도무지 잡히지가 않는다는 것이었습니다. 아버지께서 이렇게 말씀하시더군요.

"그 물고기들은 책 속의 죽은 표본이 아니라 야생의 것이란다."

그렇습니다. 책 속 사진에 실려 있는 죽은 표본이 아니라 야생의 것이니, 야성의 지혜로 붙잡아야 마땅하겠지요. 저는 그 무렵인 1989년부터 1997년까지 오로지 야성의 잠수를 익히는 데 몰두하였는데, 그 당시의 배움의 과정에서 느낀 바를 이 책에 담아냈습니다.

저의 '변신'은 카프카(F. Kafka)의 작품 제목도, 그의 소설 내용도 아닙니다. 이건 제가 몸소 밤낮없이 야성의 바닷물결 속에서 이리저리 다니면서 물고기를 사냥했던 참된 경력입니다. 이 경력은 저에게만 속한 경험이 아니라, 우리 민족 모든 남자가 지니고 있는 기본적인 생존기능입니다. 열여섯 해 동안 퇴화해버린 체력과 수영기술을 벌충하기 위해, 저는 차근차근 바닷물결의 성깔을 익히고, 바닷속에서 한 겹 한 겹 제 몸과 마음속에 낙인찍힌 좌절의 상처를 털어냈습니다. 매일 오후 저는 홀로 뭍의 암초 동굴 속에 몸을 숨긴 채 쪽빛 바다를 바라보며 상념에 잠긴 채 파도가 몰아치는 횟수를 계산하곤 했습니다. 마치 바다에 잠수하기 전에 치르는 사냥의식처럼. 날마다, 달마다, 봄 여름 가을 겨울마다 이렇게 한 덕분에, 마침내 변신한 저는 맨몸 잠수에 푹 빠지게 되어 바다를 제 평생의 교실, 예배당으로 바꾸었습니다. 밀려오는 물결 한 이랑 한 이랑마다 제 문학창작의 원동력이 되었으며, 책 속의 한 페이지 한 페이지마다 쪽빛 바다를 한 권 한 권의 책으로 살아 숨 쉬게 하였습니다. 이 책들을 저는 황인종식의 '해양문학'이라 일컫습니다.

이 책과 저의 다른 문학적 글쓰기는 세계 해양문학 거작의 체제와 다르며, 자연생태 서사자의 관찰시각과도 사뭇 다릅니다. 이것은 저 자신을 해양 어류 생태계의 하나로 녹여내고 자신을 육지에서 수중세계로 잠입시킨, 상상이 아니라 진실한 생존경력입니다. 제가 잡은 물고기로는 1917년에 태어나신 부모님을 봉양하여 그분들 세대를 몸소 깨닫고, 바다의 순환하는 파동으로부터 인류의 보잘것없음을 느끼고, 1986년 이후에 태어난 세 아이를 저와 똑같이 기르면서 싱싱한 물고기의 속살로부터 아이들에게 바다환경에 대한 두려움이 아니라 사랑을 가르칩니다. 바닷속에 잠수하여 물고기를 사냥하는 과정에서의 느낌이 바로 이 책이 되었습니다.

이 책은 타이완에서 대단히 호평받았지만, 헤엄칠 줄도 모르는 순진한 문학평론 전문가들이 어떻게 이 책을 평론했는지 궁금합니다. 하지만 이 책은 타이완의 수많은 학생을 란위 섬의 푸른 바다로 불러들여 파도를 두려워하지 않은 채 쪽빛 바다의 품에 안기게 하였습니다.

끝으로 이 책이 한국에서 출판되어 문학을 사랑하는 한국의 독자와 만나게 된 데 대해, 이주노 교수의 수고에 감사합니다. 더불어 저와 제 가족의 진심 어린 고마움을 쪽빛 망망대해에 전합니다.

2013년 12월 샤만 란보안

자서

직업이 없었던 요 몇 년 (돈을 벌고 싶지 않아서) 바다의 율동, 밀물과 썰물은 나의 고독과 함께하면서 나의 중년의 세월을 헛되면서도 알차게 하였다. 나는 바다의 매력을 실컷 맛보고 해저 세계 감상에 푹 빠졌지만, 정작 집안 식구의 필요에는 무심했다.

애 엄마는 퇴근 후에 몹시 힘겹게 내게 말했다. "여보, 내가 산에 올라 고구마랑 채소를 심을 테니, 당신이 출근하면 어때?"

아이들은 나를 탈탈 털어보아야 십 원도 나오지 않음을 알고 말했다. "아빠, 아빤 정말 게으름뱅이야. 우리에게 돈 준 적이 없잖아."

난 자신 있게 대꾸한다. "아빠가 너희들 먹이려고 싱싱한 물고기를 잡는 게 돈 버는 거야."

"피이, 말도 안 돼!" 아이들은 되받아친다.

아이들의 할아버지는 말한다. "얘, 아범아, 날마다 바다에만 가지 말고, 돈 벌러 일하러 가렴. 섬의 악령들이 예전만큼 착하고 순하지가 않아. 란위(蘭嶼)를 떠나 타이완에라도 일하러 가면 좋겠구나."

그렇다. 나는 돈을 벌어야 한다. 나는 가족과 헤어지는 건 두렵지 않지만, 나의 바다와 헤어지는 건 엄청 두렵다. 가족들에게 잔소리를 듣지 않으려면 어떻게 해야 할까. 나는 펜을 들어 최근 몇 년간 바다와 접했던 감상과 생활경험을 써서 가족에게 설명하는 수밖에 없었다. 이 몇 편의 졸작은 이런 상황에서 잇달아 신문과 잡지에 발표된 것들이다.

수많은 지혜란 생활경험의 누적에서 나온 것이며, 생활경험이 일군의 사람들이 함께 노력하여 세운 것이라면 그게 바로 문화라는 걸 나는 깊이 터득했다. 란위 섬 위에 사는 족인들은 이러한 환경에서 이 섬에 속해 있는 생존의 철리를 함께 지키면서 독특한 다우(達悟)문명을 길러 냈다. 최근 몇 년간의 (의도적인) 실업은 바로 조상들이 대해와 맞서 싸울 때 '바다'에 대해 느꼈던 사랑과 한의 진리를 탐색해보기 위함이었다. 이러한 탐색 끝에 노인들과 공통의 바닷속 경력과 경험을 서로 나눌 때, 그들의 오랜 노동이 빚어낸 삶의 철리(哲理)가 나를 마주하여 미소를 지음과 동시에 이토록 나를 깊이 감동시킨다는 것을 발견했다. 남자들의 사유, 말 한 마디 한 마디마다 '바다'의 그림자가 드리워져 있다. 그들의 기쁨과 노여움은 마치 파도의 물마루와 물골이 명확한 대비를 이루는 것과 같은 것이다. 만약 나 자신이 잠수 사냥의 경험이 없었다면, 한밤에 날치를 잡으러 바다에 나간 적이 없었다면, 한낮에 'Arayo(만새기)'를 잡느라 뙤약볕 속에 고생한 경험이 없었다면, 바다에 연연해 하지도, 이처럼 사랑에 빠지지도 않았을 것이고, 자신의 민족이 오랫동안 가꾸어온 섬 그리고 문화를 귀중하게 여기지도 않았을 것이다. 내가 바다에서 대어를 잡은 이야기를 할 때면, 노인들은 마치 자신들의 젊은 시절 경험을 되새기는 듯 귀를 쫑긋하여 듣다가 이야기에 빨려든다. 이야기가 제일 재미난 부분에 이르면 마치 물보라가 솟구치듯 귀뿌리를 내 입 가까이에 갖다 댔다가, 물보라를 맞으면 모두 깔깔거리면서 웃는다. 잠시 후 노인들은 지난날 당신들의 이야기를 추억하여 내 이야기에 맞장구를 쳐준다. 이렇게 하여 나는 차츰 모체문화 속에 살게 되었으며, 마치 태아처럼 모체의 영양분을 빨아들여 자신을 살찌웠다.

이 보잘것없는 책을 나의 가족 외에 한자를 알지 못하는 노인들께도 바친다. 내 이야기를 다듬어준 그분들이 없었더라면 나는 이야기를 할 줄 몰랐을 것이다. 나의 졸작을 받아준 추안민(初安民) 선생, 쟝이리(江一鯉) 양, 그리고 끊임없이 나를 격려해준 산해문화잡지사의 린이먀오(林宜妙) 양, 류수쥬(劉淑玖) 양, 나의 아내이자 아이들의 엄마인 스카이전(施凱珍)에게 감사의 인사를 드린다. 이들의 관심과 돌봄이 아니었다면, 이들이 물고기를 즐겨 먹지 않았더라면, 이 책이 언제쯤에나 독자의 눈앞에 모습을 드러낼지 알 수 없었을 것이다.

아버지는 나만큼이나 물고기 사냥을 좋아하고 이야기하기를 즐겨하신다. 그런 아버지가 문 앞에 하릴없이 앉아 대나무에 걸쳐놓은 큼직한 무늬양쥐돔을 바라보고 있을 때, 아버지의 두 눈에는 바다의 그림자가 일렁거리고 있다. 아버지 곁에 다정하게 기대어 있던 어머니가 말씀하신다. "여보, 이 물고기는 왜 급류에서만 살까요?"

아버지께서 대답하신다. "그 녀석들의 습성이지 뭐!"

"위험하지 않을까요?"

"그럼, 아주 위험하지."

"그럼 애 아범은 급류가 무섭지 않을까요?"

"그걸 내가 어찌 알겠소!"

"그럼 어떻게 하지요?"

"그럼…… 애 아범의 작살총을 숨겨버리세. 물고기 잡으러 가진 못하겠지."

두 분의 말씀을 듣다가 나는 피식 웃고 말았다. 나는 작살총을 만들 줄 알고 있기 때문이다.

1997년 1월 14일 란위의 바닷가에서

차례

찬 바다 깊은 정*

큰아버지(왼쪽)와 아버지(오른쪽).
두 형제가 각각 56세, 52세였을 때의 사진이다.
이분들의 건재는 지금 나의 가장 큰 재산이며,
나는 이분들을 깊이 사랑하고 있다.

* 원제는 「冷海情深」. 1997년 1월 『연합문학(聯合文學)』 147기에 처음 발표되
었다.

애 엄마는 매 같은 두 눈으로 나를 노려보면서 말했다. "또 잠수 사냥 가려고. 집안일은 죄다 나한테만 맡겨놓고? 이건 불공평하잖아?"

애들 할머니가 잠시 뜸을 들이다가 아내의 말을 이어받았다. "날이면 날마다 물고기 잡는 건 아니다. 그건 불길한 일이야. 일자리를 구해 돈을 벌어야지!"

바다이만(八代灣)*의 바다는 저토록 잔잔하고 고요하다. 겨울철 우리 섬의 남쪽 바다는 늘 이런 모습으로, 여름날 태풍철의 웅장하고 드높던 기세도 없고, 가을날 끝없이 펼쳐진 맑은 하늘의 흐뭇한 풍광도 없다. 그저 황량하고 쓸쓸한 느낌으로 가득 차 있을 뿐이다. 하지만 황량하고 스산한 정경은 내 마음속에 뭐라 형용할 수 없는 정감을 안겨준다. 요 며칠 겨울비가 그칠 줄 모르고 하염없이 내렸다. 눅눅한 대지와 잿빛 하늘은 마을 사람들을 집안에 가둔 채 잡담이나 하면서 지내게 했다. 나는 차양을 드리운 테라스에 멍하니 앉아 있다. 잠수도구는 내 곁에 놓여 있고, 작살총 끝은 바다를 향해 있다. 집안의 두 여인네는 여전히 뭐라고 구시렁거리고 있는 듯하다. 아마 그들의 마음이 잿빛 하늘마냥 유쾌하지 않은 듯하여, 즐겁던 내 마음도 이내 어지러워졌다. 망망한 바다를 바라보고 있노라니, 이따금 강풍이 바다 위 한

---

* 타이완의 남동쪽에 란위(蘭嶼)라는 자그마한 섬이 있는데, 바다이만(八代灣)은 이 섬의 남서쪽에 자리한 물굽이이다.

쪽을 스쳐 지나가자 바다는 금세 새카매졌다. 이쪽 일대의 까만색, 저쪽 일대의 회백색이 동시에 수없이 많은 잔물결을 말아 올리자 문득 그지없이 아름다워졌지만, 한편 두려움을 안겨주었다. 바람에 이는 잔물결을 바라보면서 빗물이 떨어지는 멋진 광경을 구경하고 있노라니, 여인네들의 저주 섞인 독설도 차츰 잊혀졌다. 시간은 바다의 조수처럼 일분 일 초도 쉼 없이 흘러갔다. 나의 마음은 해저 세계에 대한 환상에 젖어들어, 바다 밑의 물고기 한 마리 한 마리를 꿈꾸듯 상상하고 있었다. 아울러 최근 삼사 년 동안 바닷속에 잠수하여 물고기를 사냥하던 일들이 떠올랐다. 눈물도 있었고 즐거움도 있었다. 심장 박동의 빈도는 실망스러움과 뿌듯함의 느낌과 더불어 나의 지혜와 경험을 풍요롭게 해주었다. 바닷속에 있을 때면 아름답고 신비로운, 짜릿한 느낌이 드는 수많은 영상이 나의 머릿속에 떠올라, 집안 두 여인네의 무료한 넋두리를 시나브로 몰아내곤 했다.

애 엄마는 정말이지 펑펑 솟는 샘물마냥 쉴 새 없이 잔소리를 해댄다. 창밖으로 새나온 목소리는 나를 한 푼의 가치도 없는 놈이라 빈정거린다. 손목시계를 보니, 어느덧 오후 3시가 되었다. 두터운 먹장구름이 온 섬을 뒤덮고, 드넓은 망망대해는 여름날의 매혹적인 짙푸른 쪽빛을 잃어버렸다. 지금 드러내고 있는 색깔은 오직 쓸쓸하고 우울한 느낌의 잿빛뿐이다. 하지만 나는 이런 음울하고 스산한 날씨를 가장 좋아한다.

"일반 고등학교나 실업계 고등학교를 졸업한 현지인들은 마을 사무소에서 밥벌이를 하고 임시직 일도 한다는데, 당신은 왜 못하는 거예요?" 애 엄마는 비수처럼 날카롭게 내게 욕을 퍼부었다. 아내의 두 눈은 마치 온통 물고기 생각뿐인 나의 머릿속을 꿰뚫어보는 것만 같았다. 그때 테라스에 멍하니 앉아 있던 나는 아내의 잔소리를 그저 귓등으로 흘린 채 바다만 하염없이 바라보았다.

"사내라면 가족의 생계를 책임져야지, 허구한 날 물에 들어가 물고기나 잡으니 도대체 뭐하는 짓이람." 여자란 그저 집안의 먹을거리가 떨어질까 마음 편할 날이 없다. 물론 아이들 용돈은커녕, 집안 생계에 책임을 다하지 못한다는 점은 나도 인정한다. 그저 싸우지 않고 아내의 지청구를 피하는 유일한 방법은 잠수도구를 집어 들고 되도록 멀리 그녀의 시선에서 벗어나는 길밖에 없다. 하지만 그렇게 한다고 골치 아픈 문제가 곧바로 해결되는 것은 아니다. 혼자서 중얼대기를 좋아하시는 일흔여덟 살의 노모가 내 오토바이 옆에 우두커니 앉아계시기 때문이다. 어머니의 쉴 새 없는 잔소리가 지겨운 건 결코 아니다. 하지만 물고기를 잡으러 떠나기 전에 어머니가 들려주는 말씀은 정말이지 듣고 싶지 않다. "애야, '악령'은 어디에나 있단다. 오후가 되었으니, 가지 마라!" 이 말을 들으면 나는 어김없이 화가 솟구쳐 오른다. 난 마음의 평정을 유지하기 위해 하는 수 없이 휴지 한 장을 찢어 귓구멍에 쑤셔 박는다. 어머니의 '악령' 신앙은 내가 해 질 녘에 물고기를 잡으러 바다에 나가는 걸 제지할 때 상용하던 수법이므로.

　3킬로미터를 가는 내내, 세찬 바람과 가랑비가 사정없이 휘몰아쳤다. 흠뻑 젖은 온몸은 한 푼의 가치도 없다고 모욕당한 나를 금세 굳세게 해주었다. 눈앞에 펼쳐진 바다를 마주하고서 나는 이내 피가 끓어올랐다. 바다에서 다우* 남자의 강인함을 보여주겠어. 마지막 남은 체력은 바다에서 물고기를 잡고 산에서 황무지를 개간하는 데에 몽땅 쏟아 부어야지, 아낙네와 말다툼을 벌이는 데에 허비할 게 아니지. 나는 이렇게 스스로를 위로했다.

　바람과 비가 내내 쉬지 않고 내리쳤다. 잠수하는 곳의 암초에는 낚시꾼의 그림자 하나 얼씬거리지 않았다. 음울한 잿빛 날씨가 다우 남자를 집안에 가둔 채 잡담이나 나누게 하는 모양이다. 밀물과 썰물이 드나드는 데로부터 대략 이십 미터쯤에 천연 동굴이 하나 있는데, 잠수 사냥하는 원주민이 해안에 올라 잠시 쉬기에 안성맞춤인 곳이다. 동굴에서 잠시 쉬면서 담배 한 개비를 피우다가, 한바탕 강풍에 밀려온 해면의 거대한 어둠을 바라보았다. 풍광은 처량한 적

* 다우(達悟, Tawoo)는 란위 섬에 사는 민족을 가리키며, 이곳 사람들은 자신을 사람이란 의미의 다우(Tawoo)라 일컫는다.(원주)

막감을 띠고 있다. 동굴 안의 푸른 연기는 문득 퉈바스*의 소설 『최후의 사냥꾼』에 나오는 남자 주인공 비야르와 그의 아내 파쑤라의 이야기를 생각나게 했다. 파쑤라는 비야르에게 이렇게 말했지.

"……당신이 내 말대로 평지로 가서 임시 화물차 조수 일을 해서 스웨터를 몇 가지 산다면, 추운 날 난방하느라 땔감을 쪼개 불을 지필 필요는 없을 텐데……"

하지만 비야르는 끝내 평지로 내려가 화물차 조수 노릇을 하기는커녕, 오히려 산으로 올라가 사냥을 했다. 깊은 산속이라야 존엄과 지혜를 느낄 수 있고, 진정으로 부눙족** 남자의 기백을 드러낸다고 생각했기 때문이다. 마을로 돌아오는 도중에 그는 사냥감을 단속초소의 악질적인 경비에게 빼앗겨버렸지만, 그에게 남겨진 여우 한 마리만은 파쑤라에게 건네줄 수 있었다. 비야르는 원망하고 한탄할 담력은 없었다. 그저 악질적인 착취란 갈수록 복잡해지는 사회 속에서 마치 귀신처럼 흔해 빠진 일이며, 또 자연스레 약하고 가난

---

* 퉈바스(拓拔斯 塔瑪匹瑪, 1960 ~), 한자 이름은 텐야거(田雅各). 난터우현(南投縣) 신이향(信義鄉)의 부눙족(布農族)으로, 가오슝(高雄)의학원을 졸업한 후 의사로서 대만 원주민을 위한 의료활동을 벌이는 한편, 1981년 자신의 이름을 작품명으로 삼은 『퉈바스 타마피마(拓拔斯 塔瑪匹瑪)』로 등단한 후 『최후의 사냥꾼(最後的獵人)』, 『애인과 기녀(情人與妓女)』 등, 원주민의 삶을 제재로 한 작품을 다수 발표하였다.

** 부눙족(Bunun)은 타이완 원주민의 일족으로, 주로 해발 1,500미터 이상의 고산지대에 거주하고 있다. 타이완의 원주민 가운데 인구의 이동폭이 가장 넓고 가장 널리 퍼져 있는 종족이다.

한 이들의 운명 속에 떨어진다고만 느꼈을 따름이다. 그래서 나는 애 엄마가 따뜻한 스웨터를 위해 내게 타이완에 가서 일하라고 하지 않기만을 바랄 뿐이었다.

잇달아 차가운 비를 끼고서 휘몰아치는 강풍에 나는 오들오들 떨었다. 그때 바로 코앞에서 한 노인이 바닷속으로부터 불쑥 나오더니, 뭐라고 쉴 새 없이 중얼거렸다. 마치 사라져가는 자신의 문화를 위해 중얼중얼 투덜대는 것만 같았다. 그는 목을 움츠린 채 한 발로 앙감질을 뛰었다. 'T'자형 바지는 연기에 시커멓게 그을려 있고, 발가벗은 상체는 햇볕에 검게 그을려 있었다. 망태기에 문어 두 마리를 담은 노인이 내 쪽으로 걸어왔다.

"사촌 매형, 안녕하세요. 날이 이렇게 차가운데 바다에 나가셨어요?"

"별수 없잖아. 손자 녀석 어미 아비가 내일 타이완에서 돌아온다는데, 먹일 만한 해산물이 있어야 말이지!" 추위를 쫓으시라고 노인에게 담배 한 개비를 건넸다. 노인의 입술이 파랗게 얼어 있었다. 사촌 매형은 담배를 한 모금 훅 빨더니 말했다.

"날이 금세 어두워지겠어. 잠수해 물고기를 잡으려고?"

"네."

"날이 저물기 전에 집으로 돌아가게, 엄동설한 깊은 밤엔 악령이 참 많거든!"

"알겠습니다. 살펴 가세요." 나는 대답했다.

어려서부터 귀에 못이 박히도록 들어왔던 이야기라 잘 알고 있다. 밤이 이슥해질 무렵은 외롭게 떠도는 영혼들이 활동하는 시간이며, 달빛이라도 없는 날이면 어린애들은 서둘러 집으로 돌아가 잠자리에 들어야 한다는 것을. 물고기를 사냥하는 잠수부 역시 절대로 어둔 밤에 혼자서 집에 돌아오게 해서는 안 된다. 그렇지 않으면 친척들이 완전무장을 한 채 길을 따라 당신을 찾아 나설 것이다. 이건 정말이지 대단히 심각한 일이다.

사촌 매형은 손자와 자식을 위해 T자형 바지만 입은 채 물속에 뛰어들어 문어를 찾아 헤맨 것이다. 이제 막 예순을 넘겼다지만 그래도 나이 든 사람인데, 이걸 자식과 손자를 떠받드는 거라고 볼 수 있을까? 타이완에서 온 자식은 진심으로 그에게 감동할 수 있을까? 사촌 매형이 들려주는 문어 잡는 이야기에 귀 기울일까? 시대 환경에 휘말린 신세대는 도회지의 삶이 얼마나 힘든지 수십 년이 되도록 고향의 섬에 다녀가지를 못하고, 전통적인 생산기술 따윈 아예 일찌감치 잊은 지 오래다. 잠수야 그렇다 치고, 고작해야 삼사 미터 깊이의 근해에 문어 십여 마리가 있다 해도 아마 한 마리도 잡지 못 할 것이다.

담배 한 개비가 다 타들어가고, 잿빛 어둠이 짙게 깔렸다. 문득 정말로 악령이 빈번하게 출몰할 것만 같은 때란 생각이 들었다. 노인들이 늘 하던 말이 떠올랐다. "요즘 해역은 예전만큼 깨끗하지가 않아. 외지의 관광객들이 너무 많

은데다가, 바다에 빠져 죽은 고주망태들 모두가 대신 죽어
줄 사람을 찾아 헤맨다니까." 홀로 남은 나는 밀물과 썰물이
들고나는 그 자리에 선 채, 정말로 조금은 두려운 마음이 들
었다. 하지만 잠수복을 입고 물에 뛰어들어 물고기를 잡기
로 마음을 먹자, 악령은 더 이상 나를 가로막지 못했다. 바
다, 바다는 결국 내 평생에 가장 사랑한 것이다. 이따금 몰아
치는 강풍과 찬비가 명치까지 파고들었다. 그윽하고도 어두
운 해면을 바라보면서 바다에는 어떤 물고기떼가 살고 있을
까 생각하노라니, 마음속에 기쁨이 차올랐다. 삼 년 동안 나
는 혼자서 물에 들어가 물고기를 잡는 데 익숙해져 있었다.
그냥 좋아한다는 것 말고, 바닷속을 떠다니는 그런 흥분된
심정을 나는 정말 뭐라고 형용해야 좋을지 모르겠다.

　나는 내가 만든 작살총에 입을 맞추면서 나와 바다신만
이 알아들을 수 있는 기도를 올렸다. 이런 행위는 진즉부터
내가 물에 들어가기 전에 으레 해오던 의식이다. "바다신이
여, 친구가 왔습니다." 이렇게 말하고 나면, 물에 들어가도
마음이 이내 편안해졌다.

　겨울의 바닷속 풍광은 누르스름한 띠풀로 뒤덮인 육지
와 똑같아서, 눈 들어 어디를 보아도 차갑고도 처량하여 생
기라곤 찾아볼 수 없다. 백여 개의 주름으로 이루어진 꼬리
지느러미를 가진 작은 물고기들과 비늘돔, 금띠를 두른 농
어…… 등등 내가 익히 알고 있는 바다 밑 물고기들 가운데
가만히 멈춰서 있는 녀석, 깜짝 놀라 도망가기에 바쁜 녀석,

암초 틈새로 비집고 들어가는 녀석들이 있다. 어쨌거나 이런 물고기 부류의 행동들은 완전히 내 관심 밖이다. 손바닥만 한 물고기 따윈 난 잡지 않으니까. 나는 천천히 물속으로 잠수해 들어갔다. 수압에 고막이 적응되면서 물속에 뜬 채 유유히 먼바다로 헤엄쳐갔다. 이때 자연광 외에 겨울철 바다 밑에는 마음을 사로잡을 만한 매력적인 미감이 참으로 전혀 없다. 여름철 바닷물을 통과한 햇빛이 지어낸 수천수만 갈래의 휘황한 풍광도, 그리고 오르락내리락 굽이진 산호들 속에 숨어든 아름답기 그지없는 수많은 열대어가 나타났다가 금세 사라지는 모습도, 심지어 눈알 크기의 어린 물고기들이 밀집한 산호 숲 사이에서 위아래로 팔딱팔딱 튀어오르던 모습도 더 이상 없다. 이렇듯 한데 모여 이룬 생기발랄하고 신기한 경관은 겨울철에 전혀 보이지 않는다.

세찬 바람과 차가운 겨울비가 휘몰아치는 겨울날, 이따금 강풍이 바다 수면을 휩쓸고 있건만, 잿빛 해저 세계는 이토록 신비롭다. 잿빛 신비로움은 나의 잿빛 마음을 끌어당기고, 따스한 바닷물은 시나브로 내가 여전히 생명을 지닌 몸임을 일깨워준다. 해면에 떠있노라니, 강풍은 스노클에서 나는 휘파람 소리를 내며 스쳐 간다. 나는 바다 밑의 물고기를 주시하면서 여기저기 사냥감을 찾는다. 외줄을 두른 청어 한 마리가 2미터 남짓의 바다뱀과 짝하여 바다 골짜기에 있다. 나는 잽싸게 몸을 틀어, 머리를 바다 밑을 향한 채 잠수해 들어갔다. 작살로 녀석의 머리를 조준하지만, 녀석은 사정거리에서 재빨리 벗어난다. 하지만 나는 조금도 당황하지 않고서 곧바로 바닷속 암초 위로 잠수해 들어가, 거기에 딱 엎드려 꿈쩍도 하지 않은 채 녀석이 호기심을 보이기를 기다린다. 사오 초쯤 지났을까, 내 이마 앞쪽에 형형색색의 물고기가 점점 가까이 접근해 온다. 그러더니 마침내 내 이마 위쪽에서 규칙적으로 오르락내리락 거리면서 내게 덤벼들겠다는 듯한 자세를 취한다. 어떤 녀석은 아예 작살총 끝을 쪼면서 자살을 기도하기도 한다. 하지만 이 용감한 치어들은 일찌감치 내가 포기한 사냥물이다.

순간, 외줄을 두른 청어가 무생물인 암석처럼 해저에 꼼짝없이 엎드려 있는 내 모양새를 관찰하더니 천천히 내게로 다가온다. 오랫동안 잠수해 온 터라 누런빛이 도는 긴 머리카락도 해저의 해초인 양 해류를 따라 흔들거린다. 녀석이 다가왔다. 내 작살총은 녀석의 움직임에 따라 이동한다. 연필 굵기의 작살이 소리 없이 물결도 일으키지 않은 채 백발백중의 명중률로 정확히 녀석의 머리 부분을 관통했다. 녀석은 몸부림칠 기회조차 없었다. 작살이 발사된 그 순간, 주변을 에워싸고 있던 어린 물고기들은 마치 화염이 폭발하듯 잽싸게 각기 목숨을 부지하기 위해 숨을 곳을 찾아 흩어졌다. 내가 천천히 떠오름과 동시에, 녀석들도 일정한 거리에 멈춰선 채 자기들보다 백 배나 더 큰 괴물이 떠오르는 걸 지켜봤다. 기포가 수없이 내 입에서 뿜어져 나왔다. 어떤 것은 이마에서, 어떤 것은 내 몸 곁에서 낙하산 같은 모습을 띠고서 나와 동시에 수면에 떠올랐다. 물고기를 구럭에 집어넣는 순간, 집안의 두 여인네가 내게 했던 저주스런 이야기는 까맣게 잊혀졌다. 십여 분 정도를 헤엄쳤을까, 몸이 점점 편안해지고, 정신도 훨씬 상쾌해졌다. 희귀한 물고기는 여름날의 맑고 푸른 해양을 생각나게 하고, 여름철의 무더운 육지는 겨울의 우울하고도 처량한 잿빛 바다를 그립게 한다. 나는 지금 이 어두운 수면과 마주하고 있지만, 겨울 바다의 황량함 따윈 전혀 느끼지 않는다. 홀로 리말라마이(力馬拉邁) 해역을 떠다니면서 잠수를 하는 건 내게 영예일까, 실의일까? 굳건함일까, 연약함일까? 전통을 추구하는 생존의지일까, 돈벌이에 지배받는 현실생활로부터의 도피일까? 나는 바다에 뜬 채 파도의 오르내림에 따라 수면 위아래를 들락날락했다. 순간 네모진 얼굴의 애 엄마가 떠올랐다. 때론 그녀의 온유하고 대범함이 날 몹시 안타깝게 한다. 삼십 개월을 임신하여 세 아이를 낳았다. 아내는 가난과 타협해 본 적이 없었고, 그녀의 강인함은 정말이지 낭떠러지의 나한송(羅漢松) 같기만 하다. 그녀가 불같이 화를 낼 때면, 내가 자맥질하는 데에서 동쪽으로 오륙십 미터 되는 곳의 사나운 파도처럼 날 두려움에 떨게 한다.

란위(蘭嶼)의 남동쪽과 북서쪽 곶이 있는 해역은 여름과 겨울 날씨가 대단히 뚜렷하다. 이 방위를 따라 선을 그어보면, 여름날 남서 계절풍이 불 때 남쪽 바다에는 흉흉한 파도가 사납게 일렁이지만, 북쪽 바다는 짙푸르고 훈풍이 불어

온다. 겨울날 북동 계절풍이 불 때면 북쪽 바다는 황량하고 차갑게 매서운 파도가 밀려오지만, 남쪽 바다는 잿빛의 파도가 잔잔하다. 그때는 겨울이었지만, 나는 지금 마침 남동쪽의 잔잔한 파도와 거친 파도가 한데 모이는 교차지점에 있다. 게다가 하현달이 뜬 음력 28일이다. 동쪽의 거친 파도가 거칠고 흉흉하여 바라만 보아도 간담을 서늘하게 하지만, 경험에 비추어볼 때 지금은 만조시각이라 해류가 미미할 뿐이어서 체력을 소모할 일은 별로 없다. 구럭엔 벌써 두세 마리의 여인어(女人魚)*가 있다. 이제 거친 파도 쪽으로 물고기 사냥을 나가 무늬양쥐돔, 무늬어름돔, 감성돔처럼 제법 커다란 남인어(男人魚)를 잡아야겠다고 나는 생각했다. 그 가운데 특히 쥐돔(Ngicingit)이란 해저 어종은 지금이 막 산란기인데, 이 녀석들은 상당히 둔하지만, 바다 깊이 들어가야 한다. 암초에서 몸을 움직이지 않으면, 녀석들이 떼 지어 당신의 몸 가까이 접근할 것이다. 이때 유일한 어려움이자 가장 고약한 점이라면 녀석들의 놀이터 해역이 죄다 격류지역인데다 어두운 동굴이어서 보기만 해도 등골이 오싹해진다는 점이다.

  나는 동서 양쪽 해류의 교차점으로 차츰 다가갔다. 거기

---

* 다우족은 물고기를 크게 노인어(老人魚), 남인어(男人魚)와 여인어(女人魚) 세 가지로 나눈다. 노인어는 노인만 먹을 수 있고, 남인어는 여자는 먹어서는 안 되며, 여인어는 누구나 먹을 수 있다. 따라서 다우족 남자들은 물고기를 사냥할 때 남녀노소가 모두 먹을 수 있도록 다양한 물고기를 잡는다.

에는 해저에서 불쑥 수면으로 고개를 내민 암초 두 개가 있었다. 거친 파도가 해면에 떠오른 암초에 부딪혀 물보라로 부서져 사방에 잠시 머물 때에만 해류는 확실히 잠잠하다. 물론 나는 전혀 이런 것에 의지해 판단하지는 않는다. 육안으로 부유생물을 직접 보거나 피부 감각으로도 해류의 강약을 느낄 수 있는데다 또 이곳이 내게 익숙한 곳이기 때문이기도 하다.

계속해서 헤엄을 치고 있노라니, 바닷물이 희뿌옇게만 보인다. 찌푸린 잿빛 하늘처럼 내가 결코 좋아하는 물빛이 아니다. 얼마 지나지 않아, 나는 5, 6급 크기의 파도 주변까지 헤엄쳐갔다. 이때 나는 시소 위의 어린아이처럼 물마루에서 물골로 떨어져 내리면서 사냥감을 찾는다. 오직 스노클만이 해면에서 때론 강하게 때론 약하게 웅웅 소리를 내면서 나와 흰색 부표의 'Onon'*을 따라 움직였다. 하늘빛이 갑자기 새카매졌다. 해수면 위로 고개를 내밀어 하늘을 바라보니, 칠흑같이 짙게 깔린 먹구름이 바로 내 머리꼭대기에 있다. 금방이라도 비를 쏟아 부을 것만 같다. 사나운 풍랑은 정말이지 무섭다. 쿠앙, 파도가 솟구치는 소리가 여기저기에서 들린다. 하지만 나는 전혀 개의치 않은 채, 그저 바닷속 물고기에만 신경을 쏟는다. 한 무리의 물고기떼가 눈에

---

* Onon은 물고기를 잡는 창 끝에 감긴 20미터 가량의 긴 끈으로, 강에서 큰 물고기와 씨름할 때 사용한다.(원주)

들어왔다. 녀석들은 검은색을 띤 채 순간 구멍으로 들어갔다가 금방 구멍을 빠져나와 헤엄친다. 나는 녀석들이 다시 구멍에 들어가자, 재빨리 잠수해 내려갔다. 몇 초가 채 지나지 않아 세 근 정도의 붉돔(남인어)이 구럭 안으로 잡혀 들어갔다. 두 번째 녀석을 조준하자, 녀석들은 헤엄쳐 가버렸다.

크기가 탄환만 한 빗방울이 하늘에서 내 머리 위로 쏟아져 내렸다. 맑고 시원한 느낌이 마치 소녀의 달콤한 속삭임처럼 싱그러워 나의 우울함을 잊게 해주었다. 해저의 시야는 점점 희미해졌다. 탄환 크기만 한 장대비와 먹구름에 가려진 햇볕이 차츰 수평선 가까이 다가왔기 때문이다. 고무 두 개를 작살에 걸고서 작살 자루를 움켜쥔 채 다시 사냥감을 찾아 나섰다. 그때 거세게 솟구친 포말이 연거푸 날 집어삼켰다. 모래알 같은 수천수만 개의 하얀 거품이 시야를 흐리는지라, 물속으로 잠수하여 시야를 확보하려고 했다. 물속에서 수면을 올려다보니, 빗물이 수면으로 쉴 새 없이 떨어지는 멋진 경관 외에, 해류 또한 수만 수억의 하얀 거품을 위로 말아 올리고 있었다. 많고 많은 불규칙적인 곡선 모양은 해면에서 보기에 시곗바늘 반대 방향의 무수히 작은 소용돌이 같더니, 해류가 약해지자 이내 모습을 바꾸었다. 그래서 나는 "바다에겐 생명이 있어. 감정을 지닌 온유하고도 가장 아름다운 애인이야."라고 말하는 것이다. 바다의 형형색색의 기이한 경관은 오직 그것을 사랑하는 자만이 그 있는 그대로의 아름다움과 성감을 누릴 수 있는 법이다.

막 솟구치려는 거센 파도의 압력을 쫓아 가볍게 물속으로 잠수했다. 잡고 싶었던 물고기를 발견하고서 암초 위에 엎드려 있자니, 이십 미터쯤 떨어진 곳에 한 떼의 쥐돔이 있었다. 녀석들의 색깔은 물속에서 짙은 갈색을 띠고 있지만, 녀석들 꼬리에 손가락만 한 크기의 하얀 빛깔이 있어서 쉽게 구별해낼 수 있었다. 녀석들은 참으로 산뜻하고 멋진 모습으로 유유히 가만가만 내게로 다가왔다. 세어보니 겨우 여덟아홉 마리뿐인데, 무게는 대충 3.5킬로그램 남짓 되어 보였다. "오너라, 친구들아!" 나는 이 녀석들이 사람을 본 적이 있는지 없는지 알지 못한다. 녀석들은 정말로 내게 다가왔다. 이 가운데 한 마리는 아마도 육지에서 나의 손님 접대용 건어물이 될 것이다. 녀석들이 내게 바짝 다가왔다. 나는 숨을 참은 채 삼사 초만 더 버티자고 생각했다. 분명코 녀석들은 이미 내 사정권 안으로 들어와 있었다. 나는 그중에서 제일 큰놈을 골라 눈 깜짝할 사이에 작살총의 스위치를 눌렀다. 그러자 차가운 작살이 소리 없이 그리고 인정사정없이 녀석의 가슴지느러미 위쪽 반치쯤의 부위를 꿰뚫었다. 천 분의 일 초 사이에 녀석들은 사방으로 도망을 쳤다가, 일 초도 채 지나지 않아 내 작살에 맞은 녀석의 주위로 다시 몰려들었다. 마치 친구 물고기를 위해 관을 들어내려는 듯한 모양이라는 생각이 문득 들었다. 뼈마디에 명중한지라 녀석은 몸부림치지도 못했다. 선혈은 붉은색이 아니라 초록색이었다.

나는 작살에 맞은 녀석을 얼른 구럭에 담아 넣었다. 그러고서 쥐돔들이 흩어지기 전에 두세 마리를 더 잡으면 아주 의기양양하게 집에 돌아갈 수 있으리라. 잔소리하기를 좋아하고 생선을 즐겨 드시는 어머니와 애 엄마를 떠받드는 일이고, 큰 물고기 잡는 걸 좋아하는 여든 살의 아버지도 계셨으니 말이다. 나의 흥분된 마음은 끝없이 치솟는 파도를 이기고도 남았다. 몇 년 동안 나는 자신의 영혼을 바다신에게 넘겨주었고, 심장의 박동은 스스로 제어할 수 있다고 믿어왔다. 비는 여전히 내리고, 바다는 여전히 사납게 날뛰었다. 순간 나는 고독했고, 바다에서의 사무친 고독감은 내게 뭐라 할 수 없는 편안함을 안겨 주었다. 용감한 자들은 왕왕 가장 위험한 상황을 인생의 가장 풍부한 생명, 가장 깊은 자아반성을 체험하는 기회로 삼는다. 나는 표류하는 나무처럼 물마루에 문득 나타났다가 물골에 잠겼다. 비는 강풍과 함께 누런색의 머리카락에 떨어져 내리는데, 마치 어린 딸아이가 어머니의 젖을 빨 듯 짜릿한 느낌을 안겨주었다. 나는 고개를 들어 하늘을 바라보았다. 어둡게 찌푸린 하늘은 바다와 마찬가지로 음산했지만, 아름답기 그지없었다.

파도는 육지에서 바라보면 대단히 공포감을 안겨준다. 마치 밀물과 썰물이 들고나는 곳의 모든 생명체를 집어삼킬 것만 같다. 바다의 겉은 단단해 보이지만 안은 부드럽다. 해류는 평온한데다 해저의 암초와 암초 사이 틈새에는 내가 잡고 싶은 물고기가 있으니, 내심 얼마나 기쁜지 모르겠다.

두세 차례만 잠수를 더 하자고 나는 말했다. 꽉…… 꽉……
꽉, 물고기 몸을 꿰뚫는 소리에 쥐돔들은 흩어졌다 다시 모
이고, 모였다가 다시 흩어졌다. 죽음을 두려워하지 않는 녀
석들이 나의 선택에 맡겨졌다. 연거푸 세 마리를 잡고 나니,
등 뒤의 구럭이 이전보다 훨씬 묵직해졌다. 한 마리만 좀 더
큰놈을 잡은 뒤에 집으로 가야겠다고 나는 생각했다. 바닷
속 어둠은 모든 물고기의 색깔을 까맣게 물들였다. 나는 오
직 나의 경험과 물고기 크기, 헤엄치는 모습만으로 물고기
이름을 구별했다. 한 마리만 더. 나는 생각했다. 여기 있는
모든 물고기를 다 잡으려고 욕심부려서는 안 돼. 하물며 날
이 이미 어두워져 부모님이 틀림없이 내 안위를 걱정하고
있을 텐데. 몸을 거꾸로 한 채 바닷속으로 잠수해 들어가 암
초 위에 엎드린 채 사냥감을 찾았다. 이 초가 채 되지 않아
입술이 온통 하얀색이고, 하얀 테두리는 희미한 은빛을 내
뿜고 있는, 와…… 한 떼의 물고기가 헤엄쳐 다가오고 있었
다. 무수한 하얀 테두리의 은빛이 느릿느릿 다가오고 있었
다. 이 물고기떼는 내가 겨울철에 가장 즐겨 잡는 물고기이
다. 얼핏 보니 물고기 한 마리 한 마리가 내 팔뚝만큼 기다란
대어이다. 오라, 형제들. 오래 지나지 않아 모든 물고기가 사
방에서 나를 둘러쌌다. 그 가운데 제일 큰 녀석을 골라 멋진
소리로 꽉 한 마리를 꿰뚫었다. 이어 인정사정없는 작살이
또 한 녀석을 명중시켰다. 멋지군, 나는 생각했다. 이젠 돌아
가야 할 때야. 남은 녀석들은 다음에 와서 잡아야지. 두 마리

가 작살에서 몸부림쳤다. 작살의 구부러진 갈고리로 녀석들은 달아날 수 없었다. 납띠(Weight belt)에 꽂아둔 십자드라이버를 들어 녀석들의 눈까지 파내자, 녀석들의 생명은 끝장이 났다.

이때 오리발을 더욱 재게 놀려 거친 파도에서 벗어나 호수면처럼 잔잔한 해역으로 헤엄쳐 나아갔다. 헤엄을 치면서 하늘빛을 바라보니, 땅거미가 내리기 몇 분 전이었다. 나의 호흡이 가빠졌다. 원래의 자부심은 이 순간 차츰 어둠에 덮여버리고 긴장감이 몰려왔다. 생각해보니, 뭍에 오르는 곳까지는 적어도 팔십 미터이다. 생각할수록 걱정스러워졌다. 심장의 고동이 더욱 격렬해진다. 물속으로 잠수할 때보다도 훨씬……. 아이고, 어떻게 하지. 난 악령 따위 두려워하지 않아. 악령들은 리말라마이 해역에서 잠수하는 나에게 이미 익숙해진 지 오래이고, 나의 영혼은 그들의 벗이다. 하지만 날 가장 걱정스럽게 만드는 것은 내 머릿속에 가득한, 악령의 모습을 띤 부모님이다. 만약 아버지께서 등나무로 만든 투구와 갑옷을 착용하고 있다면, 이건 제일 심각한 일이다. 날이 어두워지기 전에 집안의 남자가 물고기를 잡으러 나갔다가 아직 돌아오지 않았다면, 이건 이 남자에게 생명의 위험이 닥쳤음을 나타낸다. 내가 바로 이러한 경우이다. 이번엔 어떻게 하지? 집안 식구들에게 어떻게 변명하지? 날이 어두워져 언덕에 오르자, 나는 재빨리 잠수도구를 자루에 담고 물고기를 등에 졌다. 머릿속은 온통 악령 모습을 한 부모님뿐이었다. 게다가 애 엄마가 곧바로 내게 버럭 화를 내면 날 더욱 두렵게 만들 터이다. 마음을 진정시키려고 담배 한 개비를 피우면서 라이터로 손목시계를 비춰보았다. 확실히 저녁 어스름인 6시였다. 나는 자신을 다독이면서 중얼거렸다. "나도 자식을 둔 애비야. 내 한 몸 안위를 돌볼 능력이 있다고, 바다에서는."

오토바이 헤드라이트 불빛이 집으로 돌아가는 길을 비췄다. 바닷속에 있는 양 외로움이 밀려들었다. 차가운 비와 세찬 바람은 아직 그치지 않았다. 떨어져 내리는 수많은 빗방울이 헤드라이트 불빛 속에서 나의 시야를 흐릿하게 만들고, 나의 심정도 먹먹하게 만들었다. 비록 수확은 풍성했지만. 굽어지는 길 위에서 헤드라이트 불빛이 움직이는 것을 보았다. 지러펑(吉樂朋)의 평탄한 길 위에서 만났는데, 자동차와 뒤따라오는 오토바이의 속도가 몹시 빨랐다. 반대쪽의 강한 불빛에 눈이 부셔서 나는 걸음을 멈춘 채 길을 비켜섰다. 자동차가 갑자기 멈춰서더니, 차 안에서 목소리가 들려왔다. "여기 있구먼, 애 아범이." 작은아버지의 목소리에 약간의 노기가 섞여 있었다. 내가 잘못했음을 깨달았다. 날이 어두워진 다음에 귀가하진 말았어야 했다. 차를 운전하고 있는 사촌 형은 심사가 편치 않은 듯했다. 오토바이는 둘째 사촌 형과 사촌 매형이 타고 있었다. 그들은 모두 악령을 물리치는 투구와 갑옷을 걸치고 있었다. 이런 차림으로 보아 날 찾으러 온 것이 틀림없었다. 나는 더욱 긴장되었다. 그리하여 한마디 말도 없이 오토바이의 속도를 높여 앞으로 달려나가, 한길에서의 친척들 심문을 피하였다.

어둔 길은 유난히 고요하였지만, 나의 마음은 유달리 복잡하였다. 이 순간, 아버지, 작은아버지, 사촌 형제들이 나를 본 후 마음을 놓았을까? 내가 좋아하는 바다는 그저 집안 식구들을 성가시게만 하는 걸까? 아이들의 마음속에서 내가 잠수하여 물고기를 잡는 것 외에 다른 가치가 있을까? 생선을 즐겨 먹는 아내는 내가 물고기 잡는 걸 저주할까? 그리고 또…… 자신도 모르는 사이에 방금 바닷속에서의 용감무쌍한 모습은 이제 어둔 길을 가는 내내 차츰 울적한 부담으로 변했다. 나는 알고 있다. 다우족의 관념에 따르면, 부모님이 살아 계신 중년층의 잠수 사냥꾼은 저녁해가 지기 전에 귀가해야 한다는 불문율을 지켜야 하는 습속을. 또, 혼자 나가 초대형 물고기를 잡아서는 안 된다는 것을. 전자는 불행히도 바다에서 익사하는 것은 백발의 노인이 검은 머리의 젊은이를 떠나보내는 비극이라는 뜻이고, 후자는 어린아이가 부모의 장례를 후하게 치르는 것은 부모의 돌아가심을 저주함의 은유이다.

나의 우려는 전자이며, 우리 집안 식구들이 몹시도 근심하는 까닭이기도 하다. 그렇긴 해도 부모님이 왜 잔소리를 하시는지, 바닷속에서 느낀 나의 체력과 경험으로 또한 잘 알고 있다. 이 점은 결코 중요치 않다. 중요한 점은 집안 식구들이 내가 얼마나 바다를 좋아하는지, 즉 집안 생활비나

아이들 용돈은 전혀 아랑곳하지 않으며 출근하는 것도 거절할 정도로 좋아한다는 것을 이해하지 못한다는 것이다. 이런 일들, 이런 사람들, 그리고 외지로 나가 공부하다가 란위로 돌아와 집안 형편을 도와주기는커녕 날이면 날마다 바다와 짝지어 지낸 일을 생각하노라니, 아! 이게 빗물인가 눈물인가? 눈물이 흘러내린 게 틀림없어. 집에 도착했을 거야.

　오토바이 소리가 멎었다. 물고기로 가득 찬 구럭을 천천히 내렸다. 악령에게 저주받은 어린아이마냥 어찌해야 좋을지 몰랐다. 집에 들어가 칼을 가져나온 나는 물고기를 잡으려고 전등을 비추었다. 그때 애 엄마 역시 저주받은 양 악에 받친 목소리로 말했다. "어머니는 집 뒤켠에서 당신이 죽었다고 주문을 외고 계셔. '당신이 살아났다'고 가서 말씀드려." 마음속 분노가 폭발할 것만 같아 나는 눈가의 눈물을 훔쳐내고서 칼을 들어 전깃줄을 잡았다. 집안에 있던 큰 누님, 큰형, 둘째 형, 둘째 형수, 그리고 사촌 누나는 모두 마치 자식을 잃은 양 수심이 가득한 얼굴이었다. 나는 그들을 아는 체도 하지 않았다. 나 역시 몹시 화가 치밀었기 때문이다.

　"당신은 눈도 없어? 왜 형님들께 인사도 안 해?" 아내가 다시 한 번 화를 내면서 나를 책망했다. 그래, 내가 잘못했어. 그렇게 욕심을 부려 가족을 안절부절못하게 하진 말았어야 했는데. 하지만 나는 대답도, 아는 체도 하지 않았다. 둘째 형이 나오더니 나를 도와 등을 잡아주었다. 등불이 내가 잡은 물고기를 비추자, 그가 말했다. "네가 이 물고기떼를 만났다는 건 알아. 하지만 동생 혼자서 이렇게 하는 건 '욕심'이야." 나는 둘째 형의 이야기에 대꾸하지 않았다. 하지만 둘째 형이 방 안으로 들어가 소식을 전하는 소리가 들렸다.

그는 방 안에 있는 사람들에게 말했다. "동생이 잡아왔어요, 쥐돔 여덟 마리, 무늬양쥐돔 네 마리, 황줄깜정이 두 마리, 그리고 비늘돔 한 마리…… " 둘째 형은 나와 사이가 좋았으며, 내가 자기를 싫어하지 않는다는 걸 잘 알고 있었다. 그래서 칼을 들고서 날 도와 물고기를 잡으려 했던 것이다. 방 안의 사람들은 이제 나의 아내에게 권하고 있었다. 잠수 사냥꾼인 남편에게 화내지 말아라, 특히 사내가 바다에 나가기 직전에는. 이게 우리 다우족 여자들이 지켜온 습속이라고.

"넌 물로 좀 씻으렴, 물고기는 내가 손질하마." 형이 말했다. 나는 둘째 형의 표정을 살펴보았다. 마음속 깊은 곳 나의 암울함이 이 순간 희미한 자부심의 빛으로 다시 타올랐다. "회를 뜰까 말까?" 둘째 형이 말했다. 회를 먹어야만 내 아들 녀석이 내 곁에 앉을 테니, 어찌 기꺼워하지 않으랴. 나는 머리를 끄덕여 그러자고 했다. 일흔여덟의 어머니는 집 뒤편 빈터에 계셨다. 어머니는 정말로 나의 목숨을 거두어간 악령을 나무라는 주문을 외우고 계셨다. 슬픔과 원망이 섞인 처량한 목소리와 함께 쉬지 않고 울음을 토해내고 있었다. 듣고 있노라니 내가 정말로 세상을 떠난 것만 같아 안타까

움과 함께 화가 치밀었다.

"무얼 그렇게 중얼중얼 외우셔요? 동생이 돌아왔으니 악령 타령은 그만 좀 하세요, 어머니." 큰누나가 쏘아붙였다. 어머니는 미친 듯한 모습을 멈추었지만, 내 생각은 비애에서 벗어나지 못했다. 나는 어머니에게 화를 내고 싶지 않았다. 어머니에게 크게 화를 내본 적도 없었다. 매번 겨울이 오면 어머니는 천식 때문에 밤새 한숨도 주무시지 못했다. 한낮에 기온이 올라가서야 겨우 기침이 잦아들면, 그제야 잠을 잘 수 있었다. 어머니는 나를 이처럼 사랑하셨다. 나는 어머니를 사랑하기에 그리고 바닷속의 형형색색의 물고기를 사랑하기에, 아름다운 물고기를 사냥하여 어머니께 드시도록 하였다. 혈육 간의 애정이란 인지상정이지만,…… 난 어쩌면 '바다'를 더 깊이 사랑하는지도 모른다.

식구들의 와글와글 떠드는 소리가 마치 물마루와 물골이 암초를 때리는 선율인 양 온 응접실에 가득 찼다. 가만히 생각해보니, 나를 찾으러 나선 사람들 모두가 방 안에 들어와 있었다. 그들은 이야기를 꺼내기 시작했다. 오늘 일어난 일, 옛날에, 혹은 최근에 일어난 일, 다우족이 엮어낸 이야기, 자신이 겪은 이야기 등을. 나는 이야기에 푹 빠진 그들의 흥취를 차마 깨트릴 수 없었다. 적어도 그랬다. 남자들은 다우족 남자와 바다의 관계를 이야기하기 시작했고, 여자들은 한쪽에서 그네들만의 이야기에 귀 기울이거나 끼어들기도 하였다. 내가 무사히 돌아왔기에 원래 침울했던 분위기는 차츰 화기애애해지고 있었다. 별안간 소란스럽던 소리가 일시에 멎었다. 조용히 귀 기울여보니, 누군가 재미난 이야기를 하고 있었다. 분명히 아버지께서 이야기하고 계시리라고 나는 짐작했다. 아버지는 이야기를 재미나게 잘하실 뿐만 아니라, 엄숙한 분위기를 꾸며내는 데에도 능하셨다. 갑자기 커졌다가 작아지는 목소리, 그럴듯한 손짓 발짓에 풍부한 다우족 어휘와 바다와 같은 오묘함. 여기에다 작은아버지의 양념이 더해지면, 인상을 찌푸린 채 침울하던 분위기는 서광과 같은 부드러움을 띠게 되고, 따사로운 웃음소리를 품게 될 것이다. 이제 나의 긴장감과 웃어른에게 지청구를 들을 두려움은 빗물이 대지에 스며들듯 말끔히 사라져버렸다.

응접실의 친척들을 헤아려보니 모두 십여 명이나 되었다. 아이들은 집에 웬일로 이렇게 많은 사람이 모였는지 의아해하는 표정이었다. 어린 딸은 내게 달려와 안겼다. 반짝이는 아이의 해맑은 눈동자는 나의 차가운 가슴을 따뜻하게 해주었다. 셋째 사촌 형 옆에 앉아 타이완의 근황을 물어보고 싶었지만, 그는 내 이야기에 대꾸해주기는커녕 이렇게 말했다. "미안하다만, 아버지의 부탁에 떠밀려 널 찾으러 차를 몰아야 했어. 다음에는 바닷속 물고기에게 유혹당하지 말고 해지기 전에 집에 돌아오도록 해라." "사실 말하지 않아도 알고 있어요." 나는 고개를 떨군 채 대답했다.

무게가 예닐곱 근 나가는 무늬양쥐돔 한 마리를 둘째 형이 회로 떴다. 남자들로 둥글게 에워싸인 바닥에 회가 놓이자, 둘째 사촌 형이 감춰두었던 술을 꺼내왔다. 그리고 다우족 남자의 바다 이야기가 시작되었다. 타이완에서 지낸 지 오래되어 잠수할 줄 모르는 셋째 사촌 형만 빼놓고, 응접실의 나머지 남자들은 뱃속에 털어 넣은 두 잔 술에 몸이 후끈 달아오르더니, 나에게 오늘 일을 이야기해보라고 야단이었다. 어린 딸은 품 안에서 곤히 잠들었다. 딸의 심장 박동은 마치 바다 물결처럼 강인한 생명력을 지니고 있었다. 손가락 크기만 한 위스키병 주둥이에서 흘러내린 술방울이 딸의 매끄러운 얼굴에 떨어졌다. 나는 살짝 훔쳐내고서 곤히 잠든 딸을 바라보면서 말했다. "모두 신경 써주셔서 감사합니다." 아버지는 손짓 발짓하시던 예전의 열정적인 모습을 잃어버리셨다. 작은아버지는 쟁반 속의 회를 보시더니 잔을 들어 다시 내게 미소를 지으셨다. 작은아버지의 이런 동작으로 보아 '심판단'에 끼신 것 같지는 않았다. 하지만 여인들의 표정, 이를테면 큰누나, 사촌 누나, 애 엄마는 내게 그리 살갑지 않았다. 바깥의 세찬 바람과 차가운 비처럼 원망을 쉬지 않고 풀어냈다. 이 여인들은 물고기 먹기를 매우 좋아하며, 이건 옛 조상들부터 지켜온 습속이다. 남자가 여인들에게 갖가지 아름다운 여인어를 가져다주는데, 그녀들은 왜…… 나는 생각에 잠겼다.

사람들의 목소리가 갑자기 조용해졌다. 사람들의 눈이 동시에 문 너머를 바라보았다. 작은아버지와 아버지가 똑같이 말했다. "형님, 어서 들어오세요." 큰아버지께서는 두 동생의 말에는 아무 대꾸도 하지 않은 채, 곧바로 물었다. "애 아범은 어디 있느냐!" 억센 말투에 분노의 기색이 짙게 묻어 있었다. 큰아버지께 자리를 내어 드리면서 작은아버지가 입을 열었다. "큰형님, 평안하시지요." 나는 기어드는 목소리로 잘못했노라 빌었다. 큰아버지의 T자형 바지는 더러웠고, 굽은 두 무릎은……. 나는 큰아버지의 설교가 한바탕 시작된다는 걸 잘 알고 있었다.

"애 아범아, 내 다리는 못 쓰게 된 지 벌써 오래되어, 내가 부러뜨린 대나무가 얼마나 되는지 모를 정도다. 내 발바닥은 땅을 내리누르고 내 지팡이는 땅을 찌르지. 도중에 걷기가 힘들어 몇 번이나 쉬었지만, 난 집에 돌아가고 싶은 생각은 들지 않았다. 난 계속 걸었고, 비는 계속 내렸다. 나는 눈물을 흘렸는데, 내가 왜 눈물을 흘리지? 난 나 자신에게 물었다. 네 사촌 형은 원래 내게 오지 말라고 했다만, 걔가 등나무로 만든 투구와 갑옷을 걸치더라. 해가 떨어지기 전에 네가 나타나지 않았기 때문이지. 내가 무슨 말을 하겠니. 애야, 난 이미 걷지 못하는 노인네가 되어버렸어. 내가 여기 온 건 해가 진 후에 네 어머니가 내게 사정했기 때문이야. 널 좀 잘 가르쳐달라고 말이다(큰아버지는 이 대목에서 괴로운 듯 눈물을 흘리셨다). 하지만 내가 너에게 뭘 가르치겠니? 사실 난 너에게 가르칠 것도, 너를 야단칠 자격도 없다. 나, 네 아버지, 우리도 너만 한 나이에 맨날 어두워져서야 집에 돌아오곤

했으니까. 하지만 그때 네 할아버지 할머닌 진즉 돌아가시고 계시지 않았지. 우리 삼 형제는 아직 건재하다. 애야, 네가 돌아온 뒤로 물고기 사냥과 잠수를 좋아한다니, 우린 참 기쁘다. 하지만 해가 져서 돌아오는 건 우리 늙은이들을 눈물 마를 날이 없게 만드는 일이야! 우리가 세상을 떠나고 나면, 그때 너 하고 싶은 대로 하렴. 하지만 네가 잠수 사냥을 즐기는 게 우리 삼 형제에게 부담을 주어서는 안 된다. 죽음의 주술과 조종(弔鐘)은 우리 늙은이들이 먼저 받게 해주렴. 애야⋯⋯."

"물고기가 그렇게 맛있냐? 왜 너 때문에 우리 늙은이들을 고생시키는 거야⋯⋯" 작은어머니가 우산을 받쳐 든 채 나를 노려보면서 말했다.

> 난 이미 불구의 노인
> 행동이 굼뜬 자라네
> 란위 작은 섬*의 파도는 을러댄 적이 없지
> 지난날 잠수하여 물고기 사냥하는 나의 욕망을,
> 세찬 물결은 허비케 한 적이 없지
> 잠수하여 물고기 사냥하는 나의 체력을,
> 바닷속 괴물은 날 두렵게 하지 못해

---

* 란위 작은 섬(小蘭嶼)은 란위 섬의 남동쪽 3해리쯤에 위치한 화산도(火山島)이다. 다우족은 이 섬을 신비도(神秘島)라 일컫는다. 면적은 1.75km²이고 섬의 일주도로 거리는 4.3km이며, 해안이 대부분 절벽으로 이루어진 무인도이다.

난 벌써 손자의 할애비
거친 파도의 무정함
두려워하지 않을 이 누구랴
하늘에 맞닿은 초록빛 바다
사랑하지 않을 이 누구랴
다만
애야, 네 지혜로 사랑하렴
우리 이 노인들을

　큰아버지께서 시를 읊조리시는 모습은 성스러운 느낌을 자아내어, 그 자리에 있는 우리는 만감이 교차했다. 이 시는 나를 위해 지은 것으로, 신신당부의 말씀이었다. 원칙적으로 다우족의 관습에 따르면 내가 시의 형식으로써 화답할 차례였다. 하지만 나의 아버지께서 나를 대신하여 형님께 화답하였다.

바다를 바라보며 울부짖네, 형님
미안하고도 정말 죄송해요
애 아범이
우릴 네댓 번이나 울리네요
어떻게 가르칠까요, 사랑하는 형님
우리 나이를 이길 자는 없어요(우린 최고 연장자예요)
오직 애 아범만이
우리의 바다에서 우리를 이겼어요

바다야, 바다야, 우리와 함께 자란 바다야
나의 눈물은 막을 수 없네
바다를 사랑하는 아이들의 즐거움을
어둔 밤과 파도가 패배시킨 적이 없네
형님, 정말 미안해요
우린 바다를 바라볼 수 있을 뿐
망망대해는 지난날 우리 영웅의 동반자
더욱 풍부케 하였지요, 우리의 지혜를
생명 체험의 내용을
우리 쉽시다, 형님

　아버지, 큰아버지, 작은아버지는 주름살을 적시는 눈물을 훔쳐내셨다. 나는 한잔 술로 내심의 아픔과 터져 나올 것만 같은 울음을 억눌렀다. 아버지 삼 형제는 나를 나무라신 적이 없었다. 그분들은 내심의 평온한 언어로 나를 깨우치셨다. 나는 그분들을 깊이 사랑하고 있다. 응접실에 정적이 흘렀다. 바깥도 고요하였다. 이런 분위기는 내가 만들어놓은 것이었다. 이어 나는 짧게나마 참회의 인사를 드렸다. 작은아버지는 아버지보다 열한 살, 큰아버지보다 열다섯 살이 어리다. 이때 작은아버지는 바텐더의 역을 맡으셔서 두 분 형님께 여쭈었다. "두 분 형님, 지러펑 거기에서 함께 물고기 사냥을 하셨는데, 결국 큰형님의 작살은 창꼬치(Awo)에게 빼앗기고 말았지요. 그때 상황이 어떠했는지, 두 분이 말씀해

주시지요." 큰아버지와 아버지의 눈길이 마주치더니 껄껄 웃으셨다. 모두가 따라 웃었다. 큰아버지께서 사정이 이러했노라 입을 열었다.

그건 여름 어느 날이었지. 뜨거운 태양은 높이 떠 있고 바다와 하늘은 한 빛깔이었어. 바람과 물결이 잔잔하여 마을 사람 모두 바닷가로 몰려나왔단다. 나와 큰동생은 그때 샤만란보안만큼이나 젊었어. 우리 두 사람은 함께 잠수하여 물고기 사냥을 다녔는데, 당시에는 물고기가 참 많았지. 그래서 우린 좋은 물고기만 골라 사냥했단다. 헤엄을 치다가 오후 무렵이 되었는데, 물속에 헤엄치고 있는 대어가 눈에 들어왔어. 녀석은 차츰 나에게 다가왔지. 옆에 있던 큰동생이 말했어. "함께 쏘는 게 낫겠는데요." 우린 천천히 잠수하여 대어랑 나란히 섰을 때 사정거리 안에서 손잡이의 스위치를 눌렀어. 작살이 발사되어 대어 지느러미 위쪽 부위를 꿰뚫었지. 그런데 큰동생은 미처 발사하지 못하고, 내 작살은 그 대어에게 끌려가 버린 거야. 그때 우린 숨을 쉬려고 물 밖으로 나왔는데, 큰동생은 군소리 없이 그 은백색의 대어를 따라 먼바다까지 쫓아갔단다. 큰동생이 숨 쉬러 올라가면 내가 그 대어를 쫓고, 마찬가지로 내가 숨 쉬러 올라가면 큰동생이 그 대어를 쫓았지. 나중에 대어 그 녀석도 힘이 빠지고, 우리도 지쳤어. 하지만 그 시각에 벌써 바다 밑은 보이지 않고 오직 은백색의 그 녀석만 물속에서 엎치락뒤치락할 뿐, 바다 밑은 마치 끝없는 심연처럼 두려움을 안겨주었지. 그때 우린 젊었고 배짱도 두둑한데다 공들여 만든 작살도 가지고 있었어. 우린 생각했지. 대어도 차츰 힘이 빠지고 피도 쉬지 않고 흘렀을 거야. 깊이가 대략 15, 6 패덤*일 때, 동생이 충동적으로 깊이 잠수해 내려가 작살을 한 발 더 쏘려고 했지. 나는 수면에서 동생의 발바닥이 갈수록 작아지는 걸 지켜보았어. 대어는 오르락내리락 쉬지 않고 몸부림을 쳐댔어. 힘이 한창 좋을 때인 동생이 재빨리 작살을 한 방 더 먹였지. 나는 동생이 대어와 격투를 벌이는 걸 지켜보다가 곧장 물속으로 잠수해 들어갔어. 동생은 아래에서 위를 바라보면서 한 손바닥과 두 발바닥으로 바닷속 물고기를 붙든 채 수면으로 끌어올리려고 하였지. 내가 대어에게 끌려간 작살을 움켜쥐었을 때, 대어는 이미 기진맥진한 상태였어. 우린 가뿐하게 대어를 수면으로 끌어올렸어. 후…… 하는 긴소리와 함께 가슴속 숨을 죄다 토해내고 신선한 공기를 들이마셨어. 야호, 잡았어! 우리의 흥분은 형언할 수 없었지만, 육지를 바라보자 정말 까마득히 멀었지(지금의 셈법으로 보면, 육지로부터 대략 1.5킬로쯤 되는 거리에서 물고기 사냥을 한 것이다. 우리는 육지의 암초로부터 약 50미터 떨어져 있었다)! 육지까지 어떻게 헤엄쳐 가지? 난 동생을 쳐다보았어. 여하튼 헤엄쳐 돌아가야만 했지. 그땐 상어가 참 많았어. 대어가 흘린 피 냄새를 상어가 맡을까 봐 몹시 걱정했지. 아무리 멀어도 돌아올 수야 있었겠지만, 정말로 상어가 나타났다면 우린 어찌 되었을

---

* 패덤(fathom)은 깊이의 측정 단위로서, 6피트 혹은 약 1.83미터에 해당한다.

까? 다행히 우린 무사히 바닷가로 돌아왔어. 두 발은 지치고 힘이 빠져 흐느적거렸지. 그제야 우린 똑똑히 보았어. 이 창꼬치 녀석 우리만큼이나 길다는 걸(길이가 약 160센티 남짓 되었다). "야호! 무지하게 큰 물고기다." 우린 외쳤어.

이야기를 마치자, 노인들은 시를 지어 당시의 심정과 결투, 몸부림의 과정을 읊었다. 이쯤에 이르자 어둔 밤의 적막한 황량함은 큰아버지의 웃음 띤 얼굴에 파묻히고, 재미난 볼거리가 주마등처럼 뇌리를 스쳐 지나갔다. 우리의 삶을 사방으로 둘러싼 바다에서 '어둔 밤에 귀가한 사내'인 나에 대한 꾸지람은 완전히 사라져버렸다. 작은아버지는 나를 가만히 바라보셨다. 노인의 얼굴에 어린 미소는 늘 많고 많은 생각을 드러내는 법이다. 작은아버지께서 내게 말씀하셨다. "샤만, 너 오늘 무늬양쥐돔, 쥐돔을 몇 마리나 잡았느냐?" 나는 술잔을 들어 올리면서 대답했다. "쥐돔 여덟 마리에 무늬양쥐돔 네 마리 그리고……" 그의 미소는 나의 성취였다. 현재 란위 섬의 어획량은 급속하게 줄어들고 있다. 그리고 내가 사냥한 물고기는 작은아버지께서 알고 있듯이 오직 물살이 세찬 곳에만 서식한다. 작은아버지가 이어 말씀하셨다. "우리 삼 형제는 나이를 많이 먹었다. 나도 큰소리칠 수 있단다. 예전엔 우리 두 형님은 잠수의 달인이셨어. 온 섬의 다우족 가운데 우리 형님들보다 나은 사람은 몇 안 되었다. 너희 사촌 형제 몇 명이 이 피를 이어받아 잠수를 아주 잘하지. 그렇지만 내가 바라는 건 오후 나절에는 혼자 잠수하여 물고기 사냥을 하지 말라는 거야. 두 번째로는 대어를 사냥했다고 자신의 잠수 능력을 으스대거나 떠벌려서는 안 된다. 오직 겸손해야만 족인의 존경을 받을 수 있단다."

"바다는 불러도 다 부를 수 없는 한 수의 시이고, 물결치는 파도는 끊임없이 비극을 엮어내는 살인자이지만, 우리를 길러 내는 자애로운 어버이이기도 하지. 우린 바다를 사랑하지만, 바다를 이해하지는 못해. '밤에 돌아온 사내'는 비극을 빚어내는 전주곡이지. 우리 삼 형제에게 먹어보지 못하고 잡아보지 못한 고기가 어디 있겠느냐만, 생명을 걸고 사냥하여 돌아와 우리에게 대접하는 물고기는 먹지 않는다. 내가 이런 말을 하는 건 내가 이미 할아버지가 된 노인이기 때문이다."

그렇다, 나의 아버지 세대는 늙으셨다. 삼 형제는 나의 늦은 귀가로 인해 노심초사 애를 태우시고 눈물을 떨구셨다. 차가운 바람 몰아치는 한겨울에 그분들의 가르침을 듣고, 자신들이 만든 배를 타고 악천후 그리고 솟구치는 거친 파도와 싸우는 아찔한 이야기에 귀 기울이면서, 우리 손아래 세대는 자기도 모르게 진심으로 자신의 아버지에 대해 탄복하였다. 삼 형제가 함께 앉아 있는 것은 살아 있는 역사이다. 그분들은 지날 날의 고난과 성장, 멋지고 즐거운 일을 끊임없이 추억했다. 작은아버지는 두 형님께 날치잡이 철에 란위 작은 섬까지 야간 항해했던 일을 이야기해 달라고 졸랐다. 이야기가 신나고 아찔한 부분에 이르면, 아버지 세대는 고개를 숙인 채 시를 읊조렸다. 지난날 바다와 맞서 싸우던 영웅의 모습은 이제 일렁이는 물결 위에 다시 재연되지 않은 지 오래이며, 낮고 묵직하며 황량한 음색은 쏜살같이 사라졌지만, 아버지 세대의 강인한 기질로 조금도 손색이 없다. 한 수 한 수 이어지는 그분들의 노래는 참으로 감동적이었으며, 마치 곤히 잠든 아들을 깨우려는 듯했다. 그분들의 표정, 그분들의 이야기, 그분들의 생각은 어느 것이나 '밤에 돌아온 사내'의 가슴을 뒤흔들었다. 나는 남몰래 눈가에 맺힌 눈물을 훔쳤다. 눈물이 주르륵 흐르는 까닭은 무엇일까?

한참 동안을 방 안의 모든 이들은 아버지 세대의 감동적인 이야기와 노랫소리에 젖어 있었으며, 방 안에 들어오기를 거부한 채 바깥에 앉아 넋을 놓고 있던 어머니 역시 흐느낌을 멈춘 지 오래였다. 깊은 밤 마을은 정적에 잠긴 채 감상에 젖어 있는데, 휘몰아치는 북동 계절풍은 악령이 포효하는 듯 스산한 소리를 지르면서 한시도 멈추지 않았다. 작은아버지는 익숙한 동작으로 큰아버지를 부축하여 문밖으로 나가시면서 말했다. "정말 미안하다, 넌 우리 중에 바다를 가장 좋아하는 아이야. 절대로 바다와는…… 하지 마라. 우린 쓸모없는 늙은이야. 우리가 하는 말이 무슨 뜻인 줄 알지? 널 축복하마." 그림자와 몸은 보이지 않는 곳으로 사라졌다. 내가 뭐라 말할 수 있을까? 이때 친척들은 제각기 목을 움츠리더니 하나 둘 나와 작별인사를 나누었다. 몸집이 작은 큰 사촌 형이 입을 열었다. "어이 동생, 바다에 위세 부리지는 마라. 조상님 영혼이 너를 포기해버릴 날이 있을지도 몰라, 파도 아래에서."

그렇다, 나는 영혼을 빼앗기고 말 것이다. 하지만 내가 슬퍼하는 것은 바다 밑 영웅을 이야기하는 마당에 '바다 밑 폭군'이라 자처하는 나에 대해 친척들이 칭송하는 말을 한마디도 하지 않았다는 점이다. 비록 견디기 어렵다고 느끼는 것은 아니지만, 마음 한구석에 찝찝함이 남았다. 가장 가까운 내 아내의 분노는 물고기를 사냥하러 오토바이를 타고 떠났을 때와 마찬가지로 밉살스럽다. 테라스로 몸을 피한 나는 비를 그을 수 있는 모퉁이에서 차가운 밤바다를 바라보다가, 침낭 속에 파고들어 가 비바람 소리를 듣고 있었다.

방 안에서 아내의 목소리가 들려왔다.

"타이완에 일하러 가는 거예요, 엉? 집에 생활비도 없다고요."

"당신 머릿속에는 온통 바다 모습뿐이지요?"

"당신은 잠수 사냥하는 걸 자랑으로 여기는데, 집안 식구들을 조마조마 애태울 뿐이라고요. 바다가 당신에게 돈 한 푼 벌어다 준 적이 있어요?"

"타이완에서 란위까지 궁색함이 떠나지 않는다니까?"

"당신은 바다의 폭군이자, 지상의 탐욕스런 겁쟁이야……"

아내는 훌쩍거리고 있었다. 집안에 생활비도, 아이들 용돈도 없어 마음이 아팠던 것이다. 나는 몹시 춥고 졸린 느낌이 들었다. 빗줄기가 바람에 날려 나의 시커먼 얼굴에 떨어져 내렸다. 나는 무얼 생각하고 있는지, 심지어 무슨 말로 아내를 달래야 할지조차 알지 못했다. 테라스 아래의 또 다른 여인 – 나의 어머니는 쉬지 않고 콜록콜록 기침을 쏟아냈다. 기침할 때마다 내 가슴은 칼로 도려내듯 아팠다. 엄마, 벌건 재 위에 땔감 좀 얹어 넣고 제가 버린 원고지를 불쏘시개로 쓰세요. 불은, 차츰 땔감에 활활 타오르지겠만, 하지만……기침은 여전하다. 기침했다 하면 일 분 남짓이다. 한바탕 기침을 하고 나면 악령을 저주한다. 무엇 때문에 멀리 떠나지 않는 거야. 내가 경애해 마지않는 두 여인이 오늘 내게 바다를 멀리 떠나 돈 벌러 타이완에 가라고 요구하였다. 나는 생각 중이다. 내 머릿속의 것들을 생각하는 중이다. 생각하지 않는 게 낫겠다. 생각하기만 하면 온통 바닷속 경물, 죄다 물고기 모습뿐이다. 나는 생각하지 않으려 애썼지만……

방 안에서 또다시 깊은 밤과 같은 울적함이 전해졌지만, 아주 부드러운 목소리이다.

"샤만, 당신이 타이완에서 공부할 적에 추구했던 진리는 돌아와 잠수해서 물고기 잡는 것이었어요? 란위의 아이들에게 당신이 보고 배운 걸 가르쳐야지요!"

"생각해봐요, 타이완에서 공부하고 돌아온 당신 친구들은 교사나 공무원이 되어 타이완에 집도 사고, 얼마나 남 보기 좋아요!"

"그 양반들 사는 게 얼마나 좋아요. 낮에는 가르치고 밤엔 술 마시면서 한담하고, 여름방학과 겨울방학 때에도 월급 착착 나오겠다. 당신은요? 가진 게 아무것도 없잖아요."

"당신은 대관절 무슨 생각을 하고 있는 거예요? 우리 생활비를 한 사람이 벌어서 될 것 같아요?"

"아이들도 점점 자랄 텐데, 앞으로 교육비는 어떻게 마련할 거예요? 아이들이 빈털터리 아빠를 자랑스러워할 것 같아요?"

"어엿한 직장을 구해 출근하고, 저녁에는 잠수해서 물고기도 잡고 새우도 잡아 돈을 받고 팔아도 좋지요!"

"집안에 쓸 돈이 있다면야, 당신이 책을 보든 글을 쓰든 내가 무슨 잔소리를 하겠어요?"

최근에 내게 관심이 많은 친구가 물었다. 네가 사범대학을 마치고 돌아와 교사가 되었다면 넌 지금 분명히 엄청난 부자가 되었을 거야. 그치? 만약 관행에 따라 추리해본다면 틀림없이 부자가 되었겠지. 하지만 너희처럼 원주민 사업에 관심이 많은 좋은 친구를 알게 되지는 못했을 거야. 나의 처지도 지금의 다우족 교사들과 별반 다를 게 없어. '오로지 자기 일에만 관심 있을 뿐' 그저 큰 풍파 없이 조용히 살고 있지. 생각해보면, 최근 2, 30년간 타이완 정부는 모르긴 해도 제법 많은 원주민 교사와 의사를 양성하였으며, 이들을 원주민 마을과 지역사회에 분산시켜 봉사하게 하였다. 이들

친구 모두 '산지산포(山地山胞)' 혹은 '평지산포(平地山胞)'*라는 특수 신분이었기에 오늘의 계층을 갖게 되었다. 만약 원주민을 위한 특별전형이 없었더라면, 실력으로 대학에 합격할 수 있는 사람이 몇 명이나 될까? 40여 년간 원주민의 집단이익이 국가의 입법을 위한 정책의제로 받아들여진 적이 없었다는 것은 서글픈 일이다. 그러나 이보다 더욱 가슴 아픈 일은 원주민 지식 청년이 단결하여 집단이익을 지키는 첫 방어선 노릇을 제대로 하지 못했다는 점이다. 애달프다! 이상의 추구는 시간이 흐름에 따라 상승하기도 하지만, 추락하여 와해되기도 한다. 그러나 적어도 시도라도 해보고 몸부림도 쳐보아야만 살아 있음의 의미와 존엄을 깨달을 수 있다고 나는 생각한다. 솔직히 말해 내가 우둔한 나이에 특별전형을 거부했던 것은 앞길을 포기하거나 잘났다고 생각해서가 아니라, 일방적인 한족(漢族)의 교육제도를 좇아 자기 종족의 다음 세대를 거듭 해치는 걸 경멸했기 때문이었다. 이건 '이이제이(以夷制夷)'의 공범이며, 이런 오명을 감수한다면 나의 존귀와 영예는 존재한 적이 없는 것과 다름없다고 보았다. 나의 사상은 다우족의 토지 위에서 싹을 틔웠

---

* '산지산포(山地山胞)'와 '평지산포(平地山胞)'는 대만 원주민에 대한 행정관리 상 필요에 의해 만들어진 것이다. '산포(山胞)'란 원주민을 의미하며, 따라서 '산지산포'는 산지의 원주민을, '평지산포'는 평지의 원주민을 가리킨다. 이때 산지와 평지의 구분은 타이완이 일제로부터 해방되기 전에 원주민의 원적이 산지 행정구역인가 혹은 평지 행정구역인가에 따라 정해진다.

다. 흔적도 없는 이상을 좇다가 나중에는 비극적 인물이 되기 십상이겠지만, 바닷속의 감촉과 바다가 내게 준 생명의 참뜻은 집안 만큼의 재산보다도 더욱 값지다. 아울러 바다와 맞서 싸우기에 사람의 생명이 급류에서, 물마루와 물골에서 얼마나 취약한지를 알고 있다. 이러한 체험이 가슴속에 감추어져 있는 한, 투지는 사그라지지 않을 것이다. 풍족한 경제적 수입이 있다면 가난한 이, 약소민족의 마음속 요구를 이해할 길이 없다. 빈궁함으로 우리의 삶을 충실케 하라. 신선한 생선탕으로 자라나는 아이를 양육하라. 양질의 물고기를 잡아 여든 남짓의 부모를 봉양하라. 만약 하나님이 우리를 보살피지 않을 거라면, 적어도 우리는 자신을 경멸하여 다우족임을 부끄러워하지 않을 것이다. 나의 가까운 아내가 내 말을 이해할까? 내가 말해주어야지.

아리따운 그녀가 대답인 양 말했다. "방에 들어와 주무시지 그래요?"

"괜찮아, 테라스에서 생각할 일이 있어." 애 엄마는 흐느낌도 멈추고, 가난에서 비롯된 고민도 잠시 꺼버렸다. 하지만 어머니의 기침 소리는 여전히 계속되고 있었다. 어머니의 기침은 나의 마음을 몹시 아프게 했다. 테라스 틈으로 생선탕을 끓이고 있는 어머니가 보였다. 어둑어둑해질 때 잡수시지 않겠다고 손사래 쳤던 생선이다. 토란 세 알을 옆에 놓아두고서 맛있게 탕을 잡수신다. 나는 돌연 허기가 지기 시작했다. 하지만 우아하게, 그리고 맛나게 잡수시는 모습을 방해할 용기는 없었다. 탕 한 보시기를 다 드시자, 기침 소리도 차츰 약해졌다. 나는 바보처럼 자신의 우스꽝스러운 모습에 웃음을 머금었다.

어머니는 얼굴을 벌건 목탄 쪽으로 향하셨다. 따뜻한 불의 온기로 얼음처럼 차가워진 얼굴을 덥히려는 것이었다. 편히 주무세요, 어머니. 가로등 불빛이 점점 약해졌다. 두터운 먹구름이 바다이만(八代灣) 상공을 여전히 뒤덮고 있고, 수평선이 가물가물 떠올랐다. 사실 다우족은 행복한 민족이다. 아침에 침상에서 일어나 제일 먼저 하는 일이 바로 바다를 바라보는 것이다. 하지만 40여 년간 우리 다우족의 행복은 차츰 '악령'에게 먹혀버렸으며, '악령'을 세운 재단에 의해 행복을 누릴 탄탄대로가 막히고 말았다.

동틀 무렵, 나는 녹초가 된 즐거움을 느꼈다. 바다는 여전히 나를 극도로 흥분시킨다. 오후에 나는 전과 다름없이 물고기를 사냥하러 간다. 하지만 '밤에 돌아오는 잠수부'는 되지 않는다. 악령이 갈수록 많아졌기 때문이다.

"란보안 꼬맹이 학교 가야지." 나는 유쾌하게 아이들을 불러 깨운다.

"오빠 수학시험 답안지는 나랑 똑같이 삼십여 점이에요. 오늘 오후 방과 후에 아빠가 우리 복습 좀 도와주세요. 물고기 잡으러 가지 말고요!" 큰딸이 막 잠에서 깬 눈을 부비면서 말한다.

"좋아, 아빠가 복습을 도와주마. 그런 다음 저녁에 너희들 먹일 바닷가재를 잡으러 갈 텐데, 어때?"

"그럼 그러세요, 아빠."

애 엄마는 어린 딸을 안은 채 바다를 바라보면서 입을
연다.

"처량하기 짝이 없는 날씨, 적막하기 그지없는 바다……."

"그래, 엄청 차가운 느낌이야."

구로시오의 마상이[*]

  이 배는 아버지와 내가 함께 나무속을 파서 만든 마상이다. 아버지는 이렇게 말씀하신다. "난 바다에서의 네 능력을 믿는다. 이 배를 만들어 너에게 주는 건, 귀향에 대한 선물이며, 또한 조상들이 바다에서 생산하고 만새기(Arayo)를 낚던, 그 무엇으로도 대신할 수 없는 긍지를 체험해보기를 바라서이다. 넌 다우족(란위 사람) 남자다. 나는 늙었으니 이제 뭍 위에서 네가 낚은 만새기를 기다리마." 바다 위에 떠 있는 배는 란위 사람의 지혜 높음을 증명한다. 그리하여 차츰 자신을 모체 문화에 융합하고, 돈을 벌기 위한 생산이 아닌 삶을 향유하게 된다.

---

* 원제는 「黑潮の親子舟」. 1993년 11월 『산해문화(山海文化)』 창간호에 처음 발표되었다.

1990년 10월 어느 날

밤은 소리 없이 야메이족(雅美族)*의 섬들을 여러 겹의 검은색 커튼으로 뒤덮었다. 하늘의 먹구름은 가느다란 보슬비를 뿌렸다. 가을바람을 타고 날린 빗방울은 비스듬히 불규칙하게 떨어져 내렸다.

아버지, 어머니의 집은 일 년 내내 땔감으로 불을 때기 때문에, 새하얀 담은 새카매졌고, 오직 하나뿐인 형광등조차도 까맣게 변해버렸다. 아버지는 가만히 낡은 문을 안쪽으로 당기셨다. "어이구, 밖에 비가 내리고 있었네……" 자신의 피부색만큼이나 까만 담에 천천히 등을 기대더니, 아버지는 담배 한 모금을 깊이 빨아들였다. 눈짓, 표정으로는 기뻐하는지 근심하는지 도무지 알 수 없었다. 이건 나이를 드신 야메이족이라면 누구나 지니고 있는, '해가 뜨면 일하고 해가 지면 쉰다'는 숙명적 기질과 흡사한 것이었다. 그렇긴 해도, 그들은 얼마나 강인한지 궁색한 삶 때문에 남에게 고개 숙인 적이 없다. 설사 중병에 들어 목숨이 다하기 며칠 전

---

* 야메이족(雅美族)은 타이완의 토착 원주민 가운데의 하나로, 대부분이 대만 동쪽의 란위도(蘭嶼島)에 거주하고 있다. 스스로 '다우(達悟)'라고도 일컫는데, 이는 '사람'이라는 뜻이다. 인구는 약 사천 명이며, 바다 너머에 거처하고 있기에 독특한 해양문화를 보존하고 있는데, 특히 봄 여름의 '날치잡이 철'에 열리는 야메이족 특유의 '날치문화(飛魚文化)' 가운데, 매년 3월 날치가 구로시오를 따라 란위 해역에 이르렀을 때 거행하는 초어제(招魚祭)가 매우 유명하다. 이 축제가 끝난 후에 야메이족은 날치잡이를 시작한다.

까지도 일하지 않으면 안 된다. 확언할 수 있는 것은 아버지의 노동 시간은 몇 년이 더 남아 있다는 점이다. 그가 기뻐하는 것은 그가 드디어 나와 함께 공동으로 배를 만들게 되어, 재질을 어떻게 고르고 산림의 천지신명께 어떻게 복을 비는지 등을 가르치게 되었다는 사실이다. 아버지께서는 내가 전통적이거나 오래된 생존기술을 배우기를 학수고대하셨다. 아버지께서는 늘 이렇게 말씀하셨다. "네가 우리 종족의 전통을 포기하는 건 이 아비 일생에 가장 깊고 큰 치욕이란다." 그는 담배 연기 한 모금을 내뱉으면서 자신이 지은 시를 자그맣게 중얼거렸다.

그는 걱정스러운 듯 스스로에게 물었다. '애 아범이 나랑 산에 올라가 나무를 베고 배를 만드는 걸 원할까? 애들 먹일 분유를 살 돈이 급한 모양이던데, 아이들이 돈을 달라고 할까? 배를 만들어야 한다고 할까?' 그는 서글픈 생각이 들어 다시 노래를 흥얼거렸다.

나이 젊어 거만하기는 날 닮아
작렬하는 뜨거운 태양을 무릅쓰고
큰 섬 란위와 작은 섬 란위를 오가노라……

"작렬하는 뜨거운 태양을 무릅쓴 야메이족이 당신만이 아닌데, 뭐 한다고 저렇게 우쭐거리는 노래를 부르는지 원……" 어머니는 그 멋진 가사가 귀에 거슬린 듯 비꼬아 말했다. 밖에는 먹구름이 하늘에 가득하여 달빛이 보이지 않았다. 아버지는 담을 등진 채 형광등 불빛 아래 두 손을 펼치고서 날짜를 꼽아보았다. 오늘이 상서로운 밤이로구먼. 애 아범과 배 만드는 일을 의논해볼까. 아버지는 이런 생각을 하고 계셨을 것이다.

오토바이의 소음이 마을의 고요한 밤을 깨트렸다. 그래서 얼른 엔진을 껐다. 먹기만 좋아할 뿐 게으르기 짝이 없는 우리 집 개는 오늘 밤 부지런히 빗방울을 무릅쓴 채 내가 물고기를 잡아오기를 기다리고 있었다. 그런데 개가 짖는 소리에 아버지께서는 집 밖으로 나오셔서 비를 맞고 계셨다. "애 아범아, 오늘 밤 이후로는 다시는 혼자서 잠수 사냥하러 다니지 말아라. 요즘의 마귀는 우리 때보다 천 배나 못되었다더구나."

"아버지, 매번 잠수하기 전에 언덕 위에 담배 두 개비를 남겨두어, 우리 마귀 친척에게 절 보우해달라고 빌고 있습니다." 나는 아버지 말씀에 얌전하게 대답했다.

"한족(漢族)이 온 뒤로부터 헤아릴 수 없이 많아졌어. 게다가 일본의 악령들도 우리 섬에 살고 있어. 정말로 사람의 목숨을 빼앗는 놈들은 외국에서 들어온 악령들이야. 그러니 애 아범아, 저녁에 잠수할 때에는 꼭 조심해야 한다." 어머니가 거듭 말씀하셨다.

죄다 마귀다. 걸핏하면 마귀 타령이다. 내 마음속에 마귀가 존재하지 않는데도, 이번엔 듣기가 꺼림칙했다. 기분이 영 언짢았다. "와아! 물고기가 이렇게 많아!" 통통한 편인 나의 아내가 흥분된 목소리로 입을 열었다. 물론 우리 아버지 어머니께서 입으로는 마귀 타령이시지만, 입 안에 넣는 신선함은 그분들에게 한없는 위안을 안겨주었다.

한밤에도 여전히 보슬비가 날리고 있었다. 가을바람 속의 밤과 비는 내가 가장 좋아하는 것이다. 가로등 불빛이 비치는 곳을 바라보노라면, 비는 참으로 아름답기 그지없다. 손에 신선한 생선탕을 담은 사발을 받쳐 든 채, 나 자신의 노동 성과를 가만가만 음미하였다. 침대 위에 이리저리 너부러져 곤히 자는 아이들을 보고 있노라니, 나에게도 정말 아버지다운 티가 있는 모양이다. 얼마 후 아버지께서 담배 한 개비를 입에 문 채 집 밖 테라스로 오셔서 말씀하셨다. "십여 년이나 기다렸다만, 너 나랑 배를 짓고 싶으냐? 날치잡이 철이 곧 다가오는데, 배가 없는 집은 남정네 없는 집과 마찬가지란다."

"산에 올라가 나무 벨 체력이나 있으세요?" 나는 슬쩍 떠보듯 물었다.

어둠 속에서 아버지의 웃는 모습이 보이는 듯하였다. 마치 내가 엉뚱한 소릴 한다고 비웃는 것만 같았다. 가을바람에 묻어온 밤바람은 약간의 한기를 띠고 있었다. 일흔넷이나 되셨는데도, 이런 한밤에 웃통을 벗고 계시니 참으로 대단한 분이시다.

"너에게 배를 짓자고 말을 꺼낸 마당이니, 나야 산을 오르고 나무를 잘라낼 자신이 있지. 오히려 네가 배 짓는 기술을 나에게서 배우지 못 할까 봐 걱정이다." 아버지께서 되받아 말씀하셨다.

확실히 나무 한 그루를 3, 4센티 너비의 토막으로 잘라내는 일은 쉬운 일이 아니다. 하물며 나무토막 가운데에는 곡선형의 것도 있는데다가 산 위에서 토막의 새끼꼴을 갖추어야 하니, 기술 외에 더욱 중요한 것은 팔에 힘이 있는가 없는가이다. 내 경우 아버지보다 힘이 있는지는 아버지께서 말씀하신 대로이다. "겉으로 보기에 네가 나보다 튼튼하고 힘이 넘쳐 보이지만, 내가 너만 한 나이였을 때에 비하면 넌 한참 멀었다. 게다가 나무를 베는 건 힘만으로 되는 게 아니야. 도끼를 다루는 솜씨가 있어야지……."

"체력이 되신다면, 우리 함께 배를 만들어 보지요."

"내 체력이 문제가 되는 게 아니라, 배 없는 남자를 야메이족 사내로 쳐줄 수 있겠는가가 문제라니까."

"넌 곧 타이완 사람이 되겠구나. 내 아들이 한족화한 야메이족이라는 말을 남에게 듣는다면, 난 사느니 차라리 죽어버리겠다."

야메이는 아주 전통을 존중하는 사람이면서, 아주 개성적인 사람이다. 야메이는 샐러드유로 버무린 음식이라면 절대로 먹지 않는다. 야메이가 제일로 여기는 음식은 싱싱한 회다. 사실 내가 고향에 돌아와 정착하면서 가장 바랐던 일은 바로 아버지와 함께 배를 짓는 것이었다. 그런데 오늘 아버지께서 먼저 제안하신 것이다. 내 마음속에는 이루 말할 수 없는 기쁨이 넘쳤다.

"밤이 진즉 깊었고 너도 고기 잡느라 고단할 테니, 일들이야 산에 오르면서 천천히 가르쳐주마."

아버지가 방 안으로 들어가자, 어머니가 아버지에게 물었다. "애 아범은 타이완에서 십여 년이나 지냈는데, 되겠어요?"

"안 되더라도 되게 해야지. 녀석은 한족이 아니야. 물고기를 팔아 생활비를 마련하는 놈은 제일 쓸모없는 사내야……"

"옳은 말씀이오만, 애 아범에게 그런 체력이 있고 배 지을 기술을 배울 마음이 있습디까?" 소음이 전혀 없는 밤이라서 제아무리 소곤거리는 말이라도 내게는 똑똑히 들려왔다. 확실히 수많은 젊은 족인들이 타이완에서 몇 년 떠돌다가 부모님을 뵈러 사나흘 간 고향에 돌아오면, 나이 지긋하신 분들은 그들의 몸에서 분과 향수, 그리고 진한 술 냄새를 맡았다. 그들에게는 바닷물의 비린내가 전혀 없었다. 어머니가 나의 체력을 물어본 것은 물론 내가 이런 못된 습관에 젖어 있으리라 여겨서가 아니라, 어머니의 눈에는 내가 한족의 근성에 다른 족속의 근육을 지닌, 나무와 멀어져 있고 흙냄새는 전혀 없는 사람으로 보였기 때문이리라. 어머니의 몇 마디는 나 자신이 그분들의 마음속에는 전통적인 노동을 할 만한 지위를 갖지 못한 신인류임을 입증해주었다.

11월 초 어느 날

배를 짓는 일은 우리 야메이족의 가장 중요한 기술이자 생존수단이며, 족인들에게 진정한 사내로 인정받는 일이다. 배를 짓는 일 외에 너의 하는 일이 정교한지 어떤지, 배가 빠른지 어떤지…… 등등은 죄다 너의 능력을 입증해주며, 이러한 능력이 오랫동안 축적된 것이 바로 너의 사회적 지위이다.

보라! 저 구로시오의 사납고 거친 해류를. 겨울철의 유속은 여름철과는 사뭇 다르며, 가까운 바다와 먼바다는 차이가 더욱 심하고, 달이 찰 때와 일그러질 때, 사리일 때와 조금일 때, 역시 모두 서로 다르다. 아버지는 나와 함께 야메이족 조상인 바위 남자와 대나무 여자*가 서로 만났던 산 중턱 위에 서서 멀리 굽이치는 구로시오를 바라보면서 이야기를 꺼냈다.

"네 할아버지가 어렸을 때, 우리 임로쿠(依姆洛庫) 마을에서는 스무 척이 넘는 배가, 그리고 또 일라다이(依拉岱) 마을에서는 마흔 척이 넘게, 모두 해서 거의 일흔 척의 배가 저기에서 물고기를 잡았단다. 해류가 지나는 곳이 물고기가 가장 풍부한 곳인데, 그날 아침에는 풍랑이 잔잔했었다. 여름

---

* 바위 남자(石男)와 대나무 여자(竹女)는 인류 및 다우족의 기원과 관련된 설화에 등장하는 인물이다. 이 설화에 관해서는 역자후기를 참조하시오.

철 조류가 막 바뀌는 시각이라 물고기가 미끼를 계속 무는 바람에, 고기 잡는 족인들도 아주 신이 났지. 그런데 썰물인 시각에 바다에서 강풍이 닥치더니 폭우까지 내려 바로 코앞인데도 칠흑처럼 어두웠어. 게다가 바닷물이 남동쪽, 그러니까 필리핀 쪽으로 흐르는 거야. 순간 파도는 하늘에 닿을 듯 솟구치고 물살은 급했단다. 그때 경험이 없는 족인이나 세찬 바닷물의 대처 방법을 어른들에게 들어본 적이 없는 사람들은 모두 물고기 밥이 되었지. 반면 경험이 있거나 노인들과 늘 이야기를 나누었던 사람들은 해류를 따라 천천히 바닷가로 노를 저었지. 광풍과 폭우, 높은 파도가 갑자기 사라진 후 암초를 따라 회항한 두 마을의 배는 겨우 열여섯 척뿐이었단다. 그 중의 하나가 바로 네 증조할아버지의 배였다. 그 나머지 사람들은 그들의 영혼을 위로하는 수밖에 없지. 그러니 애 아범아, 넌 이걸 명심해야 한다. 젊은 사람이 노를 저을 때 동서 양쪽 수평선 구름층의 변화를 관찰할 줄 알아야 한다는 걸. 밀물과 썰물의 바닷물은 달과 직접적으로 관계되어 있단다. 네가 잠수하여 물고기를 사냥하는 능력은 뛰어나지만, 그건 배를 타고 먼바다로 나가 물고기를 잡는 것과 전혀 다르단다. 튼튼한 팔과 굳은살 박인 손바닥 없이는 해류와 맞서 싸울 수가 없지." 목재를 찾는 중에 아버지는 이렇게 나를 가르쳤다.

"애 아범아, 이 나무는 'Apnorwa'이고, 저 나무는 'Isis', 저건 'Pangohen'……. 이 나무들은 모두 배를 짓는 재료들이다.

이 'Apnorwa'는 널 기다린 지 벌써 십여 년이나 되었다. 선체 양쪽 중간을 맞붙이는 최고급 재질인데, 부식에 아주 강한 목재이지. 이 나무는 'Cyayi'로, 용골 제작을 위해 우리가 오늘 베려는 것이다……."

아버지는 용골 제작용 나무 주변의 덩굴을 없애기 전에, 땅바닥에 쭈그려 앉아 중얼중얼 기도를 올렸다.

숲의 산신이여
저는 이미 할애비가 된 노인
제 음성과 체취를 포함하여
그대들은 모두 아실 터
그대들을 축복하러 애 아범도 함께 왔으니
우리 손안의 도끼를 무디게 하지 마소서
어서 빨리 그대가 바닷속에서
거센 파도를 뚫고서 용맹을 뽐내게 하소서

삐 – 소리에 리·바두커산 산마루의 왕새매와 가랑잎 나비는 깜짝 놀란 듯 '즈즈즈' 소리를 내면서 울었다. 아버지는 이들에게 눈길 한 번 주지 않았다. 불길한 새인 'Tazkok'을 볼까 봐 그랬을 것이다. 그는 나무줄기를 베어내면서 기도를 올리기 시작했다.

그대를 기다린 지 10여 년

그대 몸통의 부스러기를 잘라내고*
그대의 가장 튼실한 부분만 남기나니
이건 날치와 옥돔의 비린내로 가득 찰 나무토막이라네.**

아버지는 삼 분의 일쯤을 베어낸 후에 도끼를 나에게 건네주면서, 마지막 구절인 "이건 날치와 옥돔의 비린내로 가득 찰 나무토막"을 소리 내어 외우게 하였다. 마지막 구절을 외우면 외울수록 나는 힘이 솟구쳤다. 얼마 지나지 않아 나무는 순조롭게 넘어졌다. 아버지는 다시 입을 열었다.

그대는 애 아범의 주인
바다에서 나의 아들을 보우하소서
날치를 가득 실은 영광을 그대에게 바치리

"아버지, 배 지을 나무를 베는 데 이렇게 많은 이야기를 해야 하나요?"

"나무는 산의 아이이고, 배는 바다의 손자란다. 대자연의 일체 생물은 모두 영혼을 지니고 있다. 네가 이들 대자연의 신을 축복하지 않는다면, 넌 이 섬의 생명을 지닌 일부라고 할 수 없어……. 이러한 의식을 치러야 대자연은 우리 민족

---

* 길운을 가로막는 악령을 찍어냄을 의미한다.(원주)
** 배의 영(靈)이 행운을 가져다주기를 축원하는 것을 의미한다. 야메이어는 이러한 축원을 모두 물고기 비린내로 설명한다.(원주)

을 도태시키지 않을 거야." 이게 도태와 무슨 관계가 있담? 나는 문득 이런 의문이 들었다.

"샤만, 넌 타이완에서 이상야릇한 생활을 열여섯 해나 지내서, 우리 노인들이 섬의 모든 생명 있는 것을 왜 이렇게 경외하는지 체득할 길도 없고 믿을 수도 없을 거야. 넌 타이완에서 교육을 받았다만, 타이완의 선생님들은 나무의 영혼이 존중받을 권리가 있다는 것을 절대 깨닫지 못할 게다. 그 사람들은 우리 섬의 족인들의 삶과는 전혀 관계없는 지식만 가르칠 따름이야. 내 나이가 이미 많아도 아직은 일하고 있다만, 애비가 네게 입으로 전해주는 사물들을 네가 싫어하지 않기를 바란다. 오직 늘 일하는 사람만이 생각이 바르고 분명한 법이다……"

나무줄기는 깎을수록 더욱 가늘어졌다. 아버지는 마치 영양부족인 듯 근육이 이미 쪼그라들었지만, 뼈마디에 착 달라붙어 남아 있는 근육에는 온통 울퉁불퉁한 혈관이 뚜렷한 선을 긋고 있었다. 아마 헬스클럽에서 만들어낸 근육과는 비교도 되지 않을 것이다. 나는 조금도 지치는 기색 없이 단숨에 나무토막을 깎아내는 아버지의 모습을 최고의 존경심을 품고서 찬찬히 지켜보았다. 내 마음 깊은 곳에서 부끄러움이 치밀었다.

'삐…… 빠삐…… 빠' 소리가 리·바두커산 봉우리에 낭랑하게 울려 퍼졌다. 새들의 울음소리는 마치 계집아이의 때 묻지 않은 해맑은 웃음소리처럼 나의 마음을 탁 트이게 해주었다.

"산속에서 이곳저곳을 두리번거리지 마라. 산속의 악령이 네가 산속 새내기란 걸 금방 알아차리면, 나중에 산속에서 일하는 게 순조롭지 않을 게야……."

노인의 생각 속에는 어째서 시도 때도 없이 귀신의 모습이 떠오르는 걸까? 일이 순조로울 때에는 마귀의 도우심에 감격할 것이고, 일이 제대로 풀리지 않을 때에도 온갖 혹독한 말로 악령을 저주할 것이다. 배의 용골을 만드는 첫 번째 나무를 대하는 아버지의 모습은 이처럼 엄숙하기 그지없다. 배는 바다의 손자, 왜지? 나는 생각에 잠겼다. 일흔다섯의 노인인데, 도대체 어떤 신묘한 힘이 이끌기에 배를 꼭 지으시겠다는 걸까? 연로함의 오만일까? 아니면 나에게 배 짓는 일의 어려움과 완성의 뿌듯함을 몸소 체험시키려는 것일까? 나는 나무토막을 깎으면서 이런 생각에 잠겨 있었다.

"애야, 배 용골은 앞머리 끝이 조금 높아야 한다…… 네 최초의 배가 빠르냐 빠르지 않냐는 네가 배의 곡선을 거듭거듭 생각하고 끊임없이……" 아버지는 한쪽에서 나를 가르치셨다. 이렇게 첫 번째 나무부터 열두 번째 나무까지 아버지의 입에서 많은 것을 배웠으며, 섬 위에서 생존한다는 자긍심은 자신의 부지런한 노동과 정비례하여 나타남을 깨달았다. 한 달 반 동안 산에 올라 배 지을 재료를 베어냄과 동시에, 숲을 경외하고 조상의 영혼을 축복하는 걸 익히고, 산과 바다를 아끼고 사랑하는 생명의 본질을 배웠다. 게다가

육체노동으로 생존의 지혜를 터득한 노인들을 더욱 존경하게 되었다. 그들은 대자연의 산림과 대양의 파도에게는 고개 숙이지만, 자신과 동등한 노동력을 지닌 족인에게는 결코 고분고분하지 않는다. 동일한 품질의 토양 위에서 좋은 결과를 낳는 열성 혹은 우성 경쟁을 벌이고, 똑같은 바다 위에서 삶을 도모하는 의지를 겨루고 전수한다. 이러한 과정에서 족인의 평화로운 듯한 유약함, 사나운 듯한 이성적 성격이 완전히 환경의 영향을 받았음을 명확히 알게 되었다. 생존(환경) 조건의 열악함은 마침내 야메이족이 겸손한 개성을 갖도록 이끌었다.

1990년 12월 하순

태양이 어둔 밤의 흐릿한 주름을 찢어발겼다. 잔잔한 수평선상 위에 한 점 붉은색 머리가 쏙 내밀더니, 날이 마침내 환히 밝았다. 아버지와 나는 마치 바다의 귀염둥이마냥 함께 바닷가에 이르러 우리들의 배를 축원하였다. 영웅처럼 바다 위에 떠 있는 배는 일망무제의 바다를 내려다보고 있었다. 우리는 조류가 들락거리는 맨 꼭대기 위에 쪼그려 앉았다. 여러 갈래의 조그마한 물결의 물보라가 마치 바다신의 여러 손자의 미소처럼 우리의 배를 뜨겁게 맞이하고 있었다.

"애 아범아, 배의 몸체가 약간 왼쪽으로 기울었구나. 이 현상은 우리가 왼쪽 나무토막을 약간 덜 깎아냈기 때문이지. 왼쪽이 무겁고 오른쪽이 가볍게, 이게 우리가 원하는 배란다. 우리 두 사람 모두가 오른손잡이인데, 오른손은 제법 힘이 있어서 배를 저으면 반듯이 나가지." 아버지는 만면에 웃음을 지으면서 말했다.

나는 마치 의장대도, 환호하는 군중도 없는 고독한 영웅과 같았다. 이제 막 다 지은 배 위에 앉아 시험운항의 의식을 치렀다. 아버지는 언덕 위에서 배의 속도와 배를 다루는 나의 솜씨를 지켜보았다.

두 달 뒤면 날치잡이 철이 시작된다. 마을 안 족인들은 진즉 타이완에서 부모를 뵈러 온 야메이족 젊은이들을 돌려보냈다. 섬에 남은 사람들은 노동력이 별로 없는 노인들, 그리고 나를 포함한, 타이완의 도회지 생활에 부적합한 젊은이들이었다.

대선초어제(大船招魚祭) 이후의 한 달 반은 날치잡이의 풍어를 기원하는 소선초어제(小船招魚祭)가 열리는 가장 성대하고 장엄한 철이다.[*] 아버지는 은빛 모자를 쓰고, 나는 머리 위에 금, 은과 동의 조각 가운데에서 족인들이 제일 귀하게 여기는 금박조각인 'Ovay'를 걸치고서 아버지 뒤를 따라 바닷가로 걸어갔다. 오른손에는 예도(禮刀)와 일 미터 반 남짓 길이의 어린 대나무를 쥐고 있고, 왼손에는 물에 삶은 비파나무의 어린잎을 들고 있었다. 어린잎 안에는 쉼 없는 생장과 번성을 상징하는 좁쌀 이삭 셋이 싸여 있었다. 아버지가 입을 열었다. "바다에서는 배가 곧 네 생명이다. 그러니 첫 번째 좁쌀 이삭은 네 배의 영혼을 축복하고, 두 번째 이삭은 지느러미가 까만 날치의 신령을 축복하고, 세 번째 이삭은 바다에서 공존하는 삼위일체인 나, 날치와 배의 영혼을 축복한단다. 너는 '저는 가장 깨끗한 마음으로 가장 붉은 희생의 피로써 그대들(날치)을 축복하며, 날치잡이 철의 모든 계율을 삼가 지키겠습니다. 원컨대 그대들이 새로 지은 저의 배를 빗방울처럼 가득 채워 서로 축복하게 하소서'라고 기도하거라." 그런 다음 대나무를 세 토막으로 잘랐다. 십 센티 길이의 두 토막은 상앗대를 동여매는 끈에 끼워 넣고, 나

---

[*] 날치잡이 철에 다우족이 지내는 주요 의식은 크게 세 단계, 즉 대선초어(大船招魚, Meyvanwa), 소선초어(小船招魚, Mapalenwas so tatala) 그리고 날치 식용을 마감하는 마무리 의식이다. 매년 날치잡이 철에 열리는 초어제(招魚祭)는 두 차례로, 첫 번째는 큰 배의 출항을 위해 행하는 대선초어제이고, 두 번째는 작은 배의 출항을 위해 행하는 소선초어제이다. 두 차례의 초어제는 대략 두 달 사이에 열린다.

머지 긴 토막은 뱃머리 오른쪽에 잘 놓아두었다. 마지막으로 나는 선체 안에 서서 끝없이 펼쳐진 바다를 향해 은빛 모자를 벗은 뒤, 모자 속을 바다로 향하게 하고서 기도를 올렸다. "나 은빛 모자로 그대들, 하느님이 내려주신 양식을 부르노라, 축복하노라. 나는 그대들 조상들이 전해준 금기를 영원히 지키겠노라. 나의 마음이 모든 축복으로 가득 채워지듯이, 그대들이여 한 마리 잡어도 없이 나의 배를 가득 채워주소서."

이튿날 집안 식구들에게 학교에 결석계를 내도록 부탁했다. 아침 일찍 날이 밝을 즈음, 조그마한 배를 소유하고 있는 마을 사람들이 다시 바닷가에 모였다. 모두 낚시 도구를 갖추고서 제일 나이 많은 용사 – 만새기를 낚는 항해사를 기다렸다. 바다로 나설 남자들이 모두 모이자, 장로의 지휘 아래 낚시 도구를 바닷물에 담근 후 모두 함께 날치의 영혼을 외쳐 불렀다. 이어 제일 나이 많은 이가 맨 먼저 바다신의 물결을 가르자, 배 한 척 한 척이 줄지어 만새기가 떼를 지은 해역으로 뒤쫓아 나아갔다. 나는 나이가 제일 어린 선원인지라, 물론 맨 마지막에 출항하였다. 이것 또한 내가 아주 좋아하는 것이다. 배가 줄지어 물결을 가르고 떠나는 위풍당당한 모습을 감상할 수 있기 때문이다. 내가 존경하는 족인들은 모두 나이가 듬직한 바다의 장사들이다. 그들의 물렁물렁한 근육에는 강렬한 삶의 의지가 실려 있고, 조상들이 살려고 발버둥쳤던 천 년 동안의 재주와 문화가 이어지고 있다. 그들의 표정은 이처럼 강인하고 이처럼 듬직하다. 도대체 어떤 신적인 힘이 나의 존경하는 선배들을 끌어당기기에 매년 날치잡이 철의 의식을 지키지 않으면 안 되게 만드는 걸까? 습속일까? 명예일까? 지위일까? 경쟁일까? 나는 끊임없이 생각하고 또 생각해보았다. 솟구치는 물보라는 바다 신의 손자들이 마중하는 웃음 띤 얼굴이다. 나는 한시도 지체할 수 없다는 듯 선배들의 항로를 뒤쫓기 시작했다. 맨 꼴찌는 나였다.

"애야, 어서 가거라! 금기를 잘 지켜야 마음이 편안할 거야." 나의 흥분은 기쁨을 띠고 있고, 나의 기쁨은 엄숙함을 띠고 있고, 나의 엄숙함은 풍어를 기대하고 있고, 풍어는 나, 아버지, 집안 식구에게 최고의 영광을 가져다줄 거야. 한 번, 두 번…… 노를 저어 물결의 물마루를 헤쳐 나아갔다. 물마루 위에서 매의 눈처럼 예리한 눈빛으로 만새기의 등지느러미를 쏘아보았다. 백 미터, 일 킬로미터, 이 킬로미터의 거리. 아버지는 여전히 자갈밭 위에 서 계셨다. 두 손을 눈썹 위에 받친 채 우리가 함께 지은 배의 운항에서 눈을 떼지 못하였다. 아마 간절하게 나를 축복하고 있으리라. 점점 더 멀어졌다. 아버지는 화학변화를 일으킨 듯 육체에서 까만 점으로 바뀌었다. 하지만 나는 바다 위에서 여전히 볼 수 있었다. 눈썹 위에 받쳐 든 아버지의 두 손을. 마침내 오르내리는 물결의 율동 속에서 아버지의 까만 점은 사라지고 말았다. 붉은 해가 동쪽에서 떠올라 마을 돌길을 비추는 그 순간에.

바다 위에 떠다니는 동안, 나 자신이 야메이족 사내가 된 듯한 느낌이 들었다. 배에 오르려는 의지는 굳세나 근육은 물렁해진 노인들을 실은 채 수시로 스쳐 지나거나 나란히 달렸다. 마음 깊은 곳에서 우러나온 노인들의 웃음 띤 얼굴이 바다 위에서 주는 느낌은 참으로 감동적이었다. "샤만, 파도를 조심해라. 조상 대대로 전해온 'Mataw'* 선단의 일원이 된 걸 열렬히 환영한다." 이때 나는 진정으로 타이베이에서 지내온 십여 년간의 겉치레를 벗어던졌다. 햇빛이 리·바두커산 봉우리를 뛰어넘은 듯, 햇살이 나의 튼실한 살갗을 태우는 듯하였다.

와아…… 만새기가 배 옆에서 수면을 박차고 날아올랐다. 녀석이 바닷속으로 떨어지면서 흩뿌리는 물보라에 나의 옷은 흠뻑 젖었다. 야아! 저건 대어로구나. 나는 얼른 낚싯줄을 당겼다. 대어와 나 사이에 지혜와 체력을 겨루는 싸움이 벌어졌다. 정말 허풍이 아니라, 저 녀석 정말 크다! 선단에서 망신당하지 않도록, 내가 야메이의 사나이라는 걸 보여주기 위해, 나 자신의 힘을 드러내도록, 나는 만새기에게 숨을 몰아쉴 기회를 주지 않고 힘껏 낚싯줄을 잡아당겼다. 하지만 물고기는 필경 바닷속 동물인지라 힘이 나에게 뒤지지 않았다. 십 분이 흘러서야 나는 마침내 대어와의 싸움에서 승리

---

* Mataw는 두 번째 초어제를 지낸 후의 닷새 동안을 가리킨다. 이 기간에는 오직 날치와 만새기를 낚을 수 있을 뿐, 다른 어로 행위는 할 수 없다.(원주)

를 거두었다. 대어를 배 안으로 끌어올릴 때, 수많은 족인이 내가 낚은 만새기를 지켜보았다. 내가 낚은 만새기는 이 등이었으며, 4·50척의 배들은 아직 낚았다는 소식이 없었다. 노인들은 웃음으로 나의 행운을 축하해주었다. 십여 분간 힘을 겨루다 보니 나의 등은 진즉 땀으로 흥건히 젖어 있었다. 나는 와이셔츠를 벗어버렸다. 한족화한 허위의 겉옷을 벗어 던지고, 나의 족인들과 똑같이 작열하는 태양의 자외선을 그리고 파도의 침윤을 받아들였다. 야호…… 나는 야메이인이다. 문명화되지 않은 진정한 야메이족 젊은이다. 나는 두 손으로 흔들거리는 해류를 만지면서 중얼거렸다. "바다야, 너희 나 잘 알지?" 이어 배의 영혼과도 인사를 나누었다. "나와 넌 영원히 바다신의 아들이야. 바다에서 영웅이란 걸 뽐내보자."

삼 킬로미터, 이 킬로미터, 백 미터, 십 미터…… 차츰 뭍에 가까워졌다. 아버지와 선단을 마중 나온 장로들은 벌써 바닷가에 모여 이야기를 나누고 있었다. 오늘 같은 날 한창때의 그들이라면 이미 영웅이라 불리고 있었을 것이다. 그들은 각각 두 손을 눈썹 위에 받치고서 제일 먼저 회항하는 선원이 누굴까 점치면서,[*] 그저 족인에게 기쁜 소식을 가져다주기만을 바랐다. 배가 다가갈수록 웃어른들의 쪼그라든 몸집이 더욱 똑똑히 보였다. 물론 회항하는 도중에 웃어른

---

[*] Mataw 기간의 첫 날에 만새기를 낚지 못한 사람은 선두로 회항할 수 없다.

들은 누가 선두로 들어오는지에 대해 의견이 분분하였다. 아버지는 마음속으로 틀림없이 진즉 나라는 걸 알고 계셨지만, 다른 웃어른들은 나 같은 초짜가 선두로 들어오리라고는 꿈에도 생각지 못하였다. 그들은 초짜가 선두로 들어오는 경우란 낚시 도구가 엉켰거나 아니면 참을성이 전혀 없는 때였다. 아버지는 심장이 쿵쿵거리면서 행여 좋지 않은 소식을 가져올까 봐 조마조마했다.

조상님. 애 아범이, 아이구…… 내가 'Mapaboz'** 할 때 아버지의 표정을 슬쩍 훔쳐보았다. 아버지는 이런 의혹에 잠겨 있는 듯했다. 다른 장로들은 분분히 몸을 일으키고서 이물에 대어의 꼬리가 있는지 없는지 이리저리 두리번거렸다. 바닷물은 멀리 물러나 있고 암초의 모습이 수면 위로 드러나 있는지라, 내가 노를 저어 언덕에 다가올 때의 모습은 마치 뱀과 같았다. 나는 짐짓 대어를 낚지 못한 척 실망한 표정을 짓고서, 이를 드러내어 웃지도 않은 채 터져 나오는 기쁨을 혓바닥 아래에 감추었다. 네댓 분의 장로가 목을 빼고 나의 선체를 쳐다보았다. 그 순간 아버지의 발바닥은 벌써 물속에서 고물의 'Morong'*** 을 붙들고 있었다. 그는 마침내 60여 년간 빈랑즙에 물들어온 이빨을 환히 드러냈다. 그리고 나의…… 미소는 올해 풍어를 맞을 거라는 웃어른들께 드리

** Mapaboz는 배의 고물이 뭍을 향해 언덕에 닿을 때의 모습을 가리킨다.(원주)
*** Morong은 배의 장식용 돛대의 꼭대기를 가리킨다.(원주)

는 최고의 답례였다. 잘했어, 음! 초짜가 빈 배로 돌아오지 않은 건 아주 운이 좋은 거야! 샤만 란보안은 한족화하지 않았어……. 샤만은 대어를 낚아 정박항의 영혼을 축복하였다. 기쁜 소식을 가져다주어 참으로 감격스럽고, 우리에게 행운을 선사하였으니 고맙기 그지없다……. 난 장로들의 축복 속에서 가장 신성한 축복을 받았으며, 내가 바다의 야메이 족 용사임을 인정받았다. 한낮의 시각, 'Mataw' 선단의 배들이 하나둘 회항하여 언덕에 닿을 때, 용사들 모두 수확이 풍성하였다. 한낮의 뙤약볕을 받으면서 나는 알 수 없었다. 나의 할아버지 영혼이 저 저승에서 나를 축복하는지 어떤지. 아버지, 어머니, 아내, 아이들은 나를 사방에서 웃음으로 둘러싸고 있었다. 나는 이것이야말로 문명화하지 않은 민족의 우러러볼 만한 점, 즉 노동이 쌓아올린 성과로써 자신의 사회적 지위를 쌓아올리는 점이라 생각한다. 내년, 내후년, 심지어 남은 목숨을 간신히 부지하는 여든 살까지라도, 나는 날치잡이의 금기를 굳게 지키고 고기잡이 대열에 참여할 것이다.

날치의 외침[*]

자랑스러움으로 가득한 웃음 띤 얼굴

* 원제는 「飛魚的呼喚」. 1992년 1월 26일 『중시만보(中時晚報)』 부간에 처음 발표
되었다.

'빵점 도사'는 잰걸음으로 나가 선생님께 빈랑 한 봉지와 담배 한 갑을 사다 드리고서야 발길 닿는 대로 귀갓길에 올랐다.

"아빠, 나도 아빠랑 날치 잡으러 바다에 갈래. 나도 데려가 줘, 응?" 다카안(達卡安)은 수업을 마치고 집에 돌아오자마자 숨을 헐떡이면서 얼굴에 웃음을 띤 채 간절한 표정으로 아버지를 쳐다보았다.

다카안은 늘 바닷물에 젖지만, 한 번도 깨끗이 빤 적이 없는데다가 교과서나 숙제노트는 넣어본 적이 거의 없는 책가방을 비스듬히 등에 메고 있었다. 흠뻑 젖은 운동화 발 등 위에는 지저분한 물거품이 묻어 있고, 흰 바탕에 푸른 체크무늬의 작은 교복에는 어디에선지는 모르지만 여러 가지 색이 덕지덕지 묻어 있었다. 기름때투성이인 아랫다리는 마치 지금껏 세숫비누로 씻어본 적이 없는 듯했다. 이 조그마한 섬의 야메이 소년들 가운데, 이렇지 않은 아이가 거의 없었다. 비싼 세숫비누를 살 수 있는 집은 매우 드물었다. 비록 어린 다카안의 아버지는 사실 아이를 위해 이를 악물고서 비누를 사본 적이 있지만, 딱 날치잡이 철 한때뿐이었다. 대량의 소금을 사느라 돈이 드는지라 비누 살 여분의 돈이 없었던 것이다. 다카안은 몸을 굽힌 채, 마침 테라스에서 그물을 손질하고 있던 아버지를 마주 보았다.

아버지는 태양이 금방 바다 너머로 지려는 것을 보더니, 그물을 손질하는 손을 더욱 재게 놀렸다. 다카안의 말은 귓

등으로 홀린 채 전혀 귀담아듣지 않았다.

"샤만 다카안, 어제저녁에 어디 가서 그렇게 많이 잡아온 거야?" 집 아래의 이웃사람이 물었다.

"몇 마리 안 돼, 겨우 이백하고 여섯 마리뿐인데! 'Jiliseg' 해역 그쪽이야."

"알고 보니 그곳에 갔구먼. 어젯밤에 난 서른 마리 남짓밖에 잡지 못했어. 정말 형편없었어."

"날치 잡으러 나도 데려가 줘! 아빠!" 다카안은 간절한 눈빛으로 말했다. 교과서와 숙제노트를 담아본 적이 없는 책가방은 여전히 녀석의 가녀린 어깨 위에 비스듬히 걸쳐져 있었다.

"네가 뭐 하려고? 공부도 제대로 안 하는 녀석이. 집에서 착실히 숙제나 해!" 아버지는 마땅찮은 듯 쏘아붙였다.

"애가 너랑 날치 잡으러 가겠다는데, 뭘 하려고라니? 억지로 숙제시킨다고 허구한 날 네 말대로 숙제만 하고 있을 것 같아? 바닷가로 내빼지 않겠어? 큰 바위 곁에 숨어서 네가 고기 잡아 돌아오는 걸 기다릴걸? 숙제만 하라고 하는 건 수영하러 가지 말라는 것만큼이나 고통스러운 일이야! 한 번 데리고 가서 녀석의 직성을 풀어주어라. 날치잡이가 결코 손쉬운 일이 아니란 것도 알려주어야지." 안색이 검고 여윈 어머니가 중얼거리듯 참견하였다.

샤만 다카안은 아무 말 없이 그물을 꽉 움켜쥐었다. 하물며 해도 이미 저물었는데.

"데려가 줘요! 나도 이제 초등학교 6학년이라고요. 내 팔에도 벌써 힘이 붙었어요." 다카안은 짧은 옷소매를 말아 올려 조그맣게 불룩 나온 근육을 아버지에게 만져보라는 듯 내밀었다. 힘을 드러내 보여 자기보다 훨씬 힘센 아버지를 설득하려는 것이었다.

"만져보세요, 제 근육. 만져봐요, 만져보라니까요! 아빠."

"힘만 가지고 뭘 하겠니? 머리가 있어야지. 너! 나중에 그래도 웅크린 채 공장에서 잠자고 싶진 않지! 네 힘은 기껏해야 타이완 사람의 공돌이 노릇이나 하기에 딱 좋아! 사람들이 너에게 이거 해라 저거 해라 부려 먹을 거야! 힘만 있어가지곤 쓸데가 없어. 만약 네가 글자를 모르면, 더욱 비참하지. 육 학년이나 된 녀석이 아직도 철이 없어서야!" 샤만 다카안은 말을 할수록 더욱 심란해졌다. 그는 아들 다카안을 바라보면서 말을 이었다. "너 봐라, 넌 아직 네 가방도 내려놓지 않았어. 네가 게으름뱅이라는 걸 금방 알 수 있지! 집안이 가난해서 너와 네 동생이 공부할 의자도 걸상도 없지만, 네가 스스로 방법을 짜내 매일 숙제는 해야지!" 샤만 다카안은 다시 말을 이었다. "아이구, 네가 학교에서 종일 논다는 거 다 알고 있어. 맨날 놀 줄만 알지! 아빠는 너처럼 싹수가 노란 아이를 데리고 고기 잡으러 가진 않을 거야!"

그러자 걱정 근심 없는 한결같이 천방지축이던 다카안의 눈자위가 붉어졌다. 그는 책가방을 땅바닥에 내동댕이치더니, 실망으로 가득 찬 채 눈을 부릅떴다. 그의 입가는 억울

함과 분노로 인해 일그러진 채 실룩거렸다. 그는 가만히 생각에 잠겼다. 학교 숙제는 분명코 그의 호적수이다! 그가 아무리 열심히 하더라도 그렇게 많은 새 글자를 읽고 외워야 하는 건 악령을 만나는 것과 다름없다…….

"아빠, 날치잡이에 왜 저를 데리고 가지 않겠다는 거예요? 아빠가 날치를 많이 잡아오는 걸 보고 아빠가 신이 난 걸 볼 때마다, 저도 자라서 아빠랑 바다에 나가고 싶었어요. 아빠, 전 이미 다 자랐다고요……." 다카안은 테라스 기둥에 기대어 상심한 듯 말했다.

그런데 아빠는 여전히 침울한 표정으로 아무 말 없이 곧장 자리를 떴다. 다카안은 종종걸음으로 아버지 뒤를 바짝 따라붙었다.

"아빠!" 다카안은 비명을 지르듯 소리 질렀다. "전 우리 날치를 저주할 거예요! 만약 절 데려가지 않으면요."

한순간 아버지는 거대한 악령에게 깜짝 놀란 듯 발걸음을 멈추었다. 그러더니 뻔히 알면서도 일부러 금기를 어긴 아이를 성난 눈으로 노려보았다.

"요놈의 자식, 한 번만 더 입을 놀려봐라. 네 마귀 같은 주둥이를 박살 내줄 테니." 샤만 다카안은 말을 이었다. "고기를 잡지 못하게 아빠를 저주할 수는 있지만, 우리의 날치를 저주해서는 절대로 안 돼! 걔들은 평범한 물고기가 아니라, 하느님이 우리 야메이족에게 하사하신 음식이야. 만약 다른 족인이 날치를 저주하는 네 말을 들었다면, 난 돼지 한 마리를 마련한 다음 도축하여 족인과 날치에게 잘못했다고 용서를 빌어야 해."

샤만 다카안의 우렁찬 목소리에 이웃집 사람이 머리를 쏙 내밀고서 참견했다. "아이구, 아이구, 철없는 어린애가 뭘 안다고 날치를 저주하겠어! 우리 족인을 저주하는 것도 안 되는데……?"

어린 다카안은 화를 내는 아버지 곁으로 다가가 어리광을 피우듯 말했다. "잘못 했어요! 고기 잡으러 바다에 저를 데려가 주세요, 네? 아빠."

"다카안 저 녀석이 오늘따라 왜 저렇게 지 애비를 따라 날치 잡으러 가겠다고 칭얼대는지 알다가도 모를 일이네." 샤만 다카안의 검고 깡마른 어머니가 한쪽에서 중얼거리듯 말했다. "평소에는 저 녀석이 오늘처럼 바다에 나가겠다고 고집부린 적이 없었지. 학교에서 말 안 들었다고 선생님께 뺨이라도 얻어맞은 거 아냐?"

저녁 해가 바다 너머로 지고 난 후의 모래밭에는 바다로 나서려는 남자들이 일찌감치 모여들었다. 그들 중에는 노에 줄을 단단히 묶는 이도 있고, 그물을 정리하고 있는 이, 담배를 피우면서 잡담을 나누고 있는 이도 있었다. 저녁놀 속에 바다로 떠날 준비 중인 야메이족 사내들은 유난히 침착하고 냉정하였다. 바닷물결의 율동은 그들이 잘 알고 있는 것이었다. 물고기의 비린내가 진한 바닷물은 이맘때에 야메이족이 유독 좋아하였다. 예부터 날치의 신화 이야기가 생겨난 이래, 이 조그마한 섬의 주민 중에 바다를 싫어하는 사람이 있다는 말을 이제껏 들어본 적이 없었다. 저녁놀 빛이 바다의 물마루 사이에서 부서져 은백색 빛살이 자주 번쩍였다. 그건 마치 허공에서 떨어져 내리는 날치의 비늘이 야메이족의 고기잡이 선단을 외쳐 부르는 것만 같았다.

"아주 오랜 옛날 옛날에 해면에서 튀어 오른 날치가 암초까지 날아오더니, 우리 조상님들께 날치의 종류를 알려주었단다. 날치의 우두머리인 '검정 지느러미'는 이렇게 우리 조상님들을 교육시켰지. 날치를 어떻게 먹는지, 날치를 어떻게 잡는지, 날치에게 어떻게 제사를 지내는지……" 이건 다카안이 네댓 살 즈음에 수영을 배울 때 할아버지께서 귀에 못이 박히도록 들려주신 이야기이다.

눈빛이 닿는 저 멀리까지 바닷물결이 규칙적으로 일렁거렸다.

"'Maran', 오늘은 제가 대신 바다에 나가면 안 될까요?" 다카안은 자신에게 기회를 달라고 사정하듯 작은아버지를 쳐다보면서 말을 이었다. "'Maran', 보세요. 제 두 팔뚝의 근육이 얼마나 튼튼한지. 마치 바닷가 조약돌처럼 단단하잖아요. 전 노를 저을 수 있을 만큼 힘이 세요. 어쩌면 작은아버지보다 더 셀 걸요!"

"노를 젓는 건 힘만으로 되는 게 아니야. 경험과 참을성이 있어야 하고, 해류의 방향도 알아야 해. 노를 젓는 건 그리 쉬운 일이 아니야. 하지만 네가 정 바다에 나가고 싶다면 나가거라! 다만, 절대로 잊어서는 안 돼. 배 위에서 잠들지 말 것. 마귀가 네 영혼을 잡아가 버릴 지도 모르거든." 작은 아버지는 신신당부하였다.

작은아버지는 다카안을 제 자식처럼 사랑하였다. 하물 며 마을에서 다카안이 야메이족의 전통 금기를 가장 잘 지 키는 아이임에랴. 배를 젓는 솜씨를 일찍 배우는 것. 이건 원 래 모든 야메이 남자들이 가져야 할 본연의 일이자, 사내가 일 인용 마상이를 짓는 주요 목적이기도 하다. 배는 본래 바 다에서 영웅임을 뽐내기 위한 것임을 야메이족 어린아이들 도 나면서부터 알고 있었다. 다카안의 작은아버지는 곰곰이 생각에 잠겼다.

"야아! 신 난다!" 다카안은 기쁨에 넘쳐 펄쩍펄쩍 뛰었다. 마치 학교가 문을 닫아 이제는 매일 학교에 가지 않아도 된 다는 소식을 들은 것 마냥 기뻐하였다. 뛰어오를 듯 기쁜 마 음에 원래 있던 묵직한 바윗덩어리가 순식간에 산산이 부서 지는 듯하였다.

"너 정말로 갈래?" 아버지는 아주 걱정스럽다는 눈빛으 로 다카안에게 물었다. 다카안은 흥분한 나머지 벌어진 입 을 다물지 못한 채 연신 고개를 끄덕였다. 이제 출항 전의 금 기를 지키던 아버지는 바다에 나가려는 강렬한 욕망에 사로 잡힌 아이에게 바다에서의 안전과 관련된 상식 및 반드시 지켜야 하는 행동거지 등을 가르쳐줄 뿐, 더 이상 다카안을 나무라거나 거부하지는 않았다.

배는 물 위에 뜬 채 물결 따라 오르내리고 있었다. "아빠. 기분 좋은데요!" 다카안이 느닷없이 흥분한 듯 입을 열었다.

아버지는 가만히 웃음 띤 얼굴로 대꾸했다. "배 모는 데 정신을 집중해라!"

이건 아이의 처녀출항이었다. 그래서 샤만 다카안은 야메이족의 오래된 축복 노래를 중얼중얼 외기 시작했다.

> 우리의 아주 오랜 용감한 조상님이시여, 어리고 약한 자손을 보호하시고 그의 무디고 둔한 손을 잘 이끌어주소서…… 예부터 조상님께서는 이 섬의 자손들을 이처럼 보호하시어 경험이 쌓인 바의 지혜에 따라 바다에서 생존케 하셨네……

다카안과 나이가 같거나 한두 살 많은 수많은 족인들은 바닷가에서 저물녘 햇살을 좇아 떠나는 고기잡이 선단을 눈으로 전송하였다. 한 척 한 척 줄지어 떠나는 배들은 바다 위에 사람들의 가슴을 설레게 하는 주름을 한 줄 한 줄 그려냈다. 배를 젓는 힘에 따라 노가 바닷속으로 들어갈 때마다 조그마한 소용돌이가 일어났다. 선단은 이렇게 쏴쏴 바람 소리를 내면서 날치가 모인 해역으로 나아갔다.

어린 다카안은 바닷가에 남겨진 동무들을 우쭐거리는 기분으로 바라보았다. 다카안은 학교에서는 '빵점 도사'라고 놀림을 받아왔지만, 이 순간만큼은 용감과 영광의 기호가 되었다. 그는 노를 저을 때마다 두 팔의 근육이 좀 더 커지는지 어떤지 살펴보았다. 그는 열심히 노를 저었다. "아빠, 저 정말 힘이 세지요! 배도 잘 몰고요. 우리 반에는 저보다 나은 애들이 없어요." 그는 샤만 다카안에게 말했다.

"아이구! 넌 이 일만 남보다 잘하지. 학교에 돌아가면 뭐든 남에게 지지 않니?" 아버지는 말을 이었다. "노 젓는 일은 네가 매일 일상적으로 하는 일이 아니야. 날마다 학교 가서 열심히 공부하는 것, 이게 네가 할 일이야. 알았지? 다카안."

순백의 달빛이 바다를 내리비치고 있었다. 멀리 가까이 곳곳에 배들이 보였다. 하늘의 별은 셀 수 없이 많았다. 바다에서의 심정과 느낌은 뭍에 있을 때와는 사뭇 달랐다. 맑은 은빛 물결이 여기저기서 솟았다가 가라앉았다. 모든 배의 야메이족 용사마다 날치가 다가오기를 조용히 기다리고 있었다. 이 순간의 이 모습은 바다에서 고기잡이하려던 다카안의 욕망을 크게 만족시켰다.

"아빠, 바다에서 바라보는 하늘이 너무나 아름다워요! Yaro mata no angit(수많은 눈과 같은 하늘이여)!" 그의 입에서 야메이족 모국어가 터져 나왔다.

다카안의 모국어는 극도로 흥분했을 때 제일 유창하였다. 그는 다정다감하게 아빠에게 말했다. "Asta pala angit, mo yama(보세요, 저 하늘 좀 보세요. 저 별 좀 봐요)."

"바다 위에서는 손으로 하늘을 가리켜서는 안 된단다. 네가 신기해하는 걸 마귀가 보면 네가 신참이란 걸 금방 알아차리지. 집에 돌아가 잠을 잘 때에 조심해라. 그 녀석들이 바다에서의 네 영혼을 붙잡아갈라."

"정말이에요? 아빠?" 다카안이 두려운 듯 말했다.

"넌 이런 경치만 감상할 줄 아는구나. 네가 바다를 사모하는 만큼만 공부를 좋아한다면, 아빠는 너 때문에 골치 아플 일이 없을 거야. 넌 고기 잡으러 왔지, 별구경 하러 온 게 아니야." 샤만 다카안이 말을 이었다. "너 생각해보렴. 아빠는 공부하지 않았기 때문에 고된 일이나 남의 일밖에 하지 못한다. 예전에 아빠 학교 다닐 적에 성적이 좋았지. 어느 신부님이 나를 타이둥(臺東)의 중학교에 보내주겠다고 했는데, 네 할아버지께서 반대했지." 샤만 다카안은 어린아이는 부모님의 말씀에 순종해야 하기에 따를 수밖에 없었지만, 지금 생각해보면 참으로 후회스럽다고 말했다. "만약 그때 일시적으로 불효자가 되었더라면, 네 할머니, 네 엄마가 지금처럼 깡마르지도 않았을 테고, 게다가 돈 몇 푼 벌겠다고 타이완 사람의 직공이 되지도 않았을 거야." 샤만 다카안은 감개무량한 듯 말했다.

샤만 다카안은 담배 한 개비에 불을 붙이더니 연기를 어둔 밤 속으로 내뿜으면서 말을 이었다. "사람은 누구나 늙는 법이고, 고기잡이의 체력도 쇠약해지는 법이야. 네가 열심히 공부하지 않는다면, 네 앞날도 없을뿐더러 우리 장래의 삶도 아무 희망이 없어질 거야. 영원히 가난하고, 영원히 육체노동을 해야 돈을 만질 수 있고, 영원히 남에게 무시당하고, 영원히…… 공부를 하면 장차 뭐가 좋아질지 넌 왜 생각해보지 않니?"

이물에 앉아 있던 다카안은 생각에 잠겼다. "이런 때 이런 이야기를 하는 건 정말 짜증 나는 일이야. 하지만 아버지의 잔소리를 바다 위에선 피할 수가 없으니 어쩌겠어."

그물을 친 지 대략 반 시간이 지났다. 아버지는 날치떼가 자신의 그물 속으로 벌써 들어왔다는 걸 느끼고 있었다.

다카안은 조용히 말이 없었다. 그는 자신의 상념에 잠겨 있는 듯했다. 고구마를 먹고 날치를 잡고 남의 일꾼 노릇을 하는 게 뭐가 좋지 않담? 그는 곰곰이 생각해보았다. 공부 잘하는 친구들에게 배 위에서 이처럼 기이한 별과 하늘을 바라보고 바다 위에서 배를 타보는 재미를 누릴 기회가 반드시 있다고 할 수 있을까? 날치를 잡는 족인들의 솜씨를 배울 기회가 꼭 있다고 할 수 있을까? 란위 섬에서는 성적이 우수했던 학생이 타이완에 간 후에 역시 마찬가지로 끝내 공장에 발을 들여놓지 않던가? 다카안은 골똘히 생각에 잠겼다. 앞으로 그의 동창들은 성인이 된 후에도 여전히 날치를 잡을 줄 모를 거야. 그런데 동창들이 날치를 먹고 싶다면, 그때에는 그가 잡은 날치를 녀석들에게 팔 수 있을 거야! 이렇듯 그는 바다에서도 놀 수 있을뿐더러, 전통적 생산기술을 잃어버린 동창들에게서 돈을 벌 수도 있었다. '빵점 도사'가 '날치 선생'이 된 것이다. 어린 다카안은 생각에 잠겨 있다가 자신도 모르게 깔깔 웃기 시작했다.

달빛은 부드럽게, 그리고 전과 다름없이 공평하게 바다

위에서 작업하는 배를 비추면서, 날치가 그물 속으로 뛰어들었다는 소식을 조용히 기다리고 있었다. 바닷물결이 바다 기슭을 치는 소리가 '철썩…… 촤르르…… 철썩' 들려왔다.

"다카안, 노를 저어 앞으로 나아가거라. 그물을 걷기 시작해야겠구나."

"날치가 있을까요, 아빠?"

끌어올린 그물이 선체의 반쯤에 가득 쌓였다. 하지만 은백색의 날치는 한 마리도 보이지 않았다. 다카안은 이물에 서서 그물을 뚫어지라 보고 있었다. 그의 표정에는 실망한 기색이 역력하였다.

"조금만 참아라! 참을성이 있어야 한다니까!"

별안간 그물 끄트머리에서 은백색의 물보라가 일었다.

"다카안, 저기 날치 한 마리를 보아라. 지느러미를 펼치고서 수면을 박차고 있는!" 아버지가 들뜬 목소리로 말했다.

"어디요? 어디?" 다카안은 초조하게 물었다. 이때 그는 맑게 빛나는 은빛이 어둠 속에서 튀어 오르는 것을 보았다.

그는 신기한 듯 외쳤다. "아빠, 정말 멋지네요!"

어린 다카안의 눈이 둥그레졌다. 달빛이 밝아졌다가 금방 어두워지는 가운데, 그는 그물 속에서 몸부림치다가 떨어져 내리는 날치의 비늘을 보았다. 영락없이 하늘의 별이 물결의 마루와 골 사이에서 반짝반짝 흔들거리는 듯했다. 비늘의 은빛은 그물을 잡아당길수록 차츰 가까워졌다. 다카안은 얼이 빠진 모습으로 배 위에 앉아 있었다. 마치 조그마한 석상처럼 온 신경을 모아 오로지 그 아름답고 매혹적인 날치를 감상하고 있었다. 이 순간 호흡이 거의 멎을 것만 같은 그는 아리따운 선녀의 품에 안겨 있는 것만 같았다.

그는 그물 속에서 헐떡거리는 날치를 꽉 움켜잡아 입맞춤하였다. 그런 다음 여러 가지 색이 덕지덕지 묻은, 흰 바탕에 푸른 체크무늬의 교복을 벗어서 날치의 몸에 묻은 바닷물을 닦아내면서 중얼거렸다. "야아, '검정 지느러미'야, 왜 이리 한참이나 지나서야 나타난 거니?" 이거야말로 다카안이 보고 싶었던 살아 있는 날치, 게다가 날치의 왕인 검은 지느러미 날치였던 것이다!

이 순간, 그는 이미 자신의 바람을 이루었다. 학교에서 그에게 붙여준 '빵점 도사'라는 오명은 '날치 선생'으로 바뀌어야 마땅하다고 그는 생각했다.

"난 다카안이야, 나의 날치야." 다카안의 가슴에 일찍이 느껴보지 못한 뜨거운 열정이 가득 차올랐다. 그는 검은빛 대해를 향하여 마음속으로 외쳤다. "이젠 너도 나를 알게 된 거야. 언젠가는 날치를 잡으러 내가 직접 배를 몰고 와서, 바다 위의 용사, 진정한 야메이 영웅이 될 거야."

"다카안, 대략 백삼사십 마리는 되었다. 자아, 돌아가자. 내일 수업하러 학교 가야지……"

"그러지 말고, 한 번만 더 그물을 쳐요!" 다카안이 간청했다. "내일 너 교실에서 졸다가 선생님께 야단맞을 텐데!"

"괜찮아요. 때릴 테면 때리라지요, 뭐. 아파 보았자 몇 초

뿐일 텐데요!"

"한 번만 더 그물을 던져요, 아빠." 다카안이 졸랐다.

아버지는 잘 알고 있었다. 그의 자식 다카안의 자질이 결코 처지지 않는다는 것을. 그에게 일을 가르치면 대체로 아주 잘 해내 남의 기대를 만족시켰다. 다카안의 외할아버지가 떠올랐다. 그분은 다카안이 저학년일 때 그 아이를 너무나 예뻐하셔서 산속 나무와 바닷속 물고기를 가르쳐주신답시고 무단결석을 밥 먹듯이 시키셨다. 그 바람에 다카안은 학교의 기초교육을 제대로 받지 못해 매 학기 반에서 꼴등을 도맡게 되었던 것이다.

"경쟁이 치열한 타이완 사회에서 다카안이 장차 어떻게 생존할 것인가?" 샤만 다카안은 이런 생각이 들기만 하면 자기도 모르게 가슴이 답답해지곤 했다.

바닷물결은 호수처럼 잔잔했지만, 아버지의 심정은 세찬 파도와 같았다. 고생만 실컷 하고 돈도 제대로 벌지 못했어. 나 한 사람이야 참을 수 있어. 샤만 다카안은 노를 저으면서 골똘히 생각에 잠겼다. 하지만 자식까지 똑같은 고생을 맛보게 할 수는 없잖아! 지금보다 훨씬 심한 차별대우를 당할 텐데! 어떻게 하면 좋지, 어떡하지……?

이때 다카안은 별을 세다가 고기잡이 배의 수를 세고, 또 바닷가 마을의 깜빡이는 등불을 세고 있었다…….

"다카안, 너 정말 그렇게 책 보기가 싫으냐?" 아버지가 말을 이었다. "너희 선생님이 말씀하시더라, 네가 아직 주음부

호와 구구단도 외우지 못한다고. 육 학년이나 되었는데 이런 기초적인 것도 할 줄 모르면, 앞으로 네게 돈이 좀 생기더라도 스스로 세지 못할 텐데, 그땐 어떡할래?"

다카안은 잘 알고 있었다. 이럴 때 아버지의 야단을 피하려 해보았자 헛수고라는 것을. 물속으로 뛰어들어 헤엄쳐 바닷가로 돌아올 실력이 있었지만, 그는 아버지가 공부 성적만 가지고 자기 능력의 우열을 따지는 걸 마음속으로 몹시 싫어하였다. 그는 집안 형편을 잘 알고 있었으며, 자신의 노동력으로 부모를 봉양하고 가전제품이랑 그 밖의 많은 일용품을 살 돈을 벌어야 한다는 것 또한 더욱 잘 알고 있었다. 하지만 그는 학교나 성적에 관한 일은 죽어라 하고 듣기 싫었다. 그는 따분하기 짝이 없었다.

한참 동안 생각하다가 다카안이 입을 열었다.

"아빠, 전 제 튼튼한 근육, 센 힘으로 돈을 벌 테니 안심하세요. 그리고 전 장차 담배와 술은 절대로 하지 않을 거예요. 바다에 나가 물고기를 잡고 산에 올라 농사를 짓는 것도 괜찮지 않나요?"

"음……" 아버지는 깊은 한숨을 토해냈다. 아버지의 한숨은 다카안의 마음을 편치 않게 했다. 별과 달이 많이 사라져버린 듯했다. "너 아빠 말을 꼭 명심해야 한다."

아버지와 아들 두 사람은 말없이 노를 젓기 시작했다. "Yaro rana liban-gbang ta(아빠, 우리 날치 참 많지요)!" 어린 다카안이 느닷없이 상냥하게 말을 걸었다.

"그렇게 말하면 못써. '우리 날치'라니. 이건 하느님의 물고기를 저주하는 거야. 넌 이렇게 말해야 해. 'Ala karapyan tamo rana ya'라고." 샤만 다카안은 엄숙하고도 진지하게 아들에게 말했다. "'이건 우리가 먹기에 충분할 듯해요'라는 뜻으로 말해야 해. 알아들었지?"

항구는 이미 돌아오는 배들로 꽉 차 있었다. 벌써 많은 족인들이 아버지나 할아버지를 도와 고기 비늘을 벗겨 내고 있었다. 다카안과 그의 아버지는 가장 늦게 돌아온 게 틀림없었다. 이건 다카안 생각에 매우 영예로운 일이었다.

"다카안, 너 노 저을 줄 아니?"

"만만치 않아요!"

"노를 젓다 보면 근육이 더욱 튼튼해질 거야!"

"다카안은 정말 보기 드물게 대단한 야메이 아이야. 고기잡이 하러 아버지랑 바다에 나갔다니까. 요즘 아이들은 텔레비전 앞에 둘러앉아 재미없는 연속극이나 보고 광고 속 동작을 따라 하려고만 하는데 말이야." 어느 이웃집 아저씨는 감개무량한 듯 말했다. "우리 집 아이가 다카안 반만이라도 흉내 내어 바다에 가서 배 미는 걸 도와주고 물고기 비늘을 벗기고 나랑 바다에 나간다면, 내가 나이 들어도 먹을 날치가 없을까 근심하지는 않을 텐데."

수많은 찬사가 다카안의 마음을 즐겁게 해주었다. 그는 야메이 사내가 날치를 잡는 게 아주 고생스러운 일이란 걸 진정으로 터득했다. 배를 저어 바다에 나가 날치를 잡고 그

가운데의 고생과 짜릿한 재미를 체득해야만, 날치를 먹어도 각별히 달콤하게 느껴지는 법이다.

족인들은 모두 다카안의 재주를 칭찬하였지만, 다카안의 아버지는 짐짓 대단찮은 일인 양하였다. 이 조그마한 섬에서 사람들은 남들의 지나친 찬사가 저주로 변모한다는 걸 깊이 믿고 있었다. 그래서 사람들은 자만하지 말고 겸손해야 한다는 걸 잘 알고 있었다. 아버지는 물고기 비늘을 벗기느라 정신이 팔려 있는 아들을 가만히 지켜보았다. 참으로 사람들에게 귀여움을 받을 만한 아이였다. 그는 의아한 생각이 들었다. 그런데 저 녀석은 왜 공부에는 흥미를 못 느낄까?

샤만 다카안은 날치를 등에 지고서 집으로 돌아가는 길이었다. 그의 발걸음이 무겁게 느껴졌다.

"다카안, 내일은 학교에 가서 열심히 공부해야 한다!" 샤만 다카안은 말을 이었다. "물고기 잡을 줄 안다는 건 대단찮은 일이야. 글을 모르면 장차 영원히 타이완 사람의 일꾼이 되어 부림만 받게 되니, 존엄이라곤 한 오라기도 없단다. 공부란 장래에 대단한 일을 하려는 게 아니라, 자신이 하고 싶은 일을 선택할 기회를 갖게 해주는 거란다."

다카안은 그물을 어깨에 걸머진 채 아버지의 말씀에 공손히 귀 기울이는 것 같았다.

백팔십여 마리의 날치는 짊어지고 갈수록 더욱 무거웠다. 요즘에야 전기도 있고 등도 있고, 부모 된 사람 역시 아이들이 공부하도록 격려해야 한다는 것쯤은 다 알고 있지만, 아이들은 오히려 공부하기 싫어한다. 이게 어찌 된 일일까? 샤만 다카안은 생각에 잠겼다.

다카안이 아버지 코앞까지 다가오더니 느닷없이 신이 난 목소리로 소리쳤다. "엄마, 돌아왔어요!"

"둥즈하오(董志豪), 일어서!"

수학 0점.

국어 12점.

자연 8점.

사회 32점.

선생님은 노골적으로 비아냥거리듯 말했다. "빵점 도사, 어서 가서 빈랑 한 봉지하고 담배 한 갑 사오너라. 쌩하니 달려서!"

다카안은 책을 담지 않은 책가방을 비스듬히 등에 진 채 'Jirakwayo' 해변의 커다란 바위 위에 홀로 앉아 족인들의 날치잡이 배가 줄지어 바다로 떠나는 걸 바라보고 있었다. 지금은 어느덧 황혼녘이었다. 커다랗게 0점을 매긴 시험 답안지는 그의 힘찬 손바닥 속에서 구깃구깃 뭉개졌다.

'날치 선생'의 영예와 '빵점 도사'의 치욕이 어린 다카안의 마음속에서 격렬하게 요동쳤다. 그가 커다란 바위 위에서 날치잡이 배가 한 척 한 척 출항하여 멀어지는 걸 바라보는 동안, 어느덧 시뻘건 석양 역시 바다 너머로 졌다.

가로등이 다카안이 집으로 돌아가는 길을 비추고 있었다. 집에 가까워질수록 가로등은 더욱 어두워 보였다. 그는 책과 숙제노트 대신 구겨진 빵점짜리 시험답안지를 담은 책가방을 비스듬히 메고 있었다.

"날치……"

"빵점……"

바다의 신령에 대한 경외[*]

큰아버지(왼쪽)와 작은아버지(오른쪽)

　　두 분은 나의 40년 세월에 잠수의 고수라 공인받은 분들이다. 나의 아버지 역시 그렇다. 나의 폐활량이 좋은 것은 유전이다. 집에 돌아와 정착한 이듬해에, 이분들은 큰 배를 지어주어 전통적인 생산에 뛰어든 나를 환영해주었다. 이분들이 내가 잡아온 대어를 잠수실 때 기뻐하는 표정은 참으로 맑고 푸른 바다만큼이나 매력적이다.

---

[*] 원제는 「敬畏海的神靈」. 1993년 12월 31일 『중시만보(中時晚報)』의 『시대부간 (時代副刊)』에 처음 발표되었다.

며칠 전 'Manoytoyon(날치 식용 마감일)' 저녁 마을의 가정마다 삼삼오오 옥상이나 뜨락에 모여 한담을 나누었다. 마을 구석구석을 돌아보니 올해 날치잡이 철에 있었던 갖가지 재미난 일로 이야기꽃을 피우지 않은 집이 없었다. 이처럼 좋은 철에 구름 한 점 없는 총총한 별 밤에 나의 마음은 맑고 상쾌하기 그지없었다. 얼마 지나지 않아 아버지께서 내 귀에 소곤소곤 말씀하시기를, 의논할 일이 있으니 작은아버지 댁에 오라고 하셨다. 아버지의 표정이 자못 엄숙하신지라, 나는 마음껏 풀어놓았던 웃음을 얼른 거둬들였다. 작은아버지께 무슨 일이 생긴 걸까? 마음이 긴장되면서 갖가지 생각이 스쳤다.

작은아버지 댁에 도착해보니, 큰아버지, 아버지, 작은아버지 세 분은 건재하셨다. 모두 일흔 살 넘은 노인들이 무슨 일인가를 의논하고 계셨다. 그제야 나는 문득 깨달았다. 아버지 말씀을 내가 오해했음을. 그곳에 계신 작은아버지는 아무 탈 없이 멀쩡하셨다. 하지만 나의 탄복을 늘 자아내는 세 형제분이 무슨 일로 한데 모이셨을까? 나는 가만히 귀 기울여보았지만, 도무지 무슨 말씀을 하시려는 건지 종잡을 수가 없었다. 사실 이건 야메이족의 습속인데, 먼저 주변의 일을 토론하거나 아니면 가벼운 화젯거리를 이것저것 이야기한 후 한참이 지나서야 본론으로 들어가는 게 일반적이다. 그래서 끼어들 기회를 노리다가 막 입을 열려는 순간, 큰아버지께서 얼른 말을 가로챘다. "어젯밤에 애 아범(나를 가리킨다)이 큼지막한 무명갈전갱이 한 마리를 잡아왔지 뭐야. 이게 남인어(男人魚)라서 동생을 초대했는데, 결국 동생이 오지 못하고 말았지. 왔어야 했는데 말이야!" 작은아버지가 시원시원하게 대답했다. "참 아쉽네요. 얼마나 큰놈인데, 샤만?"

"대략 'Apat·Arangan'* 쯤 되었어요." 나는 얼굴에 묻어나오는 자랑스러움을 감추지 못한 채 대답했다. 내 곁에 있는 아버지는 무슨 생각에 빠져 있는 듯 아무 말씀도 하지 않으셨다. 어쨌든 나의 눈앞에 계신 아버지 삼 형제는 그분들의 한창때에 내가 탄복할 만큼 잠수 물고기 사냥의 고수이셨다.

사촌 여동생 몇몇이 옆에서 고기를 굽고 있었다. 냄새가 아주 향긋했지만, 큰아버지와 아버지에게는 역하기 그지없어 속이 메스꺼웠다. 그래서 세 분은 테라스로 나오셔서 이야기를 나누셨다. 상의할 일이란 이러했다. 먼저 작은아버지께서 말문을 여셨다. "두 분 형님, 그리고 애 아범아. 어제육촌 동생이 내게 달려와 말했습니다. '우리 연장자들이 아직 건재한데, 저 나이 어린 후배들이 무슨 근거로 날치잡이절기를 하루 더 늦추는지 모르겠어요. 우리에게 큰 배가 없

---

* 야메이족은 길이의 측정법으로 엄지손가락과 가운데손가락을 이용하는데, Apat·Arangan은 네 뼘 정도의 길이 이다. 지금의 도량형으로 본다면 엄지손가락과 가운데손가락까지의 길이가 20cm 남짓이므로 이 물고기의 길이는 대략 6,70cm 정도이다.(원주)

으니 그자들이 우리를 아예 무시하는 게 아닌가요? 그래서 제 생각인데, 큰 배를 지으면 어떨까요?' 이 점에 대해서는 저도 내심 아주 불만이었습니다. 그자들 조상 가운데에는 우리네 역법을 잘 알고 있는 이가 한 사람도 없으니, 언제 늦추고 언제 앞당기는지 그쪽 사람들이 알기나 하겠습니까? 그래서 드리는 말입니다만, 날치 신령께 제사를 지낼 큰 배 한 척을 짓고 싶습니다. 게다가 마침 샤만 란보안이 전통에 대해 아주 흥미로워하니, 우리 삼 형제가 남은 여생 동안 잘 가르쳐보십시다!'

큰아버지와 아버지 역시 동감이었다. 제사 지낼 배가 없으니 발언권도 없었다. 게다가 비록 장로이지만 노동력이 쇠미해진 터였다.

큰아버지는 내심 울컥한 듯 말씀하셨다. "내가 아들을 둘 두었으니 명이 괜찮은 셈이다만, 두 형제 모두에게 아이가 없으니 네겐 손자도 없고 마을 사람들에게 내 말을 들어달라고 요구할 권위도 없다. 이건 너희가 잘 알고 있을 것이니, 너희의 결정이 곧 우리의 뜻이다."

아버지가 이어 말했다. "저는 'Pinonongnongan'*이기만 하면 됩니다. 우리 삼 형제 가운데 큰형님은 다니시기도 불편하고 바다에 나가실 수도 없지만, 일할 만한 조카가 둘이

---

* 야메이족의 배는 여러 종류로 나뉘는데, Pinonongnongan은 세 사람이 여섯 개의 노를 젓는 중형 선박이다.(원주)

나 있잖아요. 아무리 고생이 심하더라도 제사용 배를 지어야 합니다. 하지만 네 명에 노 여덟 개, 다섯 명에 노 열 개라면, 전 절대로 참여하지 않으렵니다." 아버지 삼 형제 외에 다른 직계의 친척 몇 명은 토란밭을 둘러싼 재산권 분쟁으로 인해 사이가 서먹서먹해진지라 배를 함께 지을 형편이 아니었다.

작은아버지는 깊이 한숨을 내쉬었다. 큰아버지와 아버지가 배 짓는 일에 참여하지 않도록 해야 한다고 외당숙이 이야기했기 때문이었다. 큰아버지는 연세가 높으셔서 생산에 적합지 않고, 아버지는 성격이 괄괄해서 견딜 수가 없다는 것이었다. 그래서 작은아버지는 이런저런 일을 고려할 것이다. 하지만 사촌 형제 사이의 감정이 어떠하든 제사용 큰 배를 짓는 일에 노동력이 있는 사람이라면 결코 내쳐서는 안되는 법이며, 따로 분파를 만드는 일은 족인의 최대 금기이다.

두 분 형님 말씀에 이어 작은아버지가 입을 열었다. "큰 배의 건조에 대해서는 샤만 란보안이 작년에 제게 이야기한 적이 있었습니다만, 계절과 시간이 적절치 않고 금기에 저촉되는 점이 있어 애 아범의 요구를 들어주지 않았습니다. 그래도 제 마음속에 큰 배를 지어야겠다는 신념은 줄곧 간직하고 있었습니다. 게다가 애 아범이 우리의 전통 사업과 문화에 이처럼 열심이니, 가족의 일들은 샤만에게 맡길 수 있을 겁니다. 제 아들 녀석들은 다들 타이완 쪽만 바라보고 조상이 전해준 습속은 무시하고, 자기 문화의 쇠락에 대해 전혀 위기의식이 없습니다. 오직 샤만만이 나를 따라 벌목하러 산에 오르고, 아무리 고생스러워도 할 만하다고 하지요. 그래서 저도 세 명의 여섯 노의 중형 선박을 짓자는 둘째 형님의 의견에 찬성합니다."

곁에 앉아 듣고 있던 나는 마음속으로 자랑스러움과 더불어 엄청난 기쁨을 느꼈다. 한족화하였다는 오명이 오늘 밤 아버지 삼 형제의 눈에는 흔적 하나 없이 말끔히 사라졌기 때문이다. 나는 6·70년대에 태어난 신세대(혹은 신야메이족)에 대해 노인들이 느끼는 말할 수 없이 고통스러운 실망감을 깊이 깨달았다. 그 무언의 눈물, 한 푼의 가치도 없는 전설 이야기, 야메이족의 역사. 아무 대가도 없는 평생의 노동은 단지 토지를 숨 쉬게 하고 자신의 삶을 존엄하게 만들려는 것일 뿐이며, 금기를 굳게 지키려는 정신은 단지 자신이 야메이족 문화의 계승자임을 증명하고 조상들이 이 섬에서 생존해온 삶의 체험을 전수하려는 것일 뿐이다. 아버지 삼 형제가 말없이 침묵에 빠져 있는 순간, 희미한 달빛 아래 그분들의 표정, 얼굴의 주름, 두툼한 손바닥, 허리춤에 매인 채 벌써 흑갈색으로 변색된 T자형 바지 등을 바라보았다. 그분들의 몸 안팎에는 나의 숙연한 경외심을 불러일으키지 않는 것이 하나도 없었다. 그분들의 내성적이고 교만하지 않으며 침착한 성품은 모두 섬 환경의 제약을 받은 것이었다. 나는 불현듯 나 스스로를 반성했다. 이분들을 위해 내가 한 일은 너무나 적었다. 산에 올라 일했던 모든 경과를 기록으로 남겨야 한다. 그뿐만 아니라 급변하는 사회 속에서 웃어른들 내면의 사상이 어떤지, 특정 사건에 대해 어떻게 비판하고 어떤 견해를 지니는지…… 등등을 추적해보아야만 한다.

벌써 여든 살을 잡수신 큰아버지는 성한 이빨이 몇 개 남아 있지 않아 빈랑 씹기도 힘이 들 정도이다. 하지만 도대체 어떤 잠재력이 그분에게 배를 짓도록 몰아가는 걸까? 아버지도 일흔일곱이 되셨고, 작은아버지도 일흔이 되셨다. 큰 배를 짓는 건 날치의 신령을 부르고 제사를 드리기 위함일까? 날치 초어제를 거행하지 않는다면, 이것이 그분들에게 어떤 영향을 미칠까? 나는 끊임없이 생각을 거듭하면서 무언가를 말끔히 정리하고 싶었다. 검정 지느러미 날치, 날치와 이야기를 나누었던 전설 중의 노인, 큰 배의 의미, 작은 배의 가치. 그리고 시시각각 파도 소리를 듣지 않는 때가 없는 야메이족과 어느 것에도 지배당하지 않는 바다. 이것들이 마치 끓어오르는 물처럼 머릿속에서 나의 사유를 활활 태우고 있었다.

큰 배의 모습은 참으로 손을 내저어도 사라지지 않는 자랑스러운 육체처럼, 이 순간 나의 격동하는 마음에 떠 있었다. 아버지네들의 영원히 지치지 않는 심지, 그리고 팔뚝의 힘은 전통을 계승하는 굳센 의지 위에서 싹을 틔웠다. 요 며칠간 배 지을 목재를 벌목하러 산에 올랐다. 아마 아버지네들의 고생스러운 근면한 노동이 나의 창작을 자극했는지도 모른다. 지금까지 나의 창작은 별 게 없고, 타이완의 문단을 뒤흔들만한 소설은 더욱 없었으며, 나 자신이 작가라고 일컬을 만한 긍지도, 용기도 전혀 없었다. 그러나 나는 우리 섬의 족인에게 일어나는 온갖 이야기를 전파할 용기와 자신감으로 넘쳐 있다. 이것이야말로 내가 힘써야 할 방향이며, 화폐의 대가 없이 전통적인 일에 참여하는 노동 역시 바로 내가 힘껏 모색해야 할 제재이다.

큰아버지께서는 이렇게 말씀하셨다. 네가 잠수 사냥의 고수가 될수록 네 어획량은 줄어들 거야. 그래서 네게 필요한 건 물고기이지 남획이 아니란 걸 네가 선택하게 되겠지. 네가 노인들의 고집을 이해하면 이해할수록 대자연의 모든 신령을 더욱 경외하게 될 거야. 너에겐 산림의 나무를 위해 복을 빌 의무가 있어. 네가 읽는 책들은 한족들이 네게 써준 것이지만, 네가 쓰는 글은 섬 위의 모든 것이 네게 준 것이야. 너도 조상의 삶의 지혜를 후대의 야메이족에게 전해주었어. 모든 노동의 가치는 스스로 생존을 도모하고자 노동한 이들을 위한 것이며, 네가 존경하고 싶은 이들이야말로 네 창작의 원천이란다.

달은 우리 족인이 환상하는 우주 속에 걸려 있다. 나의 아버지네들은 문자로 족인의 역사를 기록하려고 한 적이 없다. 그들은 그저 보고 들은 사물들을 머릿속에서 깎고 다듬었을 뿐이다. 그들은 일흔을 훌쩍 넘은 노인들이지만, 그들의 생각은 탄복할 만큼 맑고 분명하다. 나의 유일한 길은 열심히 창작하는 것, 그리하여 바다 내음 가득한 작품을 기록으로 남기는 것이라고 나는 자신의 힘을 북돋는다.

바다의 순례자[*]

바다로 향한다.
나의 바다는 나를 굳세게 하고
다우족 사나이의 기백을 체득케 하여,
나의 조상들처럼
바다의 위협에 굴복한 적이 없다.

---

[*] 원제는 「海洋朝聖者」. 1995년 1월 21일 『연합보(聯合報)』 부간에 처음 발표되었
다.

1990년 9월 어느 날(귀향일년후)

아버지는 아주 전통적인 분이시다. 나의 말뜻은 이렇다. 우리 섬의 생물생태, 문화생태에 대한 그분의 깨달음은 이 섬에서 조상들이 수천 년간 쌓아온 생존 지식과 생존 경험을 직접 계승했다는 것이다. 그래서 그분 눈에 야메이 용사의 기준은 배와 집을 지을 줄 아는가, 날치를 잡을 줄 아는가, 조기를 낚을 줄 아는가, 옛날이야기를 잘하는가, 시가를 읊조릴 줄 아는가…… 등이며, 심지어 못하는 게 없을 정도이다. 귀향하여 정착한 지 겨우 일 년 남짓, 나는 언어를 포함하여 이들 전통적인 생산기술에서 철저히 퇴화되어 있었다. 어쨌든 외지에서 공부하고 생계를 도모하느라 십육 년을 보냈으니, 퇴화하지 않았다면 그게 더 이상한 일일 것이다. 나는 외아들이다. 이런 상황에서 신선한 물고기를 드시고 싶다면, 아버지가 직접 바다에 나가 잠수하여 물고기를 사냥하거나 그물을 펼쳐야만 한다. 아버지는 어느덧 일흔넷의 고령이 되었지만, 잠수의 의지는 전과 다름없이 강렬하다. 그런데 나는 아버지의 깡마른 몸이 물결의 물골 아래 해양세계로 사라지는 걸 두 눈 빤히 뜬 채 멀뚱멀뚱 지켜보고만 있다.

아버지의 나이, 그리고 퇴화된 솜씨와 체력으로 볼 때, 어른 넷, 아이 둘의 우리 집 식구는 고구마 한 끼에 감지덕지 해야 할 형편이다. 그런데 물고기라도 밥상에 오르면 내 앞에서 얼마나 의기양양하고 신바람이 나셨던가. 아버지 또래의 족인들 가운데 잠수하여 그물을 놓거나 물고기를 사냥할 만한 체력과 담력을 가진 이는 결코 없기 때문이다. 아울러 끌어올리지 못한 대어가 몇 마리 더 있다면서 가는 세월의 무정함을 입에 담으실 때에도 아버지는 약간의 유감을 드러내실 뿐이다. 이는 나처럼 젊고 건장한 사람의 전통적 생산방식에서의 무능함을 부각시키고, 아버지의 '독서무용론'에 대한 주관적 생각을 은근히 두드러지게 한다. 바로 이것이 나를 자극하고 있다. 내가 외지에서 공부하는 동안 자기 족인의 생존환경과 눈곱만큼도 관련이 없는 지식학문만 배웠다고 말이다. 이 말의 더욱 깊은 곳에 투영된 의미는 '나는 생산자가 아니라 소비자'라는 것이다. 아버지는 실제적 행동으로 진정한 야메이 사나이의 원시적 가치를 체현하셨는데, 내 눈앞에서 노동하는 사람이라야 싱싱한 물고기를 소유하고 존엄을 지니며 자신감을 가진다는 것을 엄숙하게 드러내셨다. 이렇게 하여 아버지는 내가 밖에서 배웠던 모든 것을 산산조각냈다.

어느 날 아버지가 말씀하셨다. "샤만, 너 물고기 좀 낚아오렴. 손자들에게 싱싱한 물고기를 먹여야지 시원찮은 분유 따위를 먹여서야 되겠니?"

나는 조그마한 물고기 몇 마리를 낚았는데, 썩 눈에 차지 않았다. 아이들에게 웃음거리가 되기에 딱 알맞은 물고기였으며, 자신의 사회적 지위를 끌어올리기에는 턱없이 모자라는 물고기였다. 나는 난감했다. 이웃 사람들은 '못난 사내'라 손가락질할 것이다. 그래서 잡은 고기를 바닷가에 던져버렸다.

나는 자신의 폐활량이 썩 괜찮다는 걸, 그리고 귀향 후에 잠수하여 사냥하고 싶은 욕망 또한 남아 있다는 걸 잘 알고 있었다. 그러나 어느 누가 나에게 잠수와 물고기 사냥의 기술을 전수해준단 말인가? 어느 누가 나에게 서식하는 어류와 떠돌아다니는 어류를 분별하는 방법을 가르쳐준단 말인가? 생각해보니, 이 섬에서는 모든 일을 스스로에게 의지하여, 경험으로 잠수와 물고기 사냥의 기술을 쌓아야만 한다. 이 조그마한 섬에서는 곳곳이 '경험법칙'을 으뜸으로 삼는 교육(전통)이었다. 이 단계에서 좌절과 실패가 마음속을 짓누르고 있다면, 이 원소로써 자신을 격려하여 '못난 사내'라는 불명예스러운 딱지를 떼어 내야만 한다.

9월, 10월의 란위 섬은 수평선 끝까지 푸른 바다에 풍랑이 잔잔한 날이 많았다. 사람을 유혹하는 듯한 짙푸른 물결이 복사뼈 바로 밑에서 찰랑거려 수영을 마다할 수 없었다. 나는 집의 옥상에서 멀리 끝이 없는 바다를 바라보았다. 아마도 바다의 신은 나를 쓸모없는 야메이 사내라고 비웃었을지 모른다. 고기잡이배들이 펄떡거리는 물고기를 그들의 앞마당에 부려놓고 분배를 할 때에, 나는 어린 나이에 의지할 데 없는 고아인 양 한쪽 구석에 움츠러든 채 삶의 의지도, 생산 기술도 퇴화해버린 나쁜 결말의 고통을 꾹꾹 삼키고 있었다.

저녁 시간에는 남의 시선을 피해 물고기를 사냥할 수 있었다. 이 시간을 통해 자신의 잠수 능력, 담력과 사냥 경험을 훈련하고 바다와의 정감을 키웠다고 나는 생각한다. 그러나 내가 방수 손전등과 작살을 들고 야간잠수를 하려 하자, 캄캄하고 음산한 바다는 마치 악마처럼 혀를 날름거리고 핥는 괴이한 모습을 하였다. 어려서부터 아버지가 들려주었던, 이를 드러내고 발톱을 치켜세운 귀신의 모양이 담력도, 식견도 없는 머릿속에 떠올랐다. 두려워진 나는 자신을 위로하며 말했다. "조상의 영혼이 아직은 나의 냄새에 익숙지 않은가 봐. 밤에는 함부로 잠수하지 말자." 집에 돌아오는 길에 어머니에게 말씀하시던 아버지의 말씀을 인정할 수밖에 없었다. 아버지는 이렇게 말씀하셨다. "애 아범은 삶의 투지가 참 약해. 너무 많이 퇴화했어."

"그거야 당연하지 않겠어요?" 어머니가 맞장구쳤다.

1990년 11월

이번 달에 아버지의 사촌 동생이 타이완에서 돌아왔다. 그는 밤에 잠수하기를 아주 좋아하고 바닷가재잡이의 달인이었는데, 나보다 겨우 다섯 살이 더 많을 뿐이었다. 밤에 그와 함께 잠수하여 물고기를 사냥할 기회가 왔다고 나는 생각했다. 마음속에 '희망'의 불꽃이 타올랐다. 과연 이튿날 그가 야간 잠수를 함께 가자고 청해왔다.

그는 이렇게 말했다. "야간 잠수에 필요한 건 체력이라네. 늘 물살을 거슬러 헤엄치기 때문이지." 최근 일 년간 내 체력이 몰라보게 좋아졌다고 나는 생각했다. 직접 집을 지으면서 모래와 자갈 등을 몽땅 혼자서 날랐을 정도이니까.

그는 이어 말했다. "야간 잠수에서 가장 중요한 건 담력이 있어야 한다는 거야. 그다음으로 쓸데없는 생각을 하지 않는 거야. 특히 상어가 사나운 이빨을 드러내는 무서운 장면은 아예 생각지 말게." 그러고서 심리적 장애를 어떻게 극복하는지에 대해 여러 가지 이야기를 해주었다. 나도 결국은 바다의 아이인지라 일주일 내에 금방 적응하였다. 고막과 콧구멍의 통증은 완전히 사라졌다. 나는 마음속으로 이렇게 생각했다. '난 더 이상 아버지 눈에 비친 소비자가 아니야. 적어도 나에 대한 아버지의 편견을 바로잡았고, 나의 '퇴화'를 말씀하시던 저주에서 벗어났어.'

어느 날 청명한 날씨에 바다가 그지없이 잔잔하였다. 당숙, 사촌 형 그리고 나 세 사람은 모터보트를 몰아 바닷가재와 물고기를 잡으러 란위 작은 섬에 갔다. 사촌 형은 배 위에서 배를 지키고, 당숙과 나 두 사람만 바다로 뛰어들어 물고기를 잡았다. 그런데 란위 작은 섬의 사방은 격류가 흐르고 있을 뿐만 아니라, 섬 위에도 야간잠수의 지표로 삼을 만한 등불이 전혀 없었다. 그래서 나와 같은 초보자는 마음속에 피어오르는 공포를 없애기가 쉽지 않은 일이었다. 란위 작은 섬은 밤중에 순식간에 검은 그림자로 변해버렸다. 마치 얼음처럼 차가운 거대한 바위가 꼼짝도 하지 않은 채 우뚝 서 있는 것만 같았다. 우리 족인의 관념에 의하면, 한밤중의 란위 작은 섬은 사면팔방의 악령들이 모여드는 섬이다. 아버지께서 내게 해주신 말씀이 떠올랐다. "넌 새내기(야메이어로는 란위 작은 섬의 귀신이 아직 네 영혼을 알지 못한다는 뜻이다)이니, 그곳에서 물고기를 잡을 때에는 절대로 여기저기 두리번거리거나 미친 듯이 웃어대서는 안 된다. 그렇지 않으면 그곳의 악마는 네가 오는 걸 싫어하게 될 거야. 이건 꼭 명심해라." 먹구름에 뒤덮인 가을밤, 별 외에는 온통 음산한 귀기로 가득하였다. 내 주변 사방에 작은 악령이 따라다니고 있는 것만 같았다. 전설 이야기를 많이 들어서인지 정말 오싹한 기분이 들었다. 쓸데없는 생각 말고도, 정말로 악령의 그림자가 눈앞에 어른거리는 듯하였다. 나는 더럭 겁이 났다. 내가 초등학교 4학년 때 귀신을 본 적이 있었으니까.

야간잠수를 위해 란위 작은 섬에 온 게 이번이 두 번째였다. 하지만 이번은 좀 달랐다. 당숙과 나 두 사람뿐이었기 때문이다. 두 개의 방수 손전등이 깊고 고요한 바닷속을 마구 비추었다. 마치 사내아이의 두 줄기 오줌이 마구 갈겨지는 듯하였다.

당숙이 기도를 올렸다. "우리 손의 등불에 놀라지 마소서. 이 장난감은 이족(한족을 가리킨다)이 우리에게 보내준 것입니다. 선량한 조상의 혼령이시여, 당신의 후예를 보우하소서."

나의 당숙은 교(예컨대 불교나 천주교, 기독교 등)를 믿지 않으며, 오로지 바다의 신만을 믿는 분이다.

그가 이어 말했다. "이곳의 신령을 존중하는 건 야메이 용사가 지녀야 할 신앙이다. 이렇게 바다의 신을 숭앙해야 평안해질 수 있단다."

듣고 보니 그의 말이 그럴듯하였다. 그래서 나도 생명의 안위를 위해 기도를 올렸다. 이건 내가 한밤의 바다에게 경건하게 올린 최초의 기도였다. "제가 의지하여 목숨을 부지하는 바다여, 그대의 용감한 아이가 되어 그대의 가슴에 기대기를 원하나이다."

이렇게 기도를 드리고 나자, 마음이 훨씬 평안해지고 두려움도 싹 사라졌다. 길지 않은 동안에 우리는 스무 마리 남짓의 바닷가재를 잡았다. 커다란 비늘돔도 일여덟 마리를 잡았는데, 모두 말할 나위도 없이 열 근 이상 나갈 것이다. 나는 신이 났다. 비늘돔은 한낮에는 힘이 좋고 재빠르며 밤에는 완전히 모습을 감춰버리는데, 내 손에 잡혔던 것이다.

우리가 자그마한 섬 위로 툭 불거져 나온 암초 지역으로 헤엄쳐 갔을 때, 해류가 매우 강해졌다. 우리는 물결을 거슬러 헤엄쳐 나아갈 수가 없었다. 그런데 손전등으로 바위틈을 비춰본 순간, 와아! 한 마리, 또 한 마리, 커다란 물고기가 깊이 잠들어 있었다. 한 마리 한 마리가 마치 꿈쩍하지 않는 과녁과 같았다. 하지만 잠수하여 내려가 사냥하기가 몹시 곤란했다. 대어가 바로 아래쪽 2, 3미터 깊이의 바위틈새에 있지만, 직접 내려가 보았더니 해류에 10미터 밖으로 떠밀려 나가는 것이었다. 이때 마을 노인네들이 늘 해주시던 이야기가 생각났다. 급류와 그 속을 떠다니는 물고기가 엄청나게 많을 때, 그건 악령이 너를 그물로 유혹하여 네 목숨을 빼앗으려는 거란다. 하지만 당숙은 바다의 아이답게 바닷가재와 대어를 한 마리, 또 한 마리 구럭에 담았다. 이때 나는 몹시 피로했는데, 해류를 거슬러 그보다 배나 헤엄을 쳤던 것이다. 그는 마릿수가 이미 충분하다고 여겼는지 나에게 이렇게 말했다. "지금이 썰물 시각인데다가 우리가 툭 튀어 나온 암초 지역에 있기 때문에, 해류가 유독 세찬 거야. 우리 오늘 밤 많이 잡은 거야. 못 잡은 건 나중에 와서 잡지 뭐." 그의 말을 듣자 나는 기뻤다. 나의 뜻도 그와 같았다. 이어 당숙은 되돌아가던 도중에 나의 귀에 대고 소곤거렸다. "사냥한 저 물고기와 바닷가재는 얼굴을 볼 수 없는 영혼(귀신을 가리킨다)이 잡수시도록 남겨두세."

물안경 속 그의 두 눈은 엄숙하기 그지없었다. 마치 그 먹을거리를 정말로 란위 작은 섬의 귀신들에게 남겨주는 듯했다. 원래 까마득히 잊어버렸던 두려움이 이번에 다시 나의 머리에 떠올랐다. 집에는 배고프다고 울어대는 아이가 있는데, 귀신의 망령이 따라붙은 채 집으로 돌아올까 봐 두려웠다. 마음속의 음산한 기운을 털어버리고 싶어서, 우리는 모터보트에 오르자마자 몸에 지니고 있던 호신용 칼을 뽑아들고서 자신 머리꼭대기 위의 악령을 쫓는 동작을 했다. 이렇게 하고서야 편안한 마음으로 회항하였다.

그때 나는 힘겨워하면서도 꿋꿋이 기도를 올렸다. "내 몸에서 인간으로 강림한 새 생명이여, 잠시 너의 영혼을 떠났나니, 잠수하여 물고기를 사냥할 줄 아는 애비가 있음을, 생선탕으로 나를 길렀던 네 할아버지만큼이나 가치 있는 애비임을 나는 네게 증명하고 싶었다."

"오늘 밤은 수확이 아주 풍성해. 자, 돌아가자. 그리고 너희 아이들이 아직 어리지. 걔들도 아버지의 품이 필요하지." 당숙이 말했다.

내가 흥겹게 야메이 사내의 자부심과 풍성한 수확물을 가지고 집에 돌아왔을 때, 집안에는 사람들로 가득 차 있었다. 큰아버지, 작은아버지, 숙모님들. 그런데 표정이 썩 밝지 않았다. 내가 잡은 물고기를 풀어놓기도 전에 큰아버지께서 몹시 화난 목소리로 말씀하셨다. "손주 녀석(내 아이를 가리킨다)이 아직 돌도 지나지 않았는데, 애를 떠나 란위 작은 섬에 고기 잡으러 갔단 말이지. 물고기가 중요하냐, 아니면 손주의 영혼이 중요하냐? 란위 작은 섬은 악령이 사는 섬이야. 게다가 한밤중에."

이어 아버지가 입을 여셨다. "넌 아직 급류에 임기응변할 체력이나 경험이 없어. 손주는 애비인 네가 자신의 영혼을 보호해주기를 원해. 설마 네가 '한족화'하여서 우리의 전통적 신앙과 교육을 받고 싶지 않은 건 아니겠지?"

수없이 많은 이야기가 나를 가르쳤다. 나는 벼락에 맞은 양 꿈쩍도 하지 않은 채 웃어른들 앞에 우두커니 서 있었다. 이때 어머니는 갈대 한 묶음을 손에 들고서 나의 머리와 온몸 위로 이리저리 휙휙 그었다. 악령을 쫓아내기 위함이었다. 그리고 입으로 무언가를 중얼중얼 외웠다. 나의 마음속에는 눈물이 방울져 떨어졌다. 웃어른들의 미신도 싫고, 귀신을 무서워하는 신앙도 싫었다. 하지만 한 마디도 말대꾸하지는 못했다. 다행히 당숙이 나와 사촌 형을 위기에서 구해주었다. 모든 잘못과 죄악은 그가 몽땅 뒤집어썼다. 그제야 내 마음속 불안이 가셨다. 그리고 원래 부모님께 봉양하려 했던 바닷가재와 대어는 그분들이 먹지 않겠다고 하여 할 수 없이 한족 장사꾼에게 죄다 팔아넘겨졌다.

이날 밤, 나는 줄곧 웃어른들의 이야기를 곱씹었다. 그분들의 관념 속에 란위 작은 섬은 음산한 기운이 가득하고 셀 수 없이 많은 악마가 거주하는 곳이었다. 원래 막 갓난애의 애비가 된 나는 절대로 그곳에 물고기를 잡으러 가서는 안 되었다. 아주 많은 가치관이 부모님의 생각과 충돌하였다. 갖가지 사고의 차이로, 나는 인류(야메이족을 가리킨다)의 원시 신앙의 기질을 상실하고 '생존 기술이 퇴화한 야메이족'이라 비판받았다. 그들이 비판한 까닭은 내가 타이완에서 너무 오래 지냈으며(다시 말해 허송세월했다는 것), 당시의 내 나이가 바로 전통문화를 계승하고 생산노동에 종사할 황금 시절

이었는데, 이 한창때에 내가 모체문화의 훈도와 모체의 교육 등등을 떠나 있었다는 것이다. 이러한 주관적인 비판에 대해 나는 마음속으로 늘 찝찝하게 여겼으며, 심지어 연장자의 '악령신앙(조금이라도 마음에 들지 않으면 모조리 악령의 징계로 떠넘긴다)'에 의해 주도되는 모든 가치 판단에 쉽게 동의하지는 않았다. 그러나 최근 몇 년간 스스로를 전통적 생존행위의 모체 혈액에 융화시킨 후, 나는 차츰 족인(혹은 원시민족)의 원시신앙에 동질감을 느끼기 시작했다.

1990년 12월

하늘은 바다와 한 빛깔인 채 구름 한 점 없었다. 호수처럼 잔잔한 물결은 마치 어린아이의 볼우물진 웃음인 양 감미로웠다. 겨울철에 이처럼 따뜻하고 포근한 날씨는 흔치 않았다. 우리 섬에서 이런 날씨에 배를 띄워 물고기를 낚거나 잠수하여 물고기를 사냥하거나 그물을 놓아 물고기를 잡는 일을 하지 않는 사내는 흔히 야메이족 여인들에게 '바다의 개구멍받이'라 여겨졌다. 영광스럽게도 그날 친구들의 초청으로 란위 작은 섬으로 물고기 사냥을 갔는데, 잠수 사냥의 고수로 알려진 다섯 명도 함께 출항하였으며, 그중에는 성이 이씨인 사촌 형도 끼어 있었다. 내 외사촌은 기뻐하긴 했지만, 머릿속이 대단히 복잡했다. 잡은 물고기가 사람

수보다 훨씬 적을 게 뻔했기 때문이다.

란위 작은 섬으로 떠나는 길에 웃어른 한 분이 비웃듯 나에게 말했다. "샤만, 란위 작은 섬에서는 마구잡이로 물고기를 잡아서는 안 돼. 야무지고 건장한 남인어(男人魚)하고 미끈한 여인어(女人魚, 비늘돔, 긴꼬리벵에돔, 창꼬치, 어름돔, 무명갈전갱이 등등)를 골라잡아야만 물고기 사냥으로 먹고사는 진정한 사나이라 할 수 있지. 이것도 우리 마을 노인들이 이곳에 와서 물고기를 잡는 일관된 원칙이라네."

이 이야기를 나도 전에 들은 적이 있다. 하지만 야무지고 건장하고 미끈한 물고기만을 어떻게 골라잡는단 말인가? 나는 답답한 나머지 스스로에게 물었다. 더욱 머리 아플 정도로 후회하였던 것은 고수 몇 명과 배를 함께 탔다는 점이었다. 우리의 습속에 따르면 한배를 타고서 잡은 물고기는 내가 잡은 게 몇 마리이든 똑같이 나누기 때문이었다. 나는 풋내기인지라 차이가 많이 날 텐데, 수년간 축적된 경험의 성과를 똑같이 나눈다는 게 낯이 없었던 것이다. 우리가 란위 작은 섬에 도착했을 때, 거기에는 여러 척의 모터보트가 이미 와 있었다. 좋은 자리를 그들이 모두 차지해 버릴까봐, 우리는 곧장 잠수하여 들어갔다. 나는 경험이 없었기에, 잡은 물고기 가운데 그들의 찬사는커녕 만족시킬 만한 것도 몇 마리 없었다. 한배를 탄 사람들이 내가 잡은 물고기가 시원찮다고 말하지는 않았지만, 그들이 잡은 어획량, 당당한 태도, 자랑스럽게 의견을 주고받는 모습 등에서 절로 움츠러든 나는 치욕스러움에 부끄러워 어쩔 줄 몰랐으며, 심지어 쥐구멍이라도 있으면 숨고 싶은 심정이었다. 다행히 고급어종을 잡지 못하는 풋내기의 고초를 알아준 사촌 형이 나를 다독여주었다. "잠수 사냥하는 남자라면 물고기에게 여러 번 속아보아야 해. 이번은 경험이라 생각하렴. 바다 밑은 어류의 세계이고, 우린 단지 우연히 그들의 목숨을 노리는 괴물일 뿐이야. 너는 물고기를 쫓고, 물고기는 당연히 도망쳐서 목숨을 부지하려고 하지. 그래서 총명한 대어를 네가 잡지 못하는 거야. 우린 경험과 체력 외에도 머리를 써서 각종 어류의 습성을 이해해야 해. 그렇게 하다 보면 차츰 나아질 거야."

알고 보니 야메이족의 관습에 따르면, 바다의 현장에서 경험을 전수하는 게 아니라, 휴식을 취하는 사이사이에 결점에 대해 의견을 제시할 뿐이다. 물고기를 잡는 데에 절대적인 공식이 있는 것도, 절대적인 자신이 있는 것도 아니기 때문이다.

잠시 시간이 흐른 후 나보다 두 살이 더 많은 사촌 형이 나를 놀리듯 말했다. "넌 타이완에서 한족의 교육을 받았는데, 한족 선생님이 물고기 잡는 기술이나 학문은 가르쳐주지 않았니?"

"물론 그런 건 없었지. 한족은 해류를 무서워하고 바다를 싫어해." 나는 웃으며 대답했다.

사촌 형이 다시 말을 이었다. "지금의 물고기는 삼사 년

전에 비해 엄청 줄었어. 우리가 잠수하여 잡는 물고기는 하루에 기껏해야 백여 마리 정도인데, 타이완이나 뤼다오(綠島)*에서 온 배들은 폭약으로 한 번에 천 마리 이상의 물고기를 싹쓸이하거든. 단 몇 분 만의 어획량이 우리의 일 년 분과 맞먹으니, 정말 말 다한 거지." 그의 말투가 돌연 타이완에서 오는 폭약 사용 선단에 대한 비분으로 바뀌었다.

폭약을 사용하는 선단 외에도 즈항(志航)** 기지의 공군 역시 란위 작은 섬 사방을 무차별로 폭격하여 상처투성이의 만신창이로 만들어 놓았다. 육지의 것이든, 바다 밑의 것이든 요행히 재난을 모면한 게 하나도 없다. 불발탄들도 란위 작은 섬 여기저기에 널려 있다. 사촌 형이 이렇게 말하는 것도 당연했다. "우리 야메이족은 이 나라에서 정말이지 철저하게 수모를 겪고 있어. 그런데도 우리더러 중화민국을 사랑하라고?"

그때 수많은 '원망'이 마음속에서 솟구쳐 올랐다. 마치 한 이랑, 또 한 이랑의 물결이 머릿속에서 쉬지 않고 빠져나오는 듯했다. 나는 잠시 고급어류를 사냥하지 못한 고통을 잊었다. 하지만 민족의 불평등 대우는 물고기를 사냥하지 못한 비통함보다 수천수만 배나 가슴 아팠다.

---

* 타이완 타이둥(臺東)시에서 동쪽 33킬로미터에 위치한 화산섬으로, 흔히 화소도(火燒島)라 일컫는다. 섬 둘레는 약 20킬로미터이고 면적은 15평방 킬로미터이며, 타이완에서 네 번째로 큰 부속도서이다.
** 타이둥시에 위치한 군용 비행장이다.

썰물 때가 되었다. 우리는 다시 한 번 바다로 뛰어들었다. 바다로 들어가 물안경 아래로 보니, 와아, 대단하다. 일 미터 남짓 길이의 창꼬치 십여 마리가 있었다. 하지만 이 물고기 아래쪽의 해저(깊이 약 7, 8미터)에 창꼬치보다 두 배나 큰 상어가 다섯 마리나 있었다. 우리는 해면에서 해류를 따라 상어에서 멀리 벗어났다. 몇 분 후 상어는 사라졌다. 그런데 창꼬치는 여전히 우리 아래쪽에서 유유자적 헤엄치고 있었다. 우리의 작살을 전혀 두려워하지 않는 눈치였다. 나는 곧장 잠수해 들어가 녀석들과 일 미터 남짓의 거리를 두었다. 녀석들은 꼼짝도 하지 않은 채 나의 선택을 기다리고 있었다. 나는 순간 생각했다. 내 작살은 튼실하지 못하니, 최대급이 아니라 중형급을 사냥하는 게 더 나을 거야. 작살의 스위치를 누르자, 슈우 하는 소리와 함께 물고기의 등뼈에 적중하였다. 창꼬치는 꿈쩍도 하지 못한 채 바닷속에 가만히 떠 있었다. 덕분에 손쉽게 물고기를 붙잡은 나는 배 위에 남아 있던 선주에게 의기양양하게 물고기를 넘겼다.

그는 깜짝 놀란 표정으로 말했다. "샤만, 네가 잡은 거야?"

"물론이지."

그는 엄지손가락을 치켜세우면서 말했다. "네가 오늘의 챔피언이야."

"그래? 하하……" 풋내기의 열등감은 이 순간 멀리 사라져버렸다고 나는 생각했다.

내가 다시 물고기를 사냥하러 갔을 때까지, 사냥의 고수 몇 사람의 작살은 여전히 대어를 사냥하지 못하였다. 사촌 형과 나는 미끈한 물고기를 찾아 먼바다로 헤엄쳐갔다. 서너 차례 물속을 들락거리는 사이에 해류가 점점 세졌다. 하지만 사촌 형과 나는 세찬 해류를 전혀 두려워하지 않은 채 물고기 사냥을 계속했다. 이때 배는 이미 먼바다 저 너머로 나가 있었다. 나의 유일한 희망은 사촌 형의 곁에 붙어 있는 것이었다.

"형, 어떻게 하지? 해류가 상당히 센데. 우리 해안으로 어떻게 돌아가지?" 나는 애걸하듯 말했다. 이처럼 세찬 해류를 겪어본 적이 없었던 터라 나는 더럭 겁이 났던 것이다.

"무서워하지 마, 내가 있잖아!" 사촌 형은 아무렇지도 않은 듯 대꾸했다.

마음을 진정하기 위해 나도 물고기를 사냥하러 물속으로 잠수했다. 그런데 이번에는 대단했다. 깊이는 고작 5미터밖에 되지 않았지만, 바다 밑까지 잠수했을 때 해류에 30미터나 떠밀렸던 것이다. 사촌 형에게 헤엄쳐갔지만, 갈수록 긴장이 심해졌다.

"우리 어떡하지, 형?" 밀려드는 물보라에 우리의 대화는 가로막혔지만, 나는 그가 말하는 소리를 들었다.

"스스로 긴장하지 마. 내가 제일 두려운 건 너 같은 초보 잠수부야." 그의 이 말이 연신 나의 가슴을 후볐지만, 이때의 해류는 태풍이 몰아칠 때의 호우로 불어난 강물만큼이나 세찼다. 게다가 우리를 계속 란위 작은 섬 동쪽 바다로 떠밀고 있었으며, 물마루의 높이는 적어도 3미터는 족히 되었다. 이러한 상황에서 우리는 떠다니는 통나무처럼 해류에 몸을 맡긴 채 성난 파도와 싸울 힘을 잃고 말았다.

"사촌 형, 난 지금 호흡하기가 상당히 힘들어. 자꾸 숨이 가쁘고, 곧 숨이 멎을 것만 같아. 어떻게 하지?" 사실 이 말을 할 때, 나는 이미 눈물을 흘릴 정도로 괴로워하고 있었다.

"긴장하지 마. 길게 심호흡을 한 번 해서 긴장을 풀어봐." 이때에도 사촌 형은 여전히 잠수하여 물고기를 사냥하고 있었다. 물보라가 해면에서 끊임없이 피어나는지라 아주 흐릿한데다, 더욱 공포를 안겨주는 것은 그가 어느 쪽 수면에 떠 있는지 보이지 않는다는 것이었다. 이러한 때에는 스스로를 구하는 수밖에 없다. 그래서 나는 허리춤의 납덩어리 네 개를 바닷속에 던져버리고서 잠수복을 구명복 삼아 해류에 몸을 맡겼다. 바로 이때 어선의 모터 소리가 들리는 듯했다. 나는 절로 안도의 한숨이 터져 나왔다. 살았다.

란위 작은 섬의 해안가를 바라보니 대략의 거리는 30미터밖에 되지 않았다. 거리는 짧지만 헤엄쳐 갈 수가 전혀 없었다. 다시 바다 밑을 바라보니 혼탁하여 빌어먹을 아무것도 보이지 않았다. 세찬 해류가 만든 물결은 줄지어 달려들면서 떠도는 도깨비의 혓바닥처럼 나를 핥아주었다. 그때 나는 졌음을 인정하고 바다에게 투항하였다. 그래서 배위의 사람들이 나의 구원 요청을 볼 수 있도록 나의 작살을 높이 치켜들고서 크게 외쳤다. "여기요, 여기……!"

"살려달라고 고함쳤어? 씨부럴. 네 집에 길러놓은 돼지 있어? 재산 많아? 그들에게 물어줄 토란밭이나 금박조각 있어? 빌어먹을. 형이 있으니 두려워하지 말고 조그만 더 버티라고 그랬지. 우리 동쪽에도 세찬 해류가 있는데, 양쪽 해류가 만나면 파도 외에는 해류가 없어지기 때문이야. 그러면 그때 해안으로 헤엄쳐서 돌아올 수 있다고. 알겠어?" 사촌 형은 노기충천하여 작살 자루로 내 머리를 때리려고까지 하였다. 나의 몰골은 저주받은 도깨비마냥 처량하기 그지없었다. 그의 이야기를 듣고 있는 동안, 나는 긴장이 많이 풀렸다. 두 다리도 시큰거림이 없이 자유롭게 놀릴 수 있었다. 이제 해류 역시 방금 전처럼 세차지는 않았다.

사촌 형은 나보다 고작 두 살밖에 많지 않았지만, 내가 타이베이에서 공부하고 있을 적에 그는 진즉 잠수와 물고기 사냥을 시작하여 날씨를 관측하는 웃어른들의 지식을 받아들이고, 해류의 방향에 관한 경험담, 특히 란위 작은 섬 주위의 조수 변화에 온 신경을 기울였다.

우리가 배에 올랐을 때, 나의 구럭에는 물고기가 한 마리도 없었다. 사촌 형이 반은 놀리듯 반은 꾸짖듯 말했다. "이런 제기랄. 란위 작은 섬의 조상님 영혼께서 타이완에서 막 귀향하여 정착한 샤만 란보안 아우를 해류로써 영접해주셨건만, 정말 성의가 부족하군. 하지만 물고기를 사냥하는 사나이가 해류를 겪어보지 않고 어찌 진보할 수 있겠나? 내 말이 맞는가 틀린가? 동생." 나는 심장이 더욱 세차게 펄떡펄

떡 뛰는 바람에 그의 말에 대꾸할 기분이 들지 않았다.

　배는 천천히 세찬 해류에서 벗어났다. 나의 두 눈은 급류가 합쳐진 뒤의 무서운 물결을 줄곧 빤히 응시하고 있었다. 인류의 체력으로는 해류를 절대로 정복할 수 없다고 생각하면서.

　이전에 아버지께서 말씀하신 적이 있다. "애야, 바다를 사모하는 성품을 길러야 한다. 바다 덕분에 우리 민족이 있는 거니까." 옳은 말씀이시다. 우리는 바다를 사랑하는 성품을 기르지 않으면 안 된다. 매일 눈길 닿는 곳마다 바다의 세계이고, 바닷속에는 풍성한 먹을거리가 간직되어 있다. 바다는 야메이족이 목숨을 부지하는 보고이지만, 상당한 체력, 재주와 경험…… 등을 갖지 않으면 바다의 신에게서 먹을거리를 얻기가 결코 쉽지 않다.

　회항하는 도중에 나는 란위 작은 섬에서 큼지막한 무명갈전갱이 한 마리를 꼭 잡아서 란위 작은 섬의 조상님 신령께 바쳐 나를 보우해달라고 빌겠노라 맹세했다.

1991년 ~ 1992년

　이 해에 나는 둥칭(東淸)초등학교에서 대리 강의를 하였다. 귀향하여 정착한 후 맞는 두 번째 공직인 셈이다. 학교가 개학하기 전 보름간 작은아버지, 사촌 형과 나 세 사람은 날마다 잠수 사냥에 나섰다. 나는 이 시간을 이용하여 달이 차고 기울 때의 조수 변화 및 여름과 겨울의 조류에 밀려온 부유생물을 관찰하고, 섬 근해의 잠수환경 등 야메이족 남자라면 마땅히 알아야 할 잠수지식을 익혔다. 매일 잠수한 덕분에 실력은 매우 빠르게 늘었다. 어획량은 전보다 훨씬 많아졌고, 잠수 깊이도 더욱 깊어졌다. 고막과 콧구멍도 더 이상 통증을 느끼지 않았으며, 바닷속에서 체력을 저절로 조절할 수 있게 되었다. 뒤떨어진 점은 여전히 혼자서 대해에서 잠수할 담력이 없다는 것, 그리고 근해에서 사냥하다가 별안간 바닷물결이 거세질 때 어느 곳을 따라 뭍에 오를지 등의 식견이 없다는 것이었다.

그래서 학교를 오가는 중에 밀물과 썰물 때의 해류의 방향, 풍랑이 일 때 어느 암초로 뭍에 오를 수 있는지를 눈여겨 살펴보았다. 이렇게 오가다 보니 점점 간만조에 나타나는 갖가지 환경이 눈에 익게 되고, 이에 따라 자신감도 차츰 생겨났다. 이 일 년의 겨울 어느 날, 학교에서 수업을 마치고 돌아오는 길 역시 섬의 남동쪽이었다. 그런데 한쪽은 무서울 정도의 거친 파도가 일고 있는데, 다른 한쪽은 보는 사람마다 좋아하는 잔잔한 해역이었다. 그래서 발걸음을 멈춘 채 양쪽이 확연히 다른 해역을 가만히 살펴보고 있었다. 이때 홀연 어떤 사람의 그림자가 보였다. 그는 손에 작살을 움켜쥔 채 물결이 부서져 내리는 해안에 우뚝 서 있었다. 목숨조차 아끼지 않는 이 사람이 대체 누굴까 생각해보았다. 그때 시각은 벌써 오후 4시, 그는 솟구쳐 밀려오는 파도를 가슴으로 맞부딪치더니, 밀려오는 파도 속으로 사라졌다. 나는 마음속으로 다짐했다. 목숨조차 아끼지 않는 저 사람이 대체 누구인지 꼭 기다려봐야겠다. 바다 표면에서 조류가 동쪽에서 서쪽으로 흐르고 있음을 느낄 수 있었다. 태양은 이미 바다 너머로 지고, 하늘은 어두컴컴해졌다. 그 사람의 머리가 물마루와 물골 사이에서 나타났다 숨었다 하였다. 마치 버려진 부유물 같았다. 하늘빛은 갈수록 어두워졌지만, 목숨조차 아끼지 않는 그 사람은 뭍에 오를 기미가 보이지 않았다. 나는 다시 생각에 잠겼다. 이렇게 어두운 바다 밑(경험이 내게 알려준 바이다)에서 그는 사냥감을 찾을 수 있을까? 두렵지 않을까? 이 사람은 정말 담력도 있고, 이미 사냥 중독증에 빠진 사람일 게다. 하지만 얼마 지나지 않아 이 사나이는 어느덧 해류를 타고 잔잔한 해역으로 가 있었다.

이 사람이 바닷가로 올라왔다. 알고 보니 나의 사촌 형 이형(란위 작은 섬에서 나와 함께 해류에 떠밀려갔던 친척)이었다. 나는 그의 구럭을 살펴보았다. 'Minava Woyo(무늬양쥐돔, 해류를 거슬러 부유생물을 먹이로 찾는 어종이며, 겨울에는 해류가 세찬 해역에서만 활동한다)'가 가득 차 있는데, 모두 팔뚝만 한 크기의 대어였다.

"사촌 형, 잘 지냈어요? 난 누가 목숨을 내놓고 사냥하시나 했더니 형이네요."

그는 웃음을 흘리면서 말했다. "이 고기는 물살이 세찬 해역에서만 나타나는 녀석이야." 다시 말을 이었다. "이곳 해역은 상현달이 뜰 때에는 밀물이 동쪽에서 서쪽으로 흐르고, 하현달일 때에는 서쪽에서 동쪽으로 흘러. 동생도 물고기를 사냥하려면 먼저 달과 조수의 관계를 잘 알아야 해. 그리고 꼭 직접 실험해보아야만 경험을 쌓을 수도 있고, 잠수 사냥꾼의 오기를 깨달을 수 있지." 깊은 경험에서 우러나오는 말이었다. 어쩌면 늘 해류에 단련된 야메이 용사만이, 고독하게 물골 아래에서 사냥하여 생계를 유지하는 사람만이 바다의 감정 세계 속에 녹아들 수 있으리라. 하지만 이러한 삶의 경험을 쌓을 수 있는 이가 몇이나 될까? 바다 밑에서 수압과 그리고 조류와 싸우는 잠수부의 고초를 알 수 있는 이가 몇이나 될까?

이형은 이어 말했다. 그의 두 눈에는 바다신의 영혼이 깃들어 있는 듯했다. "이 무늬양쥐돔을 사냥하려면 바다 밑까지 잠수한 다음, 녀석이 호기심을 보여 사정거리 안에 들어오면 제일 큰놈을 노릴 때까지 숨을 얼마나 오래 참아내는지를 봐야 해." 나는 그의 이 말을 명심해두었다.

매주 토요일과 일요일 해 질 녘마다, 나는 직접 고독한 잠수의 즐거움을 맛보면서 무늬양쥐돔을 사냥하고 용감한 잠수 사냥꾼의 오기를 터득하기 시작했다. 한 달이 지나자 내가 갈수록 단단해지고 경험도 더욱 풍부해졌음을 알았다. 한 마리, 또 한 마리, 무늬양쥐돔을 햇볕에 말리는 덕에 걸어놓았다. 이웃사람들의 경이(驚異)의 눈빛이 차츰 선망의 눈빛으로 바뀌었다. 그들은 선망의 눈빛으로 이 방면에서의 내 능력을 인정해주었다. 이런 재주가 있었기에, 나는 차츰 족인에게 받아들여지고 '퇴화된 야메이 남자'라는 오명에서 벗어났다. 나의 아내, 부모 역시 물고기 사냥 덕분에 피차의 감정이 더욱 가까워졌다. 매일 아침, 부모님은 자랑스러운 웃음을 머금은 채 물고기를 햇볕에 말렸고, 다른 사람들의 선망의 눈빛은 부모님의 경건한 얼굴로 향하였다. 지난날 먹을 만한 싱싱한 생선이 없어서 겪었던 궁상은 이제 모두 사라져버렸다.

1992년 11월 이후(생존 투지의 재생)

이해에 나는 다시 근무처를 바꾸어 란위중학교에서 교편을 잡았다. 귀향한 후 세 번째 맡는 공직이었다. 작은아버지와 사촌 형은 돈벌이를 위해 타이완으로 떠났다. 나는 고독한 잠수부가 되었다. 11월 이후 나의 가슴은 들뜨기 시작했다. 가을이 가고 겨울이 오는 철이 바로 무늬양쥐돔이 나타나는 때이기 때문이었다. 특히 한류가 밀려오자, 나의 마음은 더욱 흥분되었다. 아마 암초 틈새에 기생하고 있는 화려한 모양의 열대어만이 짜릿짜릿 떨리는 나의 가슴을 이해할 수 있으리라.

매주 화요일 오후에 나는 수업이 없는지라 늘 남몰래 학교를 빠져나와 바다로 갔다. 자리를 비우는 횟수가 잦아지자, 대리 교장이 나에게 의심쩍은 말투로 말했다. "매주 화요일 오후에는 학교에 통 그림자도 보이지 않던데, 어디 슬쩍 빠져나가 술이라도 마시는 거예요?" 나는 이빨을 드러내고 웃으면서 대답했다. "컴퓨터실에 가서 컴퓨터 두드리는데요!"

"거짓말 마세요! 컴퓨터를 하러 가는지 물고기 사냥하러 가는지 말씀해 보세요. 어쨌든 당신은 근무평정(評定)을 받지 않으니, 내게만이라도 행방을 알려주세요."

"물고기 사냥하러 갑니다. 잠수하지 않으면 우리 족인과 물고기의 친밀한 관계에서 배태된 해양문화를 체험할 길이 없습니다. 전 이런 경험을 바탕으로 우리 아이들에게 해양 세계에서 우리 족인의 문화내용을 설명하고 알려줍니다."

"옳은 말이오만, 이건 우리 아이들이 타이완처럼 삭막한 사회에서 생존하는 데 필요한 지식이 아니오."

그렇다. 잠수하여 사냥하는 건 우리 야메이 아이들이 미래사회에서 응용할 기초적인 생존 지식이나 기능이 결코 아니다. 그러나 나의 본원적 목적은 자신들의 부모가 물고기를 잡기 위해 노동하는 원시가치를 학생들에게 알려주고, 그들이 성장하는 과정 중에 원래 그들이 자란 후에 갖추어야 할, 자연과 맞서 싸우고 생존을 도모하는 투지를 그들의 머릿속에 간직하게 하며, 나아가 그들의 마음속에 갈수록 빠른 속도로 퇴화하는 동족의식을 계승하도록 하는 것이다.

나의 경험을 바탕으로 수업의 교육자료를 늘리고, 아이들이 알고자 하는 강렬한 욕망을 갖지 않더라도 기사회생할 수 있는 유인책을 마련해보자. 한족만을 떠받드는 일방적이고 독단적인 교육체제 하에서 비린내를 풍기는 원료를 집어넣어 보자. 외지에서 어렵사리 공부했던 체험을 알려주고 귀향 후 차츰 모체문화 속에 녹아든 생명의 여정을 들려줌으로써 그들의 사유와 성찰의 공간을 열어보자는 것이다.

학생 A가 물었다. "선생님, 화요일 오후만 되면 물고기 사냥하시느라 우리에게는 관심도 두지 않지요. 선생님은 참 나빠요."

"좋고 나쁨은 너희가 성장한 후에 옳고 그름을 판별할 능력이 생겼을 때에만 해답이 있을 거야."

학생 B가 물었다. "잠수 사냥하시지 않으면 안 되나요? 선생님?"

"안 되는 건 아니지. 나는 물고기를 사냥할 때에만 커다란 기쁨을 느낀단다. 선생님의 부모님은 나보다 더 기뻐하신다. 그분들은 싱싱한 생선을 드실 수 있으니까.

학생 C가 물었다. "허풍쟁이에요, 선생님은. 맨날 우리에게 이만한 크기의 물고기를 잡았다고 말하지만, 언제 우리에게 증명해 보여준 적이 있어요?"

설날 쉬는 날에 나는 학생들을 데리고 물고기를 구워 먹으려고 바다에 갔는데, 남학생들에게는 반드시 물안경을 가져오도록 하였다. 그 녀석들에게 나의 능력을 증명하고 '허풍쟁이'라는 오명을 씻으려고 하였던 것이다. 아울러 이 기회를 이용하여 전통적인 생계를 전수함으로써 학생들의 신임과 존경을 받으려 하였다. 바다에 뛰어들기 전에 남학생들을 암초 위에 세우고 실외 교육을 시작하였다. 눈앞의 바다는 우리의 칠판이요, 우리의 교재요, 우리의 친근한 벗이다. 우선 너희에게 가르칠 것은 어떻게 바다를 좋아할 것인가, 조수의 들어오고 나감과 달의 차고 기울어짐이란 기본 상식을 어떻게 관측할 것인가이다. 그다음은 어떻게 잠수하여 숨을 참을 것인가, 어떻게 체력을 안배할 것인가, 그리고 남인어, 여인어, 노인어를, 그리고 날쌘 어류, 굼뜬 어류……등등을 어떻게 구분할 것인가이다. 곁에 있는 여학생들은 남자들의 '바다 이야기'를 경청하는 것 외에도 실내 수업보다 천 배 이상 정신을 집중하였다. 내가 실외 수업을 하는 것은 우리 생활환경과 직접적으로 연관되어 있는 것, 교과서 학습으로는 얻지 못하는 지식을 전수함으로써, 이 아이들이 이러한 생활배경 속에서 스스로 열심히 공부하여 성실한 야메이인이 되도록 격려하기 위함이다. 그리고 두 번째로는 재생을 스스로 확신하는 원천을 수립하고자 하였던 것이다.

"선생님, 너무 추워요. 바람이 부는데요." 남학생 A가 말했다.

"겨울에 웃통을 벗고 바람을 맞으니, 춥게 느껴지는 게 당연하지." 나는 말을 이었다. "하지만 청춘기의 남자에게는 '춥다'라는 글자가 없는 법이다. 네가 이 정도를 '춥다'

라고 한다면, 어떻게 아내를 맞고 집을 꾸리겠니! 하하……
하하…… ”

이어 다시 말했다. “여학생들은 내 말을 잘 들어라. 너희
가 커서 성숙해지면, ‘춥다’고 엄살을 부리는 치우(邱) 녀석에
게는 시집가지 말아라. 하하…… 하하…… ”

치우라는 학생이 곧바로 말했다. “선생님, 전 이제 ‘춥지’
않습니다. 하하…… ” 그의 말이 다시 한 번 급우들의 폭소를
자아냈다.

“선생님, 모든 남학생에게 선생님의 지도로 ‘춥다’라는
글자가 완전히 사라졌습니다.” 반장이 말했다. 이 순간 여학
생들은 온유하고 대범하면서도 귀엽기 그지없었다.

“선생님과 헤엄을 칠 때, 만약 해수의 수온을 견딜 수 없
는 학생이라면 스스로 헤엄쳐 해안으로 돌아올 수 있을까요
(해안가로부터 약 100미터 떨어져 있었다)?”

한 시간 후 열일곱 명의 학생 가운데 나의 꽁무니를 계속
따라다니는 학생은 여덟 명밖에 남지 않았다. 나는 계속 먼
바다로, 훨씬 깊은 해역으로 헤엄쳐 갔다. 깊이가 이미 십 미
터 이상이나 되는 암초 구역이었다. 이때 몇 명의 학생들의
물안경 아래에 내가 해저에서 벌이는 솜씨가 펼쳐졌다.

나는 바다 밑으로 잠수하여 십 초 남짓 가만히 있다가 멋
쟁이 비늘돔(여인어)과 재빠른 넓적통돔만을 사냥하였다. 한
번, 또 한 번, 잇달아 재주를 보여주어 어획량이 스무 마리
에 가까워지자, 곧바로 해안가로 헤엄쳐 돌아왔다. 나에게

뒤처진 학생은 연신 나를 칭찬하였다. "선생님, 정말 대단하셔. 바다 밑에서 '호흡'이 그렇게 오래라니. 굼뜬 물고기는 아예 잡지도 않으셔……." 수많은 찬사가 귓가에 끊이지 않았다.

그러나 학생들의 찬사는 내게 자랑으로 다가오지 않았다. 그들 나이에 떠들어댄 말이 족인들의 눈에 비친 나의 이 방면의 솜씨의 명성을 더해주기에는 부족했기 때문이다. 나의 본시 목적은 학생을 가르치는 야메이인이 족인의 일부 생산기술도 가르칠 수 있음을 보여주는 것이었다. 이 두 가지를 병행함과 동시에, 그들이 올바른 인생관을 갖도록 하고 책을 읽지 못하는 열등감을 없애주어 그들의 신임과 존경을 얻는 것이었다.

이후로 나의 학생들이 휴일을 맞아 그물을 쳐서 물고기를 잡을 때마다, 그들은 해수, 밀물과 썰물, 어류의 명칭 등에 대해 능동적으로 질문을 던지기 시작했다. 그들은 바다에서 물고기를 잡은 조그마한 경험을 통해 나의 권위에 주눅들지 않은 채 차츰 사제간의 관계를 친밀하게 만들고 두 세대 간의 틈새를 메웠다. 그리하여 나는 바다의 물마루와 물골의 불규칙한 율동으로 미래 그들 삶의 평탄치 않은 여정을 비유하였으며, 이로써 그들의 정확한 사유공간을 만들고 깨우치고자 하였다.

1993년 1월

작은아버지와 사촌 형이 돈 벌러 타이완으로 떠난 후, 약 대여섯 달 동안 나는 혼자서 잠수 사냥에 나섰다. 겨울 햇볕이 따사로운 날이든 음산하게 한류가 흐르는 날이든 빠짐없이 나갔다. 특히 추운 날일수록 나는 홀로 잠수의 고락을 맛보는 걸 좋아하였으며, 이것이 퇴근 후에 거르지 않는 일상적인 일이 되었다. 날이 갈수록 근해의 잠수해역, 그리고 조수와 달의 차고 기움의 인력관계를 잘 알게 되었으며, 이에 따라 마음속의 바다에 대한 두려움이 차츰 사라졌다. 나는 이제 물마루의 시련을 용감하게 받아들이고 물골 아래의 눈부시게 아름다운 해저 세계를 마음껏 즐기게 되었다. 이때부터 나는 '바다의 아들'이라 자부하였다.

나의 체력이 날로 좋아지고 경험이 더욱 풍부해지고 어획량이 차츰 늘었을 때, 팔순 가까이 부모님, 약간 살이 붙은 애 엄마가 비바람을 아랑곳하지 않는 나의 잠수에 대해 슬슬 걱정하기 시작했다.

마침내 약간 살이 붙은 나의 여인이 입을 열었다. "바다만 죽어라 사랑하지 말고, 샤만, 시간을 내서 아이들을 데리고 바다에 관한 이야기를 들려주세요." 바다에 푹 빠져 지내던 터라, 아이들과의 관계에 별로 신경을 쓰지 않았던 것이다.

어느 날, 퇴근 시간도 되기 전에 슬그머니 학교를 빠져나와 집으로 왔다. 마침 애 엄마가 잠수도구를 챙기고 있는 나를 보더니 말했다. "당신 같은 대리강사가 맨날 일찌감치 퇴근하여 물고기 잡으러 다니면, 다음에 누가 당신을 위해 교육청에 좋게 말해주겠어요?"

"이러지 마. 바다에 가기 전에 잠수 운수를 해치는 말은 하지 마. 남자들이 바다로 가기 전의 금기를 좀 지켜줘."

하늘에는 온통 먹구름이 온 섬을 가득 뒤덮고 있었다. 게다가 쉬지 않고 가랑비가 내리고 있었다. 이런 날씨에 바다 밑은 틀림없이 어두컴컴할 것이다. 그야말로 무늬양쥐돔을 잡기에 딱 좋은 때라고 나는 생각했다. 뭍 위의 기온은 낮아 대략 십이삼 도쯤 되지만, 내 경험에 비추어볼 때 수온은 이보다 틀림없이 더 높다. 목적지에 이르러 잔물결을 보자, 해류에 풍부한 부유생물이 실려 왔음을 알 수 있었다. 그렇다면 마찬가지로 부유어군 역시 많겠지.

잠수하여 내려갔다. 물안경 너머로 바라보니 과연 부유어군이 아주 많았다. 무늬양쥐돔은 늘 다니던 길을 따라 물길을 거슬러 헤엄치고 있었다. 나는 천천히 잠수해 들어갔다. 어군은 즉시 나에게서 멀어졌다. 내가 바다 밑까지 잠수하여 암초에 바짝 엎드려 자세를 바로잡을 때에야, 무늬양쥐돔은 호기심 탓에 금방 몸을 돌려 바다 밑에 엎드려 있는 나에게로 헤엄쳐 왔다. 손바닥만 한 크기의 물고기는 이 어군의 전초병이다. 새끼 물고기이기에 나는 절대로 사냥하지 않고 녀석들에게 자랄 시간을 준다. 게다가 새끼 물고기를 사냥하는 건 나의 명성에도 흠을 남기는 일이다. 나는 바다 밑 압력에 숨이 막히는 것을 꾹 참았다. 뒤쪽에서 따라오는 대어들이 작살의 사정거리 안에 들어오기를 기다렸다. 이때 전초병인 새끼 물고기떼가 상어의 담력을 지녔는지 내 사방에서 왔다 갔다 하더니 제멋대로 머리로 들이박기도 하였다. 장난꾸러기 어린애들 같은 녀석들은 불시에 물고기를 노리는 나의 시야를 가렸다. 사냥감을 겨누고 있던 나는 스위치를 눌렀다. 일 밀리미터 두께의 스프링 작살이 곧바로 고무에 의해 튕겨 나갔다. 그때 그중의 한 마리가 산뜻한 핏빛을 내뿜었다. 어군은 깜짝 놀라 흩어졌다가 잽싸게 한데 모여 내 작살에 명중된 물고기를 뒤따랐다. 나는 무늬양쥐돔 세 마리째를 잡고서 다시 바다 밑으로 잠수해 들어갔다. 그때 멀리서 다른 물고기가 보였다. 녀석은 헤엄치는 자태가 웅장하고, 몸집도 튼튼했다. 녀석은 울퉁불퉁 오르내리는 암초를 따라 내 쪽으로 헤엄쳐 다가오고 있었다. 이 유백색의 물고기는 틀림없이 무명갈전갱이(Cilat)일 것이다. 마을의 웃어른들이 바다 이야기를 할 때마다 빠지지 않고 언급하는 것이 바로 이 물고기의 습성 그리고 이 녀석들과 싸웠던 이야기이다. 그래서 웃어른들의 경험에 따라, 나는 숨을 한 모금 내뱉었다. 내뱉은 숨은 기포가 되어 천천히 해면으로 떠오르고, 이게 무명갈전갱이의 호기심을 불러일으켜 녀석을 작살의 사정거리 안으로 유인할 것이다. 과연 주효했다. 일 초도 되지 않아 녀석은 즉시 내 쪽으로 계속 헤엄쳐

왔다. 녀석이 점점 더 가까워짐에 따라, 나도 갈수록 긴장되었다. 무명갈전갱이는 대단히 튼튼하고 끈기 있으며 사나운 식용어종으로, 단번에 녀석의 급소를 명중시키지 못하면 단시간 내에 녀석을 항복시키기가 대단히 어렵기 때문이다. 특히 덩치가 큰 무명갈전갱이일수록 녀석의 투지와 끈기는 놀라울 정도이다.

이 이전에 나는 5, 60 근쯤 나가는 무명갈전갱이를 사냥해 본 적이 있다. 그 중의 하나는 작살에 명중된 다음 순식간에 나를 바다 밑으로 끌고 들어갔다. 아이들의 장래에 양육할 애비가 없어서는 안 되는 상황이었기에, 나는 온힘을 다해 작살자루를 꽉 움켜쥐고서 해면으로 솟구쳤다. 해면 가까이 숨을 토해내고 들이쉴 수 있기 직전 오십 센티미터 앞에서 녀석은 다시 사력을 다해 나를 물속으로 끌어당겼다. 나는 젖 먹던 힘을 다해 오리발로 녀석과 사투를 벌였다. 나는 기운이 거의 떨어졌지만, 녀석은 여전히 왕성한 기운으로 나의 작살을 끌고 가려 하였다. 내가 만약 작살을 놓아버린다면, 아마 두세 달의 시간을 들여야 작살을 다시 만들 수 있을 것이다. 다음으로, 이 대어로 나의 부모님, 나의 큰아버지와 작은아버지를 대접하고, 녀석을 잡아 이 방면에서의 전통사회의 지위와 명성을 쌓아 '생존기술의 퇴화'라는 오명을 씻어낼 수 있기를 바랐다. 그래서 나는 두세 방울 침만큼의 바닷물을 들이켠 후 딸꾹질을 하여 호흡을 연장하려 하였다. 다시 한 번 남은 기운을 다해 오리발을 박차고서 무명갈전갱이를 재빨리 해면으로 끌고 갔다. 바로 이 순간, 녀석은 내가 자신의 싱싱한 고기를 먹는 게 싫었던지 꼬리 부분을 힘껏 쳐올리더니 내 작살총의 단단한 작살을 야무지게 끌어당겼다. 야아…… 한참 동안 나는 멍하니 있었다. 내가 해면으로 떠올라 숨을 내쉴 때, 나는 이미 전신이 마비되어 머리가 아찔하고 눈앞이 캄캄하였으며 눈에 별이 번쩍였다. 산소가 부족하여 정신이 맑지 않은 상태에서 나는 벌게진 두 눈으로 녀석을 전송했다. 피를 흘리면서 작살을 끌고 가는 녀석은 암초의 골짜기를 따라 비실비실 멀어져 갔다. 나는 몽둥이로 뒤통수를 얻어맞은 듯 아팠다. 나는 널빤지처럼 물결에 몸을 맡긴 채 표류하였다. 부모님께 맛있는 생선을 봉양하려던 소원은 허사가 되고 말았으며, 퇴화된 기능이 다시 뇌리에 선명하게 떠올랐다.

이런 경험이 있었기에 '퇴화'의 오명을 씻어내기 위해, 나는 전전긍긍한 채 그가 다가오기를 기다렸다. 녀석은 더욱 가까이 다가왔다. 나의 심장이 더욱 세차게 뛰고 있음을 나는 알고 있었다. 물안경 속 살갗에 땀이 배고, 작살을 움켜쥔 손이 가느다랗게 떨리는 것도 느꼈다.

그러나 무명갈전갱이는 결코 머리가 나쁜 어류가 아니었다. 녀석은 영리하게 내 작살의 사정거리 너머에서 꿈쩍도 하지 않은 채 더 이상 다가오지 않았다. 나는 숨이 얼마 남지 않았지만, 기포를 토해내지 않으면 안 되었다. 기포는 오르락내리락하는 조수를 따라 불규칙적으로 해면으로 떠올랐다. 이 방법은 정말 쓸모가 있었다. 원래 작살자루와 일직선을 이루었던 녀석은 크기가 각기 다른 기묘한 기포를 구경하기 위해 45도 각도로 내 쪽을 향하였다. 이야, 정말 무지하게 큰놈이로구나. 나는 재빨리 지난번의 경험을 되새겼다. 나의 뇌리에서는 녀석의 등뼈 위치를 해부하고 분석하였다. 녀석이 사정거리 안에 들어왔지만, 녀석의 표정을 보니 나를 두려워하지 않고 계속 헤엄쳐 다가올 것만 같았다.

"조금만 더 가까이 오렴, 나의 연인이여." 나는 물밑에서 가만히 속삭였다. 절대로 주저해서는 안 돼. 녀석이 가장 알맞은 사정거리까지 헤엄쳐 들어온 순간, 나의 경험이 나에게 말했다. 아이구, 정말 큰 물고기이군. 적어도 서른 근 이상(한족의 눈으로 짐작한다면)은 충분히 되겠는걸. 저 녀석 기세 좀 봐, 나랑 한바탕 붙어보겠다는 태도로구먼. 천재일우의 기회라고 나는 생각했다. 그래서 나는 자신 있게 녀석의 심장 위쪽의 등뼈를 겨냥했다. 스위치를 누르자 '퍽' 하는 소리와 함께 너비가 거의 삼십 센티미터나 하는 몸통을 꿰뚫었다. 이어 나는 곧바로 앞으로 헤엄쳐 녀석을 꽉 껴안았다. 녀석에게 숨을 헐떡일 시간을 주지 않은 채, 잽싸게 해면으로 뛰쳐나왔다. 녀석의 심장이 나와 마찬가지로 긴장해 더욱 빠르게 펄떡거림을, 녀석을 껴안았을 때 느낄 수 있었다. 녀석은 쉬지 않고 몸부림쳤다. 만약 녀석이 '사람'이라면 씨름경기에 비유할 때, 우리는 승부를 가릴 수 없었다. 나는 녀석을 나의 가슴팍에 안았다. 해안가에서 겨우 6, 70미터밖에 떨어져 있지 않았지만, 헤엄치기가 대단히 힘겨웠다. 게다가 허리에 찬 납띠에서 호신용 칼을 꺼내 녀석의 체력을 약화시키기 위해 아가미를 찌를 시간이 없었다.

"바닷속 조상의 신령이시여, 제게 힘을 주어 순조로이 뭍으로 돌아가게 하소서. 그렇지 않으면 그대들에게 생선대가리의 고기를 나누어주지 않겠소(야메이족이 대어를 잡으면 생선대가리를 부모님께 잡수시라고 드리고, 고기 한 덩어리를 갈라 조상의 영혼에게 바친다)." 나는 이렇게 기도를 올렸다.

대어는 나의 가슴팍에서 끊임없이 버둥거렸다. 완강하게 저항하는 녀석의 힘은 조금도 줄지 않았다. 녀석의 강인한 근성에 탄복하지 않을 수 없었다. 육지가 점점 가까워졌다. 하늘빛은 시시각각 차츰 어두워졌다. 비는 여전히 쉬지 않고 내리고, 찬바람은 그침 없이 수면을 스쳐 지나갔다. 그러나 이 모든 것이 펄쩍펄쩍 뛰어오르는 나의 마음을 억누르지는 못하였다.

무명갈전갱이를 뭍 위의 암초에 놓고서 녀석의 튼실한 몸집을 찬찬히 살펴보면서 나는 입을 열었다. "어이 형씨, 내가 이겼소." 나는 큰소리로 고함쳤다. 나는 눈앞의 친밀한 연인 - 바다를 바라보았다. 나는 다시 말했다. "나의 사랑, 내일 다시 그대를 찾아오겠소." 이때, 야메이족 남자의 최고 자랑이요, 지극한 영광이 집으로 돌아가는 동안 나와 함께하였다.

아버지는 등불 아래에서 식칼을 가는 한편, 내가 잡아온 대어를 연신 감상하였다. 팔순에 가까운 아버지의 얼굴에 어린애처럼 볼우물진 웃음이 피어올랐다. 곁에 계신 어머니의 심정이 얼마나 기쁜지 어떻게 표현해야 할까? 그리고 내 아이들의 여섯 개의 손바닥은 여전히 펄떡거리는 있는 대어를 쉬지 않고 어루만졌다. 하지만 나는 나를 치켜세우는 아이들의 찬사를 듣지 못했다. 아니 오히려, 내게 대들기를 좋아하고 왼손으로 글씨를 쓰는 큰딸은 오빠와 여동생에게 이렇게 말했다. "아빠는 정말 나빠. 너희 봐, 물고기가 곧 죽어가잖아. 너무 가엾어. 난 아빠가 잡아온 물고기는 안 먹을 거야."

그리하여 나의 두 꼬맹이도 큰딸을 따라 말했다. "난 안 먹을 거야…… 안 먹을 거야."

그 후 나는 나의 대어를 나눠 먹기 위해 큰아버지와 작은 아버지 그리고 친척들을 모시러 갔다. 나는 큰아버지에게 말했다. "큰아버지, 제가 조그마한 물고기 한 마리를 잡았어요. 번거로우시겠지만, 저의 집에 오세요. 너무 작아서 생선탕밖에 없어요(우리 야메이족 습관에 따르면, 대어를 잡았을 때에는 뽐내지 않고 겸손함을 드러내기 위해 반드시 '작다' 혹은 기타 대명사를 사용하여만 한다)."

아이들은 생선 고기를 배불리 먹고 생선탕을 실컷 마신 후, 내 곁에 기대어 시나브로 꿈나라로 갔다. 웃어른들 역시 배불리 드신 후에 나는 대어를 낚은 과정을 처음부터 끝까지 이야기하기 시작했다(야메이족은 통상 이러한 때에 이야기를 지어 말하기도 하고, 심지어 시를 짓거나 노래를 부르기도 한다). 친척들이 나의 이야기에 숨을 죽인 채 귀를 기울였다. 이야기가 끝나자, 먼저 아버지가 이야기 내용에 덧붙인다면서 아주 우회적으로 내게 권하였다. "내 슬하의 사랑하는 아들아, 네가 이처럼 재주를 지니고 있고, 조그마한 물고기로 머잖아 바다 너머로 질 석양(살 날이 많지 않은 노인을 가리킨다)에게 효성을 다하려 하였으니 참으로 기쁘다. 하지만 지금의 바다는 우리가 젊었을 때만큼 깨끗하지가 않단다(야메이족이든 한족이든 많은 사람이 바다에 빠져 죽었는데, 그들의 악령이 섞여 지낸 이후 이미 저의 법도를 따르지 않은 채 언제 어디에서나 사람을 해치고 있음을 가리킨다). 암초의 이파리가 무성할수록(악령이 곳곳마다 존재한다는 뜻이다) 앞으로 다시는 혼자 잠수하러 다니지 말아라. 특히 날이 어두워졌을 때는 마귀의 아침이고 돼지에게 먹이를 주는 시간이야. 만약 개네들이 네게서 야메이족 냄새를 맡지 못하면(타이완에서 오래도록 지내면서 한족화하였기 때문에) 너를 해칠 수도 있어. 애야, 넌 아마 내 이야기를 황당무계하다고 생각할지도 모른다. 하지만 나이 든 내 이야기를 꼭 새겨두어라. 앞으로 네가 바다의 용사가 되었을 때, 너도 애비의 말이 무슨 뜻인지 자연히 알게 될 거야."

큰아버지가 뒤이어 입을 열었다. "샤만, 네가 한족의 책을 읽었다고 해서 경험을 통해 쌓인 우리의 지혜를 쓸데없는 말이라 여기지 말아라. 한족에게는 그들 나름의 생활방식이 있고, 우린 그들의 습속과는 다르다. 네가 돌아왔으니 당연히 우리 족인의 사유세계 속으로 융화되어야지. 특히 바다에 대해서는 이유 여하를 막론하고 우리가 전해주는 지식을 명심하도록 해라." 나도 모르는 사이에, 나와 애 엄마는 그분들이 알고 있는 세계 속으로 빠져들었다. 아버지 세대는 바다를 경외하는 신앙을 지니고 있다기보다는, 대자연의 모든 생명 있는 동식물을 존중하는 박애 정신을 지니고 있다고 여기는 편이 옳을 것이다.

나는 늘 혼자서 물고기를 사냥하러 다니기 때문에 자연히 웃어른들과 바다 사이에 오래도록 쌓여온 신비로운 경험들을 그런대로 체험해왔다. 그리고 이 신비로운 경험의 배후는 바로 개개인이 원시적인 체력을 이용하여 바다에서 먹을거리를 채취해오면서 바다에 의해 오랫동안 만들어진 메커니즘과 원시적 숙명관이다.

차츰 아버지 세대가 인식하는 세계관에 융화된 후, 나는 자신이 날이 갈수록 '완고'해지고 솔직해지며, 자연환경에 의지하면서 자연계의 모든 물상마다 영혼을 지니고 있다는 신앙을 존중하지 않으면 안 되는 야메이족의 고전적 기질을 갈수록 지녀가고 있음을 깨달았다.

무명갈전갱이*

CILAT(무명갈전갱이),
이건 바다에서 내가 제일 좋아하는 것 중의 하나로,
녀석은 보기에도 웅장하다.
내 키보다 더 커서 약이 미터나 되는 무명갈전갱이를 본 적이 있다.
하지만 녀석은 나의 좋은 벗이며,
나는 녀석의 비늘 하나 다치게 하는 법이 없다.

---

* 원제는 「浪人鰺」. 1995년 1월 30일 『타이완시보(臺灣時報)』 부간에 처음 발표되었다.

무명갈전갱이의 야메이족 명칭은 'Cilat'이다. 우리 란위에서 흔히 보이는 전갱잇과로는 줄전갱이, 흑점줄전갱이, 노랑점무늬유전갱이 등이 있는데, 타이완어로는 모두 뉴궁선(牛公鰺)이라 통칭한다. 이들 어류는 야메이족 마음속에 모든 어종 가운데에서 가장 사납고 가장 힘센 물고기이다. 만약 당신이 배 위에서 낚시하거나 잠수 사냥을 즐길 때에 요행히 이 녀석이 걸렸다면, 그 순간부터 일이 시작된다. 녀석은 거친 힘으로 발버둥을 치다가 갈고리에서 벗어나든지 아니면 배 위로 끌려 올라와서야 졌다고 인정할 것이다. 이 때문에 잠수하여 물고기 사냥을 즐기는 야메이족 남자는 무명갈전갱이를 잡을 땐 온 친척과 벗을 불러 모아 잔치를 즐기는 것을 지극한 영광으로 받아들인다.

이것은 1993년의 스승의 날에 나 혼자서 'Jyarayi'에 가서 잠수 사냥을 할 때 일어난 이야기이다.

내가 늘 혼자서 잠수 사냥을 다니게 된 이후로, 부모님은 바다에서의 내 안위를 걱정하기 시작했다. 비록 선의에서 우러나온 충고가 귀에 거슬리긴 하였지만, 오래되자 그분들의 잔소리가 차츰 귀에 박히더니 바닷속 '괴물'에 대한 두려움도 슬슬 싹트기 시작했다. 그분들은 세상의 모든 생명 있는 동식물마다 '영혼'을 지니고 있다고 믿으며, 사람을 해칠 줄밖에 모르는 악령, 조상의 영혼 등, 머리에 온통 이들의 환영으로 가득 차 있는지라, 충고에도 악령의 '저주'가 끼어 있기 마련이었다. 개인(혹은 마을)의 일이나 축제 등이 순조롭지 않거나 실수가 발생하면, 죄다 악령의 저주와 저승의 징벌 탓으로 돌렸다. 그래서 잠수는 하고 싶은데 동료를 구할 수 없을 때에 나는 부모님이 말릴까 봐 가능한 한 멀리 부모님의 시야에서 벗어나곤 하였다. 나의 행위는 이러했지만, 부모님과 오랫동안 함께 지낸 후 나도 차차 그분들의 만유정령의 신앙을 받아들이게 되어 모든 물상의 영혼을 경외하게 되었다. 그리하여 나의 신앙은 원래의 무신론에서 다신론으로 점점 바뀌었다. 나는 날이 갈수록 '미신'에 빠져들게 되었던 것이다.

이날, 'Jyarayi' 지방의 파도는 대략 3, 4급이고, 서쪽에는 6, 7급의 거센 파도가 일었다. 이곳은 란위의 남동쪽인데, 섬 위의 북서쪽 역시 마찬가지로 한쪽은 잔잔하지만, 다른 한쪽은 파도가 흉용 하였다. 겨울과 여름이 바뀌는 철에는 바다에 뛰어들기 전에 이미 '미신'에 젖어 있는지라 조상의 영혼과 하느님께 기도를 올렸다.

암초의 골을 따라 천천히 잠수해 들어가면서 호흡을 조절하는 한편, 고막이 수압에 천천히 적응하도록 하였다. 수면에서 보면 아주 혼탁해 보이는데, 이건 물의 신이 물속에서 쉬지 않고 모습을 바꾸어 해면에 떠있는 미생물을 섭취하기 때문이다. 아이들 집게손가락만 한 크기의 수천수만 마리의 청어 치어떼가 일치된 동작으로 문득 동쪽으로 갔다가 다시 서쪽으로, 위로 향했다가 아래로 향하지만, 도대체 무얼 쫓고 있는지 알 길이 없었다. 녀석들이 내 눈앞을 스쳐 지날 때에는 아무것도 제대로 보이지 않고, 오직 녀석들의 은백색 작고 투명한 몸만이 보일 뿐이었다. 꽁치아재비처럼 제법 몸집이 큰 어종이 나타나 뒤쫓으면, 온 청어 치어떼는 다 함께 끊임없이 수면으로 솟구쳤다가 순식간에 다시 물속으로 깊이 파고들었다. 비록 장관은 아니지만, 질서정연하기 그지없었다. 물속으로 뛰어드는 순간 희생당하는 청어도 있을 수밖에 없지만, 녀석들은 여전히 한데 모여들었다. 녀석들 곁에 있는 나는 정말이지 괴물처럼 보일 것이다. '약육강식'의 잔혹한 사실이 내 눈앞에서 벌어졌던 것이다. 내가 작살로 물고기를 잡는 것 역시 물론 '약자를 야금야금 먹어 들어가는' 살육행위이지만, 나의 행위는 단순히 인간의 원시적인 수렵채집 방식을 이용한 생산이며, 이 솜씨를 빌려 이 방면의 사회적 지위를 제고함으로써 '한족화된 야메이족'이라는 오명을 떨쳐버리고자 함이다.

나는 느긋하게 바닷속으로 잠수해 들어갔다. 화사한 빛깔의 넓적통돔과 네동가리가 마치 폭풍에 휘날리듯 흩어져 나에게서 멀어졌다. 내가 밑바닥의 암초에까지 잠수해 들어가자, 녀석들은 마치 소용돌이의 인력에 이끌리듯 내게 다시 다가오더니 나의 사방에서 맴돌았다. 만약 이 녀석들이 식인어였다면, 아마 일 분도 되지 않아 내 몸은 갈가리 찢겼을 것이다. 녀석들의 수량이 어찌나 많던지 나는 사냥감을 골라잡을 길이 없었으며, 생김새 또한 완전히 똑같았다. 만약 한 마리씩 한 마리씩 내게 다가온다면 쏘아 맞힐 자신이 있었다. 하지만 녀석들이 집단을 이룬 채 내게 달려들어 작살과 일직선을 이루었기 때문에, 명중시키기가 매우 어려웠다. 끝내 넓적퉁돔 사냥을 포기하는 수밖에 없었다(타이완의 어시장에서 넓적퉁돔과 네동가리를 대량으로 판매하고 있으나, 이건 어선에서 폭약으로 잡은 것들이다).

　이곳의 지형을 살펴보면, 사방은 융기된 암초가 평평한 단을 이루고 있고, 중간은 움푹 패인 채 한가운데에 암초가 우뚝 솟구쳐 있으며, 암초 사이의 틈새가 바로 어류가 출몰하는 곳이다. 원주의 직경은 대략 50미터이고, 평평한 단의 높이는 해면으로부터는 7미터 남짓, 그리고 움푹 패인 곳으로부터는 12, 3미터쯤 된다. 저 멀리 자주색 머리의 크기가 다른 비늘돔 십여 마리가 보였다. 나는 잠수하여 바다 골짜기에 숨어 녀석들이 헤엄쳐 다가오기를 기다렸다. 몇 초가 되지 않아 호흡할 산소가 부족한지라 해면으로 떠올랐다. 나는 여유 있게 호흡의 빈도를 조절한 다음, 다시 바다 밑으로 잠수해 들어갔다. 넓적퉁돔은 조금 전과 마찬가지로 많았으며, 내 사방에서 금방 동쪽으로, 다시 서쪽으로 휙휙 다니면서 장난을 쳤다. 하지만 나의 목표는 비늘돔이었다. 녀석들의 표정으로 보건대 나의 작살에 호기심이 발동하면서도 뭔가 께름칙한 모양이었다. 일 초, 또 일 초가 지나갔다. 나는 숨 막힘과 수압을 꾹 참았다. 일 분이 지나자 나의 얼굴은 차마 볼 수 없을 정도로 시뻘겋게 달아오른 듯했다. 하지만 비늘돔은 여전히 작살의 사정거리 밖에 있었다. 나는 다시 해면으로 떠올라 숨을 내쉬고 심장의 박동을 조절하였다. 십 초 후에 다시 바닥으로 잠수해 들어갔다. 넓적통돔, 나비고기, 어름돔 등 각양각색의 물고기가 끊임없이 나의 작살 끝에서 어른거렸다. 아마 이 녀석들도 자신들을 쏘지 않으리라는 나의 마음을 알고 있기에 작살 가까이 오가는 것이리라. 그러나 나의 사냥감인 비늘돔은 좀처럼 다가오지 않았다.

바로 그 순간, '거……커' 하는 소리가 바다 밑 어느 동굴에선가 들려왔다. 눈 깜작할 사이에 눈앞의 물고기들이 종적도 없이 사라져버렸다. 몸집이 큰 비늘돔조차도 전혀 보이지 않았다. 어찌 된 일이지? 바다 골짜기에서 해조류를 뜯어먹는 조그마한 물고기까지 구멍 속으로 몸을 피하다니. 큰 싸움이 벌어질 것만 같았다. 하지만 나는 여전히 원래 있던 곳에 엎드린 채 미동도 없이 주변의 움직임을 관찰하였다. 그때 나의 제육감은 내게 두려움을 안겨주지 않았으며, 따라서 괴물이 나타날 리는 없었다. 하지만 오륙 초가 흘러도 다른 어류는 여전히 나의 눈앞에 모습을 드러내지 않았다. 나는 고개를 치켜들어 해면을 바라보았으나 괴물 따위는 보이지 않았다.

내가 고개를 돌려 원래대로 시선을 바다 밑으로 두는 순간, 20미터 거리에서 새하얀 대어가 불쑥 나타났다. 나는 상어가 아니란 걸 금세 알아차렸다. 녀석은 내 쪽을 향해 아무 일도 없다는 듯 유유히 헤엄쳐 다가왔다. 하지만 나는 무슨 물고기인지 전혀 알 수가 없었다. 나는 꿈쩍도 하지 않은 채 암초 위에 엎드려 있었다. 동서로 마구 흐르는 해류에 나의 머리카락이 마치 해조류인 양 하늘하늘 움직였다. 온통 새하얀 대어는 자신의 항로를 바꾸지 않은 채 천천히 헤엄쳐 다가왔다. 나는 왼손으로 암초를 붙든 채 작살 끝을 대어의 눈에 겨냥했다. 아이고…… 대어의 눈은 내 주먹만큼이나 컸다. '대단히 우람하군.' 나는 중얼거렸다. 그 순간 나는 긴장한 나머지 땀을 흘리기 시작했다. 5미터 앞까지 그는 여전히 작살과 직선으로 다가왔다. 나의 작살 오십 센티미터 앞에서 녀석은 우뚝 멈추었다. 녀석은 나와 직각을 이룬 채 한 눈으로 나를 쳐다보고 자세히 관찰하였다. 이 순간 녀석을 쏜다면, 녀석의 급소인 가슴지느러미 부위를 명중시킬 수 있으리라. 나 역시 녀석을 바라보았다. 녀석의 형형한 눈동자가 나의 존경심을 불러일으켰다. 크기는 대략 내 키인 175센티미터쯤이고, 두께는 두 자 정도로 정말로 튼실해 보였다. 'V'자형의 꼬리 역시 너비가 두 자쯤 되었다. 녀석은 단지 가슴지느러미만을 살랑거릴 뿐이었다. 나는 녀석과 한번 붙을 태세였지만, 내가 어찌 감히 녀석에게 작살을 쏘겠는가? 내가 비록 줄곧 녀석의 눈을 겨냥하고는 있었다지만.

사방에는 여전히 먹이를 찾는 물고기들이 보이지 않았다. 나의 마음에는 녀석을 해칠 의도가 전혀 없었다. 녀석은 입을 뻐끔거리면서 입안의 먹이를 씹고 있었다. 아마 녀석은 내가 자신의 적수가 아니라는 것을 알고 있는 듯, 느긋하게 원래의 길을 따라 내게서 멀어져갔다. 야아, 정말 크고 힘 센 무명갈전갱이야. 녀석은 적어도 열두 해 이상 나이 들어 보였다. 녀석의 꼬리가 천천히 살랑거릴 때 작살의 총신도 물을 따라 흔들렸다. 나는 스위치를 눌러 녀석의 꼬리 부분 의 등뼈를 향해 소리 없이 작살을 날렸다. 하지만 대단했다. 꼬리자루가 한번 번쩍이더니 작살을 따라 나까지 바다 밑으 로 끌어내렸다. 나는 숨이 가빴기에, 작살이 내 팔뚝만 한 두 께의 꼬리자루를 관통하지 못했다는 것을 알았기에, 내가 패자임을 알았기에, 그리고 자기보다 더 큰 물고기를 잡는 건 불길하며 큰 재난이 닥쳐올 징조(직계혈족의 친척 가운데 누 군가 중병이 들거나 죽는다)이기에, 발버둥치는 과정에 작살총 을 놓아버렸다. 내가 해면으로 나왔을 때, 눈앞은 온통 어지 럼증으로 인해 별이 번쩍였다. 사지에 맥이 풀린 나는 물안 경을 벗어버렸다. 입은 쉬지 않고 바닷물을 들이켰다. 물 위 에 떠서 십오 분이 지난 후에야 천천히 정신을 차렸지만, 몸 은 젖은 솜처럼 몹시 피로했다. 나를 데리고 해안으로 데려 가 줄 동반자가 있었으면 좋겠군. 나는 소리 없이 중얼거렸 다. 내가 왜 그 녀석을 쏘았지? 자신도 해치고 가족들 먹여 살릴 생산수단도 잃어버렸으니 말이야.

저물어가는 햇빛이 하늘의 흰 구름을 비추고, 다시 끝없 는 해면에 되비쳤다. 맑은 물속의 물고기가 보였다. 빛은 차 츰 약해졌다. 아마 내가 집에 돌아갈 시간이 된 모양이었다. 나의 부모님, 아내가 집에서 나를 기다리면서 나의 안위를 걱정하고 있을 것이다. 저 멀리 나의 작살총이 넘실대는 파도를 따라 모습을 보였다가 다시 사라졌다. 오십 미터나 되는 먼 곳이었다. 나는 파도를 거슬러 빠르게 헤엄쳤다. 작살총의 총신만 남아 있고, 길이가 약 일 미터 반쯤 되는 작살은 이미 보이지 않았다. 가자. 나는 나의 영혼에게 말했다.

부모님은 테라스에 앉아 바다를 바라보고 있고, 아이들은 매직 큐브를 가지고 노는 데 정신이 팔려 있었다. 나는 슬픈 표정으로 입을 열었다. "아버지, 어머니. 오늘은 한 마리도 잡지 못했어요."

"날마다 많은 고기를 잡아오는 건 불길하단다." 어머니가 따뜻하게 위로해주셨다.

예전에는 아버지 역시 뛰어난 잠수 사냥꾼이었으며, 작살총을 사용한 첫 세대이기도 하다(야메이족이 사용하는 작살총은 뤼다오 사람들이 들여왔다). 그는 작살이 없어진 작살총을 보더니 나의 축 처진 표정을 유심히 보면서 말했다. "어떤 대어가 작살을 끊어먹었느냐, 샤만?"

"저만한 무명갈전갱이가요."

"내가 말하지 않더냐, 큰 물고기는 사냥하지 말라고. 그런 대어는 죄다 악령의 물고기야. 애야, 다음에는 절대 탐심(貪心)을 내지 말아라."

사실 '탐심'이란 말은 야메이족 말로 두 가지 뜻을 지니고 있다. 하나는 조상의 영혼이 자손이라는 선물을 주어 웃어른을 봉양하도록 하는데, 머잖은 장래에 부모님이 이 세

상에서의 나그넷길을 끝마친다는 뜻이다. 다른 하나는 바닷
속의 악령이 대어를 이용하여 날마다 잠수 사냥에 나서도록
꼬여내, 바다에서 지칠 줄 모르고 이걸 즐기다가 끝내 바다
밑에서 목숨을 잃는다는 뜻이다.

내 경우 처음에는 이 '미신'을 믿지 않았으며, 과학적 근
거가 전혀 없는 황당한 논리라고 생각했으며, 늘 이 논리로
부모님과 언쟁을 벌이고 충돌하였다. 돌아가신 조상님의 말
씀(지난날 선인의 가치 판단)을 빌려 다음 세대를 교육하는 것
은 낡은 틀에 얽매여 급변하는 사회 속 사람들의 사고의 다
원화를 고려하지 않는 것이라고 보았던 것이다. 하지만 그
분들은 구석기 시대에 살고 있지만, 나는 우주시대에 살면
서 신용카드를 가지고 여행하는 사람이니, 그 차이가 얼마
나 크겠는가. 게다가 내가 군이 그분들의 가치 판단을 부정
할 필요는 없지 않은가? 그리하여 오래도록 같은 처마에서
함께 살면서 차츰 그분들의 '미신'에 영향을 받게 되었다. 원
래 이른바 '미신'이란 사회 질서를 유지하고 생존환경의 생
태 평형을 맞추며, 자연계와 공존하고 서로 의지하는 친밀
한 탯줄관계를 유지하는 것이며, 다음 세대에게 우주에는
'영혼'이 있다는 신앙을 갖도록 교육하는 것이다.

비록 무명갈전갱이를 잡아 돌아오지 못하고, 기막히게
잘 맞추는 작살 하나를 잃어버렸지만. 비록 나는 서너 가지
언어를 할 줄 알아도 그분들은 신용카드로 많은 물건을 살
수 있다는 것도 모르고, 그분들은 리모컨으로 텔레비전을

켤 줄도 모르고, 많은 일이 우리 부모님께는 납득이 가지 않는 일이지만, 아버지가 배 지을 나무를 벨 때 복을 빌었던 기도는 바닷속의 부유생물만큼이나 풍부하고 간절하였으며, 날치잡이 초어제를 지낼 때 아버지의 표정은 신부님이 자정 미사를 집전할 때만큼이나 성스러웠다. 이리하여 나는 도시 문명생활의 메커니즘을 내팽개쳤으며, 서양문명의 발달에 근거하여 우리 족인들의 만유정령관(Animism)을 의심하지 않고, 일신론(一神論)으로 원시신앙의 존재를 부정하지 않는다.

아버지는 산에서 내게 이렇게 말씀하신 적이 있다. "우리 야메이족의 식량창고는 자연계이다. 책(과학을 가리킨다)을 너무 믿지는 말아라. 그건 자연생태를 파괴하는 원흉이니까." 아마 그럴 거라고 나는 생각한다.

만약, 훗날 내가 운 좋게 그 대어 무명갈전갱이를 다시 만난다면, 나는 여전히 작살총을 녀석에게 겨누지, 폭약을 사용하지는 않을 것이다.

날치 철 – 'Arayo'*

겨울철의 바다는 회색의 황량하고
너무나 추운 느낌이 든다.
그러나 나는 이처럼 황량한 경관을 몹시 사랑한다,
고독은 나의 유일한 성취이다. 바다에서.

---

* 원제는 「飛魚季-Arayo」.

사방이 휜히 트인 테라스는 야메이족이 제일 좋아하는 곳이다. 특히 날치잡이 철이 되면 족인들의 일상생활 중에서 차지하는 지위의 중요함이 더욱 두드러진다. 두 번째 초어제를 지내고 나면, 각 가정의 가장은 자기 집 앞마당에 날치를 말릴 덕장으로 우물 정(井)자 모양으로 나무말뚝을 친다. 우리 집도 예외가 아니다. 작년에 우리 집은 건축공사가 끝나지 않은 바람에 한해 내내 테라스에서 잠을 잘 수밖에 없는 처지라 비바람도 피할 수가 없었다. 어느 날, 밤에 날치 사냥을 마치고 집에 돌아와 피곤한 나머지 금방 테라스에서 잠이 들었는데, 무슨 까닭인지 새벽 네 시 조금 넘어 깨어나 멍하니 있었다. 별안간 까만 날개의 날치가 내 눈앞으로 날아오는 듯했다. 순간 나는 대단히 편안해지는 느낌이 들었다. 마치 거부할 수 없는 한 줄기 바닷바람의 비린내가 강렬하게 나를 빨아당기는 것만 같았다. 달빛은 별이 총총한 창공에 걸려 있고, 구름 한 조각 보이지 않았다. 바다이만(八代灣) 연안의 배들은 진즉부터 푹 쉬고 있고, 선체에는 수없이 많은 날치 알이 묻어 있었다.

날이 차츰 밝아왔다. 밤늦게 주무시고 아침 일찍 일어나는 아버지는 내가 잡아온 날치를 꼼꼼히 살폈다. 그날 밤은 나의 처녀 출항이었다. 깊이 한족화되었던 아들이 족인의 생존방식을 따르는 것을 보고서, 아버지의 얼굴에 절로 흐뭇한 표정이 피어올랐으며, 어머니 역시 그러했다. "애 아범이 몇 마리나 잡아왔소?" "대충 백 마리 정도 되는구먼." 어

머니의 물음에 아버지가 흥겨운 목소리로 대답했다. 이때
그분들은 테라스에 있던 나를 전혀 의식하지 못하고 있었
다. 보아하니 온 마을이 날치로 인해 기쁨과 흥분의 분위기
에 휩싸여 있었다. 남자마다 의기양양한 얼굴을 드러냈으
며, 닭과 개, 돼지까지 덩달아 원기가 왕성해 보였다. 아버지
는 은빛 모자와 금박 조각을 꺼내더니 날치 곁에서 복을 빌
었다.

원컨대 그대 날치의 자손들이여
빗방울처럼 우리의 배를 채우소서.
우리가 영원히 하나 되어
세상에서 장수하게 하소서.

나는 테라스에 가만히 앉은 채 아버지의 복을 비는 기도
에 귀 기울이면서, 몸소 날치잡이에 나서는 신세대라야 날
치 문화의 특질 그리고 야메이족에게 있어서 그것의 중요성
을 이해할 수 있으리라는 것을 깊이 깨달았다. 날치는 참으
로 족인의 해양관, 가치관을 지배하고 있었다. 아버지의 이
처럼 경건한 기도로 말미암아 나는 자신의 피곤함을 잊은
채 마침 날치를 손질하고 있던 아버지 옆으로 다가갔다.

"'Yama(아버지)', 저 'Mataw'*에 갈래요."

아버지는 하던 일을 멈추고서 물었다.

"출근은 안 할 거야?"

"괜찮아요, 휴가를 내면 돼요."

"그래도 괜찮겠니?" 어머니가 걱정스럽다는 듯 물었다.

"전 야메이의 용사잖아요, 'Ina(어머니).'"

그때 손목시계는 다섯 시 삼십 분을 가리키고 있었다. 조금 살이 통통한 나의 아내가 게슴츠레한 눈을 비비면서 말했다.

"아버지, 어머니와 나는 당신이 날치를 잡지 못할 거로 생각했는데."

"무슨 소리!" 나는 뽐내듯이 대꾸했다.

아버지는 'Arayo(만새기)'와 날치를 낚을 낚싯줄을 꺼내 내게 주면서 말했다. 날치를 낚으면 잽싸게 움직여 곧바로 대어용 갈고리에 매달고 날치의 복부를 끈으로 단단히 묶어야 한다. 그래야 미끼용 고기가 갈고리에서 빠져나가지 않게 할 수 있단다. 날치잡이 용 낚싯줄은 배에서 대략 삼십 미터쯤 떼어 놓아라. 절대로 잊지 마라, 배를 너무 빨리 저으면 안 돼. 날치는 성품이 온화한 편이니까.

햇빛이 두·서언트산 산마루 위로 대략 삼사 미터 위에

---

* Mataw는 두 번째 초어제를 지낸 후에 작은 배가 모두 바다로 나가 오로지 Arayo(만새기)만을 잡는 것을 가리킨다.(원주)

176 • 바다의 순례자

걸려 있을 때, 나는 사촌 매형의 배 곁에 있었다. 우리 두 사람이 서로 고개를 가로저어 수확이 없음을 표시하는 순간, 별안간 사촌 매형의 낚싯줄이 주머니칼처럼 날카롭게 그의 두터운 손바닥을 베었다. 피…… 파…… 하는 소리와 함께 만새기가 마침내 해면으로 솟구쳤다. 아주 높이. 짙은 남색의 지느러미 등, 연노란색의 복부. 녀석의 몸부림치는 모습은 얼마나 웅장한지. 나는 이 모든 것을 내 눈으로 보고 있었다. 야아, 정말 대단하구만. 파…… 소리와 함께 해면을 박차고 튀어 올랐다. 그 바람에 사방으로 튕기는 물보라에 벌겋게 달아오른 나의 얼굴이 흠뻑 젖었다. 사촌 매형이 드디어 만새기를 낚아 올렸다. 그는 'Mataw'에도 뛰어나지만, 순식간에 등에 땀이 흥건할 정도로 긴장하였다. 그때 불현듯 만새기는 암수 한 쌍이 함께 다닌다는 말이 생각난지라 즉시 기도를 외웠다. '저 같은 초보자가 빈 배를 몰고 돌아가는 것은 최대의 치욕입니다'라고. 그런 다음 낚싯줄을 잘 정리하고 만새기가 나의 미끼에 걸려들기를 바랐다. 늦었다 할 때가 빠른 것이라 했던가. 나의 낚싯줄이 차츰 팽팽히 당겨졌다. 해류는 나의 배 밑바닥을 지나갔고, 파도의 물보라 역시 사방에서 뒤죽박죽으로 튀어 올랐다. 배는 전통의 사회적 지위를 추구하는 나의 의지를 담고 있었다. 심장이 불규칙적으로 뛰기 시작했다. 자아, 이제 맞서 싸울 채비를 해야지. 쓰으…… 하는 아주 맑은소리가 들리더니, 만새기가 마침내 나의 날치를 삼켰다. 물 한 모금 삼킬 시간도 되지 않아 녀석은 정말로 해면으로 펄쩍 튀어 올랐다. 요놈은 정말 내 거야. 아이고! 젠장, 너무 긴장했나 봐. 땀이 머리카락에서 흘러내리다니. 멀리 있던 배가 점점 가까이 저어오고, 가까이 있던 배는 꼼짝도 하지 않은 채 내 곁에 머물러 있었다. 그들은 내가 이 만새기를 어떻게 배 위로 끌어올리는지 지켜보고 있었다. 이 호기심 많은 선단에게 내가 어떤 사람인지 똑똑히 보여주기 위해, 나는 곧장 모자와 색안경을 벗어던졌다. 야아! 알고 보니 샤만 란보안이구먼. 정말 믿지 못하겠는걸. 그들이 떠들어댔다. 그들에게 나를 인정하도록 하여 한족화하였다는 오명을 씻어내야지. 사람들이 모여든 것을 보고서 나는 이렇게 스스로를 격려하였다. 뜨거운 태양이 나의 목을 아프게, 아프게 찔렀다.

  나는 힘껏 낚싯줄을 당겼지만, 녀석도 필사적으로 줄다리기를 했다. 나는 바다 밑을 바라보았다. 시퍼런 바다에 복부가 온통 누런 만새기 한 마리가 몸부림을 치고 있었다. 내가 젖 먹던 힘을 다한 후에야 대어는 점점 나의 뱃전에 가까워졌다. 하지만 내가 녀석을 배 곁으로 끌어당기는 순간, 녀석은 다시 온 힘을 다해 낚싯줄을 바닷속으로 끌고 내려갔다. 그러나 여러 배들 앞에서 김이 빠지게 할 수는 없는 일, 한족화하였다는 오명을 걸머지고 싶지 않았던 나는 몸을 옆으로 꼰 채로 힘을 주면서 천천히 만새기를 배 가까이 붙였다. 녀석은 기진맥진한 채 꼬리로 해면을 힘없이 쳤다. 녀석을 배위로 끌어올린 후, 녀석에게 짠한 생각이 들었지만, 한족화하였다는 오명을 씻어내고, 사회적 지위를 끌어올리기 위해, 나는 녀석을 불쌍히 여길 이유가 전혀 없었다. 만새기 아가미의 들썩거림이 느려졌다. 내가 흘리던 땀도 마찬가지로 줄어들었다.

아버지가 몹시 자랑스러운 웃음으로 나를 맞이하고, 아들인 내가 잡은 대어를 이리저리 만지작거리라는 생각을 하자, 내 입가에는 절로 웃음이 피어올랐다. 사방을 둘러싼 배들을 바라보니, 모두 최고라는 손짓을 했다. 이제야말로 진정으로 한족화하였다는 오명에서 벗어난 것이다. 'Mataw' 선단이 다시 흩어져 각기 대어를 쫓아갔다. 나는 만새기의 들썩거리는 아가미를 내내 바라보면서 노 젓기를 잊었다. 저 멀리서 들려오는 노랫소리가 나의 고막을 스쳤다. 목소리가 아름답기 그지없었다. 파…… 파…… 하는 물보라 소리는 족인들의 제일 좋은 화음이다. 음의 높낮이와 꺾임은 모두 한 이랑 한 이랑, 파도의 박자이다.

나는 노를 저으면서 타이완 원주민의 노래를 흥얼거렸다. 이 노래로 만새기를 다시 꾀고 싶었지만, 만새기는 이 노랫말의 의미를 알아듣지 못했다. 결국, 두 번째 만새기는 달아나고 말았다. 나는 웃음을 머금은 한편 골을 내면서 회항 길에 올랐다. 해안가에서 대략 100미터쯤 떨어진 곳에서 나는 힘을 내어 노를 젓기 시작했다. 해면에 물보라가 일어났다. 마을의 족인들은 이것만 보아도 이 배가 만새기를 잡았음을 금방 알 것이다. 이때 나는 두 번째의 흥분을 느끼기 시작했다. 내가 해안에 도착했을 때, 두세 분의 노인이 나를 기다리고 있었다. 웃음을 머금은 그들의 얼굴은 곧 나의 자랑이었다.

"정말 대단해. 초보자인데도 빈 배로 돌아오지 않았다니."

"정말 기쁘구나. 전통적 방식을 버리지 않았다니."

수많은, 진심에서 우러나오는 축복의 인사는 나를 감동시키고도 남았다. 필경 그들의 한 마디 한 마디에는 신세대에 대한 헤아릴 수 없는 실망이 섞여 있으리라. 그날 밤, 우리 마을과 이웃 마을의 사내들 모두 내가 만새기를 잡았다는 걸 알았다. 이것이야말로 내가 추구해온 바의, 노동(전통방식)으로 자신의 사회적 지위를 쌓고, 노동으로 자기 문화의 문명과정을 깊이 탐구하고, 족인들과 대자연의 먹을거리를 함께 나누며, 한족화한 자신의 오명을 씻어내어 억압된 긍지를 재생케 하는 것이다.

무명갈전갱이와 두 마리 상어*

직접 만든 작살총은 바다에서 나의 생산수단이다.
이 작살로 나의 부모님을 모시고
나의 아이들, 아내,
그리고 생선을 즐겨 먹는 수많은 벗을 먹인다.
이것은 바다에서 가장 절친한 벗이자,
나의 제2의 생명이다.
이 작살총으로 서른 근이 넘는 무명갈전갱이를 잡았다는 걸
그대는 믿겠는가?

---

* 원제는 「浪人鰺與兩條沙魚」. 1995년 1월 『산해문화(山海文化)』에 처음 발표되었다.

음침하고 스산한 아침, 어촌마을로 향하는 나그네의 뺨에 차가운 바람이 휘잉 불어왔다. 독실한 천주교 신자들은 전통적인 복식 차림에 경쾌한 발걸음으로 낙성 미사에 참석하였다. 10평 남짓한 예배당에는 신자들이 받친 헌금과 헌물로 가득했다. 건물은 웅장하거나 아름답지는 않았지만, 이 섬의 천주교 신자 모두의 축복과 찬사를 받았다. 나는 물론 무신론자이자 자연주의자인지라 이러한 것들을 믿지 않았다. 그러나 두세 해 동안 늘 고요한 바다 밑에서 홀로 잠수하고, 별의별 것이 다 있는 낯선 바다 밑 세계에서 사냥감을 찾다 보면, 머릿속에 말로 설명할 수 없는 공포가 저절로 밀려오는 것이었다. 내가 잠수 사냥의 운동과 생산에 차츰 빠져들 때, 아주 자연스럽게 잠수하기 전에 꼭 기도를 올리는 버릇이 생겼다. 내가 기도하는 대상에는 하나님, 예수님, 조상님, 바다의 신 등이 포함되어 있었다.

낙성 미사는 작년 11월 25일에 거행되었다. 미사 기간에 나는 평생에 가장 경건한 기도를 올렸다. 그래서 미사가 끝난 후에는 마음이 매우 기뻤으며, 이와 동시에 오후에 잠수 사냥에 나서기로 마음먹었다. 그러나 이날 술을 제법 마셔서 머리가 약간 어지러운지라 술을 깰 양으로 낮잠을 잤다가 깨어보니 벌써 세 시 반이 되어 있었다.

"애야, 오늘은 사냥 나가지 마라. 시간이 너무 늦었다."

아버지가 조그마한 배에 장식을 달면서 말했다.

"가까운 해역에서 잠수할 거예요. 저도 이젠 저 자신을 돌볼 줄 알아요." 아버지의 말씀이 무슨 뜻인지 잘 알고 있지만, 난 잠수하러 가야만 한다고 이미 마음먹었다. 그렇지 않으면 밤에 쉬 잠을 이루기가 어려울 것이다. 암초 사이의 울퉁불퉁한 오솔길을 걷다가 조그마한 평대 위에서 쉬면서 조수를 살펴보았다. 그때 손목시계는 어느덧 네 시를 가리키고 있었지만, 음산한 날씨와 굵었다 가늘었다를 반복하는 빗줄기로 인해 벌써 밤이 된 듯 컴컴하였다. 비록 그렇더라도 나는 물에 들어가기로 마음먹었다. 이건 막는다고 막을 수 있는 일이 아니었다. 설사 빈손으로 집에 돌아가도 괜찮다. 하지만 적어도 내게는 어느 정도의 힘이 있다. 단지 사냥한 물고기가 고급어냐 저급어냐, 남인어냐 여인어이냐의 차이일 따름이다.

날마다 잠수 사냥을 다니는 통에 잠수복마저 여러 개의 구멍이 났다. 차가운 바닷물이 구멍을 뚫고 살갗을 적시는 바람에, 짧은 시간 얼음물에 담긴 양 추위에 덜덜 떨었다. 내가 이러한 느낌을 좋아하는 게 다행이긴 하지만. 밀물과 썰물이 오가는 암초 골짜기에서 몇 마리 물고기를 찾아 작살을 시험해보고, 아울러 들이켜는 숨과 내쉬는 숨을 조절하여 수압에 적응하였다. 보아하니 오늘은 조류가 아주 풍부한 부유생물을 몰고 온 듯하다. 바닷속이 아주 뿌옇게 흐려 있는 걸 보니. 일주일 가까이 나는 지러펑 해역에서 잠수 사냥을 했는데, 성적이 신통치 않았다. 아마 이곳 물고기가 이미 나라는 괴물을 알아본 게 아닐까? 그래서 내가 잠수할 때마다 오리발을 한두 차례 더 차고 들어가면, 각종 어류의 물고기떼는 분분히 바다 골짜기 깊은 곳으로 가버리든지 아니면 작살의 사정거리 너머에서 오가거나 가만히 머물러 있다. 녀석들은 나의 체력이 소진될 때까지 나와 머리싸움을 하는 것 같았다. 이때 나는 녀석들을 상대하지 않은 채, 마치 바닷장어가 제 발로 찾아오는 물고기를 기다리듯이 암초 위에 미동도 없이 가만히 엎드려 있는 체한다. 이렇게 잠수와 부양을 십여 차례 하고 나면 내 구럭에 몇 마리 물고기가 담겨 있기 마련이다. 바닷물이 혼탁할 때에는 해양 저층에 서식하는 물고기들이 통상 민첩성이 떨어지고 자위 능력도 약해지는 편이다. 그러나 나는 칠팔 미터이든 십 미터 이상의 깊이이든 잠수할 때마다 자주 사방의 환경을 관찰하곤 한다. 겨울철에 잠수할 때에는 늘 가오리나 상어 등의 커다란 물고기들이 나타나곤 하기 때문이다. 이들은 모두 우리가 잠수할 때 주의해야 할 물고기이다. 또한, 바다 밑에서 암초 위에 엎드려 물고기를 기다리다 보면, 바닷장어가 가까이의 동굴 속에 있는 경우는 아주 흔한 일이다. 자주 잠수하는 것이 두려움을 없애는 데 도움을 주는 것은 물론이지만, 내 경험에 비추어보면 당일 자신의 건강상태를 체크하고 이해하는 것은 물속에서 자신을 보호하는 가장 중요한 조건이며, 물속에서 만용을 부려서는 절대 안 된다. 아버지 역시 내게 늘 이렇게 훈계하시곤 하였다. "길이가 일 미터나 되는 대어를 잡아서 날 기쁘게 하려는 생각일랑 하지 말아라." 아마 이 말씀은 바다 밑 동물에 대한 경외의 진실한 표현이리라.

바닷물은 갈수록 흐려지고, 하늘 역시 먹구름으로 가득 뒤덮였다. 나는 희미한 빛에 의지하여 암초 마루와 암초 골에서 사냥감을 찾고 있었다. 이때 손목시계는 네 시 삼십 분쯤을 가리키고 있었다. 내 왼쪽의 암초 골짜기에서 은백색의 대어가 나타났다. 바다 밑 암초는 마치 물 위의 조그마한 산언덕과 같다. 녀석은 모습이 사라졌다 나타났다 하면서 내 쪽으로 다가오고 있었다. 내게서 십 미터 떨어진 곳에서 나는 녀석이 대어급 무명갈전갱이임을 알아차렸다. 이건 내가 제일 좋아하는 물고기이다. 녀석은 다부지고 튼튼하여, 바다에서는 가장 사내다운 기백이 있는 물고기이다. 나는 작살총의 스위치를 움켜쥔 채 녀석과 한 판 벌일 준비를 하였다. 나는 육감적으로 녀석이 틀림없이 내 작살 아래의 바다 골짜기로 빠져나가리란 걸 알고 있었다.

녀석이 육 미터쯤 앞에 툭 튀어나온 암초를 지날 때, 나는 녀석에게 보이지 않도록 얼른 물속으로 잠수해 들어갔다. 내가 바다 밑에 닿기도 전에 녀석은 이미 내 눈앞 사정거리 안에 있었다. 그 순간 나는 작살총을 겨눌 부위로 세 군데를 떠올렸다. 하나는 녀석의 눈이고, 다른 하나는 머리부분, 또 다른 하나는 가슴지느러미였다. 하지만 시간이 너무 급했고, 게다가 물속 해류 때문에 녀석의 눈을 조준할 수가 없었다. 얼핏 보기에 녀석은 무게가 적어도 4, 50근은 되어 보였다. 나는 이리저리 망설일 수도, 이것저것 따질 틈도 없었다. 나는 미동도 하지 않은 채 스위치를 눌렀다. 작살이 소리 없이…… 녀석의 가슴지느러미를 관통했다. 그 순간 흥분한 내 머릿속에 큰아버지, 작은아버지, 아버지의 저녁 찬거리가 생겼다는 생각이 들었다. 나의 흥분이 최고조에 이르는 순간, 녀석은 내 손에서 작살총을 억세게 낚아챘다. '아이고…… 빼앗겨버렸네. 이걸 어떡하지. 총을 녀석이 끌고 가버리면 어떻게 하지?' 나는 줄곧 이 생각을 거듭하였다. 수면으로 떠올랐을 때, 나는 긴장되기 시작했다. 금방 날이 어두워지겠지. 나는 잃어버린 작살총을 까맣게 잊은 채 해면에서 멍하니 있었다. 그저 흐린 바닷속에서 벌건 피를 흘리면서 헤엄쳐가는 녀석을 물안경 너머로 바라볼 뿐이었다. 누군가에게서 들은 적이 있다. 무명갈전갱이는 작살의 끈을 암초에 휘감아 끊어낼 줄을 안다고. 이때 나는 정신이 번쩍든 듯 먼바다로 헤엄쳐 나갔다. 깊이가 십 미터 이하이기 때문에 시야가 맑지 않았지만, 녀석이 바다 밑 암초에서 팽이처럼 빙글빙글 돌고 있으리라고 이미 확신했던 것이다. 나는 생각했다. '작살총의 선은 암초 위에 엉켜 있고, 녀석은 곤경에서 벗어나려고 작살의 끈을 끊으려 하겠지. 녀석은 여러 바퀴나 휘감았지만, 여전히 작살총의 끈을 끊지는 못했을 거야. 그렇다면 다음은 녀석의 급소를 명중시켜 발버둥칠 힘을 없애버리는 거야.' 나는 해면에서 휴식을 취하면서 나의 호흡을 조절한 다음 다시 물속으로 잠수해 들어갔다. 그러나 나는 여전히 몹시 긴장한 상태였다. "조상님이시여, 이 물고기를 제게 내려 주옵소서! 친척과 벗들과 함께 나눠 먹도록 녀석이 빠져나가지 않게 하옵소서." 나는 기도를 올렸다. 물속에 들어가자 흐릿했던 물고기 몸체가 차츰 또렷해졌다. "엄청나게 크구나. 정말 커!" 나는 중얼거렸다. 이 순간이 녀석에게는 가장 고통스러운 시각이며, 따라서 녀석을 사로잡으려는 것이다. 시간이 흐를수록 녀석에게 가까워졌으며, 긴장감은 더욱 고조되었다. 녀석은 끈에 묶인 모형 비행기처럼 쉬지 않고 원을 그리면서 돌고 있었다. 그러나 내가 녀석을 사로잡을 그 찰나, 녀석이 온 힘을 다해 꼬리를 '픽' 하는 소리를 내며 치자 작살에 묶여 있던 끈이 끊어지고 말았다. 아아…… 나는 다시 한 번 실망에 빠져 멍한 상태에 놓여 있었다. "빌어먹을!" 나는 바다 밑에서 이렇게 욕설을 내뱉었다. 하지만 욕해보아야 무슨 소용이 있겠는가. 결국, 녀석은 다시 한 번 곤경에서 빠져나온 것이다. 나도 운이 지독히도 없구먼. 나는 그렇게 생각했다. 하지만 나는 결코 포기하지 않았다. 나는 계속 바다 밑에서 녀석을 뒤쫓았다. 이때 나는 또 다른 한 줄기 희망을 발견했다. 녀석이 먼바다로 헤엄쳐 간 게 아니라 되려 얕은 바다 쪽으로 되돌아온 것이다. 십 미터 남짓 녀석을 뒤쫓았는데, 바닷속 압력에다가 체력도 거의 바닥이 났는지라 하는 수 없이 수면으로 떠올라 숨을 들이켰다. 이와 동시에 나는 놓치는 일이 없도록 녀석의 방향을 주시했다. 나는 힘껏 스노클 속의 바닷물을 훅 불어내고 신선한 공기를 입안 가득 들이켰다. 그리고 아주 빠르게 숨을 뱉고 들이켬으로써 심장 박동수를 누그러뜨렸다. 동시에 나는 오늘 아침 예배당의 미사를 떠올렸다. 내가 그토록 경건하게 기도를 올렸는데 하나님이 어찌 이 물고기를 보내주시지 않으랴? 해면에 뜬 채로 나는 호흡의 속도를 끊임없이 조절하는 한편, 오늘 아침에 올렸던 기도를 거듭 되뇌었다. 그리고서 몸의 긴장을 풀고서 다시 물속으로 잠수하여 녀석을 사로잡을 작정이었다.

오 분이 지나자 녀석은 방향을 바꾸어 암초 골짜기를 따라 심해 먼바다로 헤엄치기 시작했다. 나는 여전히 녀석의 위쪽에 있었지만, 아직 호흡과 체력을 조절하지 못한 상태였다. 녀석이 심해 먼바다로 헤엄쳐 나아가자, 나의 원래 희망이 점점 사라지는 대신 실망감이 마음속에 짙어졌다. 돌연 녀석이 내가 잘 알고 있는 동굴 속으로 파고들자, 희망이 다시 타올랐다. 그래서 나는 주저하지 않고 잠수해 들어갔다. 일 초도 지나지 않아 녀석이 다시 나오자, 나는 힘껏 오리발을 차올려 녀석 몸 위의 작살 끈을 붙들려고 했다. 그러나 무명갈전갱이는 결코 멍청한 어종이 아니었다. 내가 가까이 다가가자 녀석은 꼬리를 힘껏 쳐서 나를 밀쳐냈다. 바다 밑에서 나는 오리발 차기를 멈추고 두 손으로 암초를 잡고서 더욱 빠르게 전진하였다. 하지만 바다 밑에서 힘을 쓰면 금방 체력이 바닥나기 마련인지라, 이삼 초가 되지 않아 숨을 쉬러 떠올라야만 했다. 나는 천천히 해면으로 떠오르면서도, 비록 바닷물이 혼탁하긴 했지만, 시선을 녀석에게 고정시켰다.

스노클 안의 바닷물을 빼냈지만, 대어가 내 시야를 벗어날까 봐 고개를 치켜들 수가 없었다. 녀석은 바다 밑 모래톱 쪽으로 헤엄치기 시작했다. 은백색의 모래알은 무명갈전갱이의 색깔과 구별하기 어려웠고, 게다가 혼탁한 바닷물 역시 뿌연 유백색이었다. 이 모든 게 나의 시야를 가로막았다. 다만, 떠다니는 것을 내가 뒤쫓아야 할 목표로 삼을 따름이었다. 홀연 녀석이 홀로 우뚝 솟은 암초에서 모습을 감추었다. 이곳 암초 지형은 나도 잘 알고 있는 곳으로, 밑바닥에는 녀석이 몸을 숨길만 한 천연동굴이 없었다. 아마 녀석은 그곳 어디에선가 몸을 쉬고 있을 거야. 나는 그렇게 추측했다. 나는 즉시 다시 잠수해 들어갔다. 깊이는 적어도 이십 미터 이상이었다. 바다 밑 모래톱에는 아무 고기도 없었다. 나는 홀로 외로이 잠수하고 있는데, 날은 곧 어두워질 것이다. 바다 밑 세계는 형용할 수 없을 만큼 아름답다. 나는 지금껏 이처럼 바다 밑 기이한 풍경을 감상해왔으며, 그리하여 바다를 뜨겁게 사랑한 덕분에 두려움을 이겨내고 자신의 피로를 풀었다. 그러나 오늘의 바다는 몹시 흐렸다. 이때는 오히려 내게 공포를 안겨주었다.

나는 이 물고기를 꼭 잡아야만 한다. 그렇게 된다면 나는 의기양양하게 집에 돌아갈 수 있을 것이다. 누구나 꿈꾸지만, 바닷속에서 자신의 비겁한 일면을 감추고, 이 또한 극복할 수 없는 체력 때문인 체한다. 바다 밑으로 잠수해 들어갔지만, 녀석의 모습이 보이지 않았다. 내가 한 바퀴를 빙글 돌았지만, 아무것도 없었다. 나는 옆의 다른 암초로 다가가 다시 한 바퀴를 빙글 돌았으나, 역시 찾아내지 못했다. 그때 나는 절망에 사로잡힌 채 오리발을 놀려 해면으로 떠올랐다. 나는 녀석을 끝내 놓쳐버렸음을 깨달았다.

잠수 사냥의 경험이 있는 많은 웃어른은 내게 이렇게 늘 말했었다. "작살총을 잃어버리는 것은 사소한 일이야. 평안히 집에 돌아오는 게 중요해. 잃어버린 대어는 바닷속 조상신령께 효도하고 바다신에게 바치는 예물이라네." 이런 생각 덕분에 나는 한결 마음이 가벼워지고 편안해졌다. 나는 무명갈전갱이에게 암초 위에 둘둘 묶인 작살총을 향해 헤엄쳐갈 작정이었다. 집으로 가져가 다시 다른 작살을 장착하면 될 것이다. 나는 대여섯 자루의 작살총을 만들었는데, 이게 성능이 제일 좋고 어획량도 제일 많았다. 일주일 내에 잠수하러 가기만 한다면, 이걸 사용하기 시작할 때에는 일여덟 근 이상의 우각바리도 있을 것이다.

해면에 떠 있노라니, 일렁거리는 파도에 머리카락이 잠겼다. 기진맥진한 나는 파도에 모든 것을 내맡긴 채 가만히 헤아려 보았다. 무명갈전갱이에게 작살을 발사한 그 순간부터 지금까지 나는 한순간도 고개를 치켜들지 못했다. 적어도 이십 분 남짓 동안. 고개를 쳐들어 하늘에 두텁게 깔린 먹구름을 바라보았다. 비는 쉬지 않고 방울방울 내리고 있고, 멀리 마을의 가로등이 벌써 빛을 내뿜고 있었다. 그런데 나는 여전히 바다에서 몸부림을 치고 있었다. 이때 체력은 이미 잘 조절되었으며, 호흡도 평온해졌다. 그래서 물속으로 잠수하여 작살총을 가지러 갈 생각으로 머리를 물속에 처박았다. 바로 그 순간 길이가 약 사 미터나 되는 상어 두 마리가 내 곁 이 미터 지점에 있었다. 아이고…… 상어로구나. 어떻게 이렇게 가까이 다가왔지. 내 두 배는 되겠는걸. 한순간 무얼 해야 좋을지 몰랐다. 몸에는 방어할 무기가 하나도 없었다. 나는 놀라 얼이 빠진 채 미동도 하지 않았다. 다만, 두 눈을 동그랗게 뜬 채로 추하기 그지없는 두 마리의 불청객을 바라보고만 있었다. 제기랄, 이렇게 늦게 이런 괴물들이 나타나다니. 생각할수록 화가 치밀었다. 상어 두 마리는 해안가로 가는 길을 가로막고서 쉬지 않고 왔다갔다 떠돌았다. 어떻게 하지? 나는 생각에 잠겼다. 내게 동료가 있다면 얼마나 좋을까? 하지만 나는 두려움을 느끼지는 않았다. 다만, 내 눈앞에 녀석들이 나타난 게 얄미울 따름이었다.

오늘은 정말 재수가 옴 붙은 날이었다. 작살총은 건지지도 못했는데, 또 상어 두 마리가 나타나더니 헤엄치다가 멈추었다가 내게서 멀어지지도 않는다. 이때 나는 생각이 났다. 무명갈전갱이는 아마 발아래 어느 동굴엔가 몸을 감추고 있을 터이다. 상어 녀석들은 무명갈전갱이의 피비린내를 맡고 여기 오게 된 것이다. 그렇다면 작살총은 포기하는 수밖에 없었다. 오 분 후 상어 녀석들은 사냥감을 찾아 천천히 잠수해 들어갔다. 나는 녀석들의 위쪽을 지나 해안가로 헤엄쳤지만, 눈길은 여전히 녀석들을 쫓고 있었다. 녀석들의 모습은 갈수록 모호해지더니 깊은 바다 골짜기 속으로 사라졌다.

그렇지만 상어가 사라진 바다 골짜기로 다시 헤엄쳐 가자니 마음이 영 꺼림칙했다. 두 마리 상어가 그 무명갈전쟁이를 인정사정없이 으적으적 씹어먹고 있을지도 모를 일이지 않는가. 만약 내가 그 대어를 잡아 집으로 끌고 갔다면, 아버지는 얼마나 기뻐하셨을까. 나도 이웃들을 불러 모아 연회를 베풀어 함께 즐겼겠지. 하지만 이제 이건 환상일 뿐이다. 아마 다음에 대어급 물고기를 다시 만날 때가 있겠지. 그때에는 반드시 붙잡을 자신이 있고말고.

집에 돌아오니 날이 저문 지 오래였다. 아버지는 문 입구에 앉아 나를 기다리고 있었다. 그는 약간 화난 표정으로 말했다. "왜 맨날 너 때문에 우리 마음을 졸이게 하는 거냐? 우리 두 노인네가 가엾지도 않느냐?"

"오토바이가 도중에 고장이 나서, 그래서 늦은 거예요." 나는 대답했다.

"네 작살총은?"

"무명갈전쟁이에게 끌려갔어요." 나는 아버지와 이야기를 더 이상 나누기 싫어서 얼른 목욕하러 갔다. 진상을 아버지께 알려 드리면, 엉뚱한 생각을 하실 게 틀림없다. 오늘 당한 일을 조상님 영혼의 경고에 비유하고, 내가 잠수하러 다니는 걸 가로막을 것이다. 이렇게 되면 여러 날 쉬는 수밖에 없다. 이건 정말이지 내가 제일 듣고 싶지 않은 말이다. 그래서 상어나 바닷속에서 보았던 다른 괴물에 대해서는 아예 이야기를 꺼내지 않기로 하였다. 사실 최근 십 년 동안에 우리 족인 열두 명이 잠수 사냥 중에 익사하였다. 이 중에는 젖먹이도 포함되어 있다. 이로 인해 부모님은 내가 단독으로 잠수하는 것에 결사반대하는 것이었다.

"당신 간 떨어지지 않았어요? 상어가 그렇게 당신 가까이에 있을 때에?" 조금 통통해진 나의 아내는 의심적은 듯 물었다.

"물론 무섭기야 했지. 하지만 내가 더욱 싫어했던 것은 녀석들의 추악한 생김새야."

"당신, 바다에 들어가기 전에 기도해요, 평안케 해달라고."

"기도? 그거야 나의 바다에 존경을 표하기 위해서이지."

딸의 생일*

세 아이는 때로 내가 잡은 물고기를 먹기 않겠다고 하여
나를 곤혹스럽게 만들기도 한다.
그래서 매일 물고기 사냥을 나가지만 물고기가 아무리 많아도,
아무리 커도 아이들의 호기심을 불러일으킬 길이 없다.
때론 바라볼 가치도 없다는 듯하지만,
이 녀석들 모두 생선탕을 마시고 자랐으며,
세 아이 모두 학교에서 일 등이다.
뒤에서부터 세어서……

---

* 원제는 「女兒的生日」. 1995년 5월 4일 『타이완시보(臺灣時報)』 부간에 처음 발표되었다.

세상에 야메이족만큼 자식들 생일에 무관심한 민족이 얼마나 있는지, 세상 모든 민족마다 '생일'이란 단어가 있는지 나는 알지 못한다. 우리 세대는 어려서부터 지금 나이에 이르도록 '생일' 따위를 쇠어본 적이 아예 없다. 부모님께서도 이제껏 당신의 '생일'이 몇 년 몇 월 며칠 몇 시인지 알려준 적이 없으니, '생일선물' 따윈 말할 나위가 없다.

야메이족의 전통관념에 따르면, 사람이 어머니 몸에서 떨어져 나와 '응애 응애' 하고 고성을 울린 뒤로 어머니, 아버지의 책임은 자녀를 기르고 보호하는 것뿐이다. 지난날 타이완이 아직 광복되기 이전에, 족인들은 의약품이 없고 환자의 질병을 치료해줄 전문직 의사가 없었기 때문에, 아이가 병이 나면 흔히 '신통한 무당'을 모셔와 마귀를 쫓는 굿을 하고, 사람이 병을 얻으면 마귀가 집안에서 못된 장난을 벌인다고 여겼다. 이렇듯 족인들은 치명적인 질병을 신비화하고 합리화하였다. 아이들이 불행히 요절하면 죄다 악령의 탓으로 돌렸을 뿐, 지혜를 동원하여 약재를 채집하거나 질병을 치료할 수 있는 약재를 발명하려고 하지는 않았다.

나는 전에 아버지께 여쭌 적이 있다. "왜 우리 조상들은 지혜를 모아 병을 치유할 약재를 찾아본 적이 없지요?"

아버지는 전혀 따져보지도 않은 채 대답했다. "사람은 할 수 있는 한 일을 해야 병마가 몸 안에 들어오지 못한다. 오직 게으른 사람만이 병에 걸리는 법이야."

이어 또 말했다. "우리 야메이족의 역법은 날치 신령께서 우리에게 알려주신 것인데, 농사의 절기, 계절의 추이, 축제 거행 일시의 준칙 등은 모두 여기에 따르지." 그렇다. 사람의 일생은 곧 개인의 노동사이며, 족인 내부에서의 사회적 지위의 숭고함 역시 그 누적된 노동과 연관된 유형무형의 재부로 동일시되어 고기 잡고 농사짓느라 바쁜 마당에, '생일 축하합니다'라고 경축할 한가한 여유와 고상한 흥취가 어디 있었겠는가?

전후에 태어난 야메이족 신세대는 일방적인 한족식 교육을 받아들인 후에야 차츰 생일의 의미를 깨닫게 되었다. 우리 역시 주민등록증에서나 자신의 생년월일을 알 수 있을 뿐이다. 나중에 아버지뻘 웃어른들과 한담을 주고받다가 우리 젊은 세대의 생일이 화제에 올랐을 때, 그분들은 자기 아이는 겨울에, 여름에, 날치 철(야메이족에게는 봄과 가을의 달력이 없다)의 어느 달에 태어났다고만 말씀하실 뿐, 어느 날이 생일인지는 별로 중요한 문제가 아니었다. 그분들에게 중요한 것은 평안하고 건강하게 자라서 결혼하여 아이 낳고 자손을 번성시키는 일이었다. 그래서 그분들은 우리 세대의 생일을 그릇된 일이라고 말씀하신다. 어쨌든 당시 호적에 신고하는 것은 대단히 번거로운 일이었을 것이다.

이 번거로움은 우리 세대에게까지도 이어졌다. 내 아들이 태어난 지 석 달 후에 호적 신고를 하러 갔는데, 벌금을 90원이나 물어야 했다. 이건 참으로 분통 터지는 일이었다. 늦게 신고했다고 법을 어겼다니.

7월 23일은 우리 집 큰딸의 생일이다. 출생증명서가 있고 또 생일케이크의 유혹 때문에, 딸이 곧 초등학교에 들어가기 때문에, 아내와 공유한 사랑의 결정체이기 때문에, 어른들은 아이 생일을 빙자하여 술을 마시고 싶어하기 때문에, 나는 아이를 낳고 기른 아내의 수고에 고마워해야 마땅하기 때문에, 나는 '생일'을 중시하는 이민족 교육을 받았기 때문에, 그래서 바닷가재와 물고기를 잡아 딸의 생일을 축하해주기로 했다.

그런데 일이 공교롭게 되려고 그랬는지, 나보다 네 살 위인 친구 두 명이 그들의 쾌속정을 타고 란위 작은 섬으로 물고기 사냥을 가자고 청해온 것이었다. 나는 두말하지도 않고서 곧바로 승낙해버렸다. 그때가 벌써 오후 네 시였다. 잠수도구를 챙기고서, 나는 아내에게 내가 돌아오면 싱싱한 물고기와 가재를 함께 먹도록 아이들을 일찍 재우지 말라고 말했다.

"만약 애들이 졸린다고 하면 어떻게 하죠?"

"상어에 관한 비디오테이프를 틀어줘."

"흥…… 말도 안 되는 소리를." 아내의 말에 약간 짜증이 섞였다.

"어쨌든 아이들에게 내가 돌아올 때까지 기다리라고만 해."

나는 내가 왜 이토록 흥분하는지 알지 못했다. 나의 두 친구는 확실히 물고기와 가재잡이에 능하며, 나도 그들 수

준에는 미치지 못한다. 쾌속정은 십칠 분 만에 란위 작은 섬에 도착했다. 여름철이라 바다 너머로 해가 지는 시각은 많이 남아 있었다. 그래서 우리는 어두워지기 전에 그물을 치고 물고기를 잡았다. 물론 성숙한 야메이 남자라면 란위 작은 섬에서 물고기 사냥을 할 때 절대 남획하는 법이 없으며, 고급어(야메이족은 어류를 크게 남인어, 여인어, 노인어로 나눈다)를 골라야 한다. 사실 란위 작은 섬에는 어류가 꽤 많아서 이곳에서 사냥하면 비늘돔(여인어) 외에는 대부분 황줄감정이(llek)를 즐겨 잡는다. 하지만 이 어종은 대단히 눈치가 빨라서, 바다 밑에서 이 녀석들과 머리싸움을 벌이려면 품을 꽤들여야 한다.

여인어 세 마리를 사냥한 후, 대어 한 마리가 암초 동굴 앞에서 노니는 것을 발견했다. 나는 가까이 보지 않아도 그 물고기가 여인어인 'Agege-(타이완에서는 후이롄이라 하며, 학명은 Epinephelus flavocaeruleus이다)'임을 금방 알 수 있었다. 녀석의 몸집은 길이가 약 일 미터, 두께는 적어도 사십 센티미터로, 아주 커다란 물고기였다. 그래서 나는 잠수하여 녀석이 몸을 숨긴 동굴 가까이 헤엄쳐갔다. 조금씩 바짝 다가가 녀석과 나의 작살총은 직각을 이루어 쏘기에 아주 안성맞춤이었다. 'Agege-'와 작살총의 거리가 고작 삼사십 센티미터밖에 되지 않았을 때, 나는 동작을 멈춘 채 차마 발사 스위치를 누르지 못하고, 그저 암초 위에 조용히 엎드려 녀석을 감상하기만 했다. 그리고 생각에 잠겼다. 만약 저 녀석을 쏜다면 어느 부위를 쏘아야 할까? 어디가 녀석의 급소일까? 숨이 막힐 지경이 되어 나는 녀석이 놀래지 않도록 조금씩 천천히 해면으로 떠올랐다. 나는 이렇게 생각했지만, 그 녀석은 틀림없이 나를 보았을 것이다. 다만, 나를 안중에 두지 않았을 뿐이었으리라.

내가 해면으로 떠오르자, 두 친구는 곧장 나를 책망했다. "영혼이 저주받은 거야? 왜 쏘지 않았어?"

"네가 잠수해서 네 작살로 쏘지그래!" 나도 화를 내며 대꾸했다.

대어는 여전히 그곳에 머물러 있었다. 마치 물속에 뜬 채 아무 두려움이 없다는 듯이. 그래서 지기 싫어하는 샤만 샤페이서언이 잠수해 들어갔다. 물은 오리 발질 대여섯 번이면 암초 위에 닿을 수 있는 깊이였다. 우리는 위에서 가만히 그를 지켜보기만 했다. 그가 작살총을 발사하면 곧바로 뛰어들어 그를 도와 싸울 준비를 하고 있었다. 그런데 일 분이 채 되지 않아 그가 해면으로 떠오르더니 말했다. "나도 못 쏘겠어. 작살총을 빼앗길 것 같아."

이때 나는 두말하지 않은 채 곧장 다시 잠수해 들어갔다. 'Agege-'는 여전히 물속에 떠 있는 채 우리를 두려워하지 않았다. 녀석은 이미 내 사정거리 안에 들어와 있었다. 나는 녀석의 아가미 부위와 가슴지느러미 사이를 겨누었다. 이 부위에 맞으면 대량의 출혈을 일으켜 힘이 빠지고 말 것이다. 그러나 사람들은 흔히 '내가 옳다'는 오만한 생각에 빠지는 법이다. 작살은 고무줄에 당겨져 발사되었으며, 원래 생각했던 치명적 부위에 명중했다. 그 순간 'Agege-'는 무심한 탄두처럼 곧게 먼바다로 향하였다(이 과의 어류는 꼬리부위에 명중되면 대부분은 동굴 속으로 몸을 숨긴다). 나는 악령에게 놀라 얼이 빠진 듯 미동도 하지 않은 채 그 자리에 엎드려 나의 작살총이 녀석에게 끌려가는 것을 바라보고만 있었다. 초록빛 선혈(바닷속에서 물고기가 흘리는 핏빛이다)이 마른 장작에서 피어오르는 연기처럼 녀석의 가슴지느러미에서, 나중에는 숨어들어 간 깊은 동굴에서 흘러나왔다.

해면에 떠 있던 두 친구는 힘껏 오리발을 놀려 쫓아오더니 동굴 위에서 지켜보았다. 다행히 그때는 밀물인지라 해류가 평상시보다는 나았다(썰물 때에는 해류가 특히 세차다).

"어이, 우리 그렇게 깊이 잠수하지는 못하니까 좀 더 내려가서 살펴봐."

내가 대꾸했다. "난 우선 숨도 좀 돌리고 심장의 박동도 누그러뜨려야겠어."

이때 샤만 쟈페이서언이 충동적으로 곧장 잠수해 들어갔다. 보아하니 그는 그 대어를 몹시 잡고 싶은 모양이었다. 하지만 그는 금방 다시 떠올랐다. 그런데 나의 작살총 손잡이가 동굴에서 나올락 말락 희미하게 흔들거렸다. 내 생각에 대어는 여전히 내 작살총과 함께 있었다. 태양은 그때 궤도를 따라 점점 수평선에 가까워지고 있었다.

이제 나는 천천히 잠수해 내려갔다. 동굴 입구에 이르러 사방의 지형을 관찰하였다. 내가 두 눈으로 동굴 안을 살펴보니, 동굴 안은 의외로 크고 컴컴하여 모골이 송연하였다. 정말이지 괴물이라도 나타날까 봐 두려웠다. 그래서 작살총 손잡이를 움켜쥐었는데, 대어의 몸부림이 느껴졌다. 나는 온 힘을 다해 작살총을 당겼다. 그런대로 똑똑히 보이는 희미한 빛 아래에서 내 두 허벅지 두께의 반점바닷장어 한 마리가 녀석을 성찬 삼아 물어뜯고 있는 모습이 별안간 눈에 뜨였다. 작살총과 대어를 끄집어내기 위해 있는 힘을 다했지만, 커다란 바닷장어는 입안의 먹이를 포기하지 않았다. 선혈이 이미 동굴 입구에 가득 퍼졌다. 이때 바닷속 괴물(이를테면 상어, 바닷장어, 가오리 등)을 멀리하라던 아버지의 부탁이 생각났다. 이놈들은 악령의 화신이며 불길함의 징조로서, 가족에게 불길한 소식을 가져오기 때문이다. 그리하여 나는 무서워서 얼른 해면으로 떠올랐다. 우리 세 사람은 바다에 관해 족인들이 전해준 이야기, 즉 '악령은 괴물의 몸으로 현신한다'는 신앙을 굳게 믿는 축이었다. "자아, 어서 떠나세." 내가 말했다.

우리가 배 위에서 휴식을 취할 때, 쟈페이서언이 내게 말했다. "작살총 잃어버렸다고 너무 괴로워하지 마. 그 대어는 우리 란위 작은 섬의 조상님 영혼에게 바친 제물이라 치세." 나 자신이 만물 모두 영혼이 있다는 족인들의 '만유정령'의 신앙을 깊이 아끼고 있으므로 나도 이렇게 기도했다. "조상님이시여, 저처럼 잘 알지 못하는 초보자(나이가 젊고 란위 작은 섬에 별로 간 적이 없는 야메이족은 초보자로 자처함으로써 조상님 영혼에 대한 경외를 나타낸다)의 영혼을 보호하소서."

배 위에 앉아 바닷물의 리듬에 따라 오르내리다가 해가 진 후에야 나는 차츰 평정을 되찾았지만, 잃어버린 작살총으로 인해 여전히 마음이 언짢았다. 우리 배는 해안에서 오 미터쯤 떨어져 있었는데, 배 왼쪽 삼십 미터 지점은 깎아지른 듯한 낭떠러지이고, 그 밑바닥에는 두려움을 안겨주는 깊은 동굴들이 많이 있었다. 이 지역에는 황줄깜정이가 많이 있지만, 야간에 이곳에서 바닷가재를 잡을 배짱은 우리에게 없었다. 우리가 두려워한 것은 바다 밑에 자주 나타나는 상어가 아니라, 밤중의 전깃불이 물보라만큼 밖에 밝지 않아 방향을 종잡을 수가 없다는 것 그리고 눈에 보이지 않는 해류의 유속이 아주 세차다는 것이었다.

이날 란위 작은 섬은 사방에 파도가 흉용 하였으며, 우리가 닻을 내리고 정박한 곳만이 그런대로 잔잔한 편이었다. 하늘이 어두컴컴해지자, 손전등에 건전지를 끼워 넣었다. 세 개의 손전등이 마치 좀도둑이 바다신의 보물을 훔쳐내듯이 바닷속 여기저기를 비추었다. 바닷가재가 연이어 구럭에 담겼다. 내 마음이 흥분으로 뛰기 시작했다. 아이들에게 줄 바닷가재 외에도 부모님께서도 우리와 함께 즐길 수 있겠군. 비록 많은 표범무늬 상어와 은 지느러미 상어가 쉴 새 없이 드나들거나 바윗가에 서식하고 있기는 하지만, 우리를 두렵게 하지는 않았다. 나의 마음은 오직 바닷가재, 그리고 돌아가 딸의 생일을 축하해줄 일뿐이었다.

비가 내리기 시작했다. 손목시계를 보니 벌써 9시가 되었다. 회항할 때에 이르자 비가 더욱 거세게 내렸다. 배가 란위 작은 섬의 툭 튀어나온 곳을 지나자, 파도가 점차 거칠어지기 시작했다. 게다가 배가 나아가는 방향이 해류와 정반대였다. 생각해보니 이 시각은 썰물 때였다. 하늘과 바다가 모두 칠흑처럼 어두웠다. 조그마한 쾌속정은 4마력의 선외엔진에 의해 움직였으며, 배 길이는 겨우 삼 미터 반밖에 되지 않았다. 파도의 물결이 불시에 배 안으로 밀려들어 왔다. 해류와 반대방향으로 달리고 있었기 때문에, 물결에 부딪혔다가 미끄러질 때마다 배는 '피파' 하는 소리를 질러댔다. 배 밑바닥이 터져 찢어질 것만 같았다. 나는 배 밑바닥이 파손될까 봐 선장에게 애걸하듯이 말했다. "조금만 천천히 달리세."

"속도를 늦추라고? 해류에 떠밀려가고 싶어?" 우리는 바다를 깊이 사랑하지만, 동시에 해류를 몹시 두려워한다. 회항 도중의 거리는 1해리 반밖에 되지 않지만, 썰물 때에는 온 섬 가운데 해류의 유속이 가장 센 곳이라는 것을 우리 세 사람은 잘 알고 있었다. 무수한 파도에 부딪혀 배는 물마루로 떠올랐다가 금세 물골로 꺼져 내렸다. 무슨 일을 당할지 몰라 우리의 마음도 초조하고 불안해졌다. 폭풍이 잇달아 엄습해왔다. 나는 쉬지 않고 배 안에 차오르는 바닷물을 퍼냈다. 하늘의 침침한 구름, 바다의 날뛰는 파도가 우리에게 두려움을 안겨주었다. 우리가 해류권을 벗어나지 못한 게 분명했다. 눈앞에는 우리가 극복해야 할 파도가 줄지어 밀려오고 있었다. 나의 마음은 딸의 기뻐하는 뺨에 가 있었지만, 나의 몸은 세찬 파도와 맞서 발버둥을 치고 있었다. 이때 아이들이 기다리다 너무 오래되어 화를 내면 어쩌나 참으로 걱정스러웠다.

선장이 갑자기 샤페이서언과 나에게 명령했다. "너희 꼭 붙들고 앉아 있어. 내가 전속력을 내야겠어. 해류가 너무 강해서 말이야." 말이 끝나자마자, 삼 미터 길이의 선체 앞부분이 마치 비행기가 이륙하듯 웅장한 모습으로 날아올랐다. 우리 두 사람은 마치 야생마를 타듯 엉덩이를 치켜든 채 얼굴에 부딪히는 거친 파도를 등졌다. 우리 두 사람은 한 손으로는 배 안을 가로지른 도리를 꽉 붙든 채 다른 한 손으로는 바가지로 배 안의 물을 연신 퍼냈다. 우리의 벗인 선장 역시 불어오는 파도를 등진 채 선외 엔진을 꽉 붙들고서 선체가 가속할 때 급류의 소용돌이가 일직선이 되는지 어떤지를 주시하고 있었다. 피파…… 피파…… 하는 충격음이 선외 엔진의 소음보다 훨씬 컸다. 우리 두 사람은 쉬지 않고 바닷물을 퍼냈지만, 바닷물은 끊임없이 배 안으로 흘러들었다.

"됐…… 어, 속도 좀 늦추어 봐. 배가 폭발할라." 샤만 샤페이서언이 고함을 질렀다.

"어…… 하하하……" 선장은 크게 웃더니 이어 말했다. "이제 해류권을 벗어났어." 선장은 고난 중에서 즐거움을 즐기듯 우리의 긴장된 마음을 풀어주었다.

"빌어먹을! 다음에 네 배를 타고 란위 작은 섬에 오나 봐라." 우리가 안전하게 항구에 도착한 후, 샤만 쟈페이서언이 아직도 두려움이 남아 있는 듯 선장에게 말했다. 나는 거무스름한 얼굴빛으로 바닷가재를 든 채 거의 기절할 지경인지라 한마디 말도 하지 못했다. 마을로 돌아와 우리는 바닷가재와 물고기를 똑같이 나누었다. 그들은 각자의 몫을 팔아 삼천여 원을 챙겼다. 나는 딸의 생일을 축하하러 내 몫을 가지고 집에 돌아왔다. 아울러 그들 두 사람에게 집에서 오늘 밤 바람을 뚫고 파도에 맞섰던 경험을 즐기자고 청했다. 어쨌든 이미 평안히 집에 돌아왔으니까. 그때가 벌써 밤 11시였다.

"돌아왔소. 애 엄마."

"아니 왜 이렇게 늦었어요? 방금 날씨는 태풍이 불던 날 같아서 당신 세 사람 때문에 얼마나 가슴 졸였다고요!" 애 엄마가 말했다.

나는 일일이 단잠에 빠진 아이들을 깨웠다. "아빠, 돌아오셨어요. 제 생일케이크는 아직 먹지 않았어요!" "엄마가 말씀하셨어요. 아빠 돌아올 때까지 기다리라고."

"아이구 귀여운 것들, 어서 일어나 바닷가재 먹자."

바닷가재와 싱싱한 물고기를 먹으면서 즐거워하는 아이들을 보자, 피곤도, 세찬 파도의 공포도, 미친 듯이 불어대던 비바람의 무자비함도 까맣게 잊혀졌다.

애들 엄마는 가재와 생선을 먹으면서 우리가 주고받는 이야기를 듣더니, 감동한 듯 입을 열었다. "당신 세 사람의 용감함을 위해 건배!"

두 친구는 얼근히 취하여 깊은 밤 어둔 골목으로 사라져 갔다. 아니, 그들은 용사의 정신을 가지고 거칠고 세찬 파도에도 영원히 깨지지 않는 의지를 쌓으러 떠났다. 나도 나이 든 족인들과 다름없이 자식들의 생일을 대수롭지 않게 여기지만, 다만, 아이들이 성장하는 과정이 굳센지 어떤지만은 눈여겨 지켜본다. 만약 주민등록증이 없었더라면 아마 아이들이 여름에 출생했다는 것만 기억하고 있을지도 모르지만, 나의 책임은 아이들이 성장하는 과정에서 나에 대한 의존도를 줄이도록 하는 것이리라. 어쩌면 장차 아이들은 한자의 '생일(生日)'이란 말만 기억할 뿐, 야메이어로 '출생'이란 글자는 말하지 못할지도 모른다. 그들은 장차 돈으로 생선을 살 것이고, 심지어 자기 자식들의 생일을 축하하기 위해 바닷가재도 돈으로 살 것이다. 만약 내가 요행히 할아버지가 될 수 있다면, 나는 예전처럼 란위 작은 섬에 가서 내 '손주'들을 위해 생일축하용 바닷가재를 직접 잡으러 갈 것이다. 물론 나는 여전히 '생일을 축하합니다' 따윈 중시하지 않으며, 오히려 아이들의 엄마에게 감사하고 아이들의 엄마의 '수난일'을 경축하고 싶은 것이다.

가오리[*]

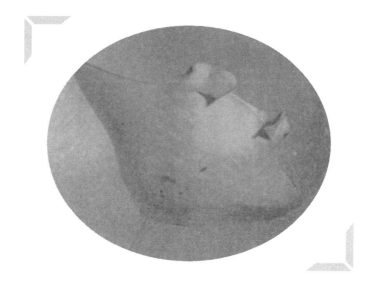

'MINEY PASALAW' (가오리),
바다에서 이토록 흉측한 물고기를 보는 건 불길한 일이지만
녀석은 겨울에 나와 밀회하기를 좋아한다.
난 녀석이 무섭다. 그래서 녀석과 멀리 멀리 떨어져 있다.

---

* 원제는 「大虹魚」. 1995년 2월 9일 『타이완시보(臺灣時報)』 부간에 처음 발표되었다.

늘 그랬듯이 매일 오후 세 시쯤이면, 콕 집어 뭐라 말할
수 없는 느낌 – 잠수 사냥을 가고 싶은 마음이 든다. 한낮에
바다에 나가지 않으면 저녁에라도 꼭 가야만 한다. 만약 한
낮과 저녁 모두 물에 들어가지 않는다면, 이날 하루를 어떻
게 보내야 좋을지 막연해진다. 아직 완공되지 않은 집 옥상
에 서서 멀리 'J-Langoyna(지명이며 곳을 의미한다)'의 해류를 바
라보았다. 이날의 파도는 그다지 거칠지 않았다. 음력으로
계산해보니 조류가 아주 약하지는 않겠지만, 체력이 있으면
능히 견뎌낼 수 있을 정도라고 생각했다.

"샤만, 바다에 나가려고? 하늘이 어두워지는데." 아버지
가 말했다.

나는 지금 막 끓어오르고 있는 잠수의 열기가 아버지로
인해 식어버리지 않도록 아버지 물음에 대꾸도 하지 않고서
곧장 오토바이를 타고 나와 버렸다. 이때 내 마음속에는 오
로지 한 가지 생각만이 자리 잡고 있었다. 무늬양쥐돔 대여
섯 마리를 잡아 아버지께 드리고, 여인어인 비늘돔 서너 마
리는 어머니와 통통한 내 아내에게 주어야지. 이 정도가 되
어야 하루를 제대로 알차게 보낸 셈이라고 여겼다.

무늬양쥐돔은 겨울철 이맘때에 떼 지어 해면으로 떠오
른다.

힘없는 부유생물은 때로 바다 골짜기의 해조류를 뜯어
먹는데, 특히 한류가 밀려올 즈음에는 수량이 훨씬 많아진
다. 무늬양쥐돔은 해류가 막힘없이 잘 통하는 해역에 주로

서식하며 해류를 거슬러 헤엄을 친다. 녀석들은 오후 네 시쯤 대량으로 근해로 헤엄쳐왔다가 암초 동굴로 들어와 쉬거나 밤을 지새운다. 아버지는 젊은 시절에 이 물고기를 아주 손쉽게 잡았다고 한다. 당시에는 잠수 사냥꾼이 많지 않은데다 어류도 사람을 두려워할 줄 몰랐기 때문이다. 폐활량이 좋기만 하면 잡고 싶은 만큼 얼마든지 잡을 수 있었던 것이다. 지금은 타이완에서 온 어선들이 란위 사방의 해역에서 폭발물과 독극물로 물고기를 남획하는 바람에, 물고기들이 잠수부를 보기만 하면 재빨리 달아나버린다. 결국, 어류 자신들도 생명을 보존하기 위한 방어수단을 강구하고 있는 것이리라.

비록 이러하지만, 아직은 무늬양쥐돔 몇 마리 정도야 잡을 수 있다. 다만, 어획량이 이전보다 훨씬 줄었을 따름이다. 1993년 12월 어느 날, 잠수하기로 마음속으로 정해둔 해역에 도착했을 때(야메이족의 습속에 따르면, 마을에서 물고기 사냥하러 가는 지명을 이야기하는 것은 금기이다. 악령이 따라붙어 물고기떼를 쫓아버리지 않도록 하기 위함이다), 당시가 밀물시각인지라 조류의 유속이 그다지 빠르지 않다는 걸 알았다. 내가 잠수할 곳은 해안에서 고작 오 미터밖에 떨어져 있지 않았지만, 오 미터 너머는 깊이 이십 미터가 넘는 단층이고, 단층면에는 수많은 산호초가 가득 자라나 있다. 단층 위의 평평한 곳 역시 산호초로 가득 덮여 있는지라, 손가락만 한 크기의 수많은 열대어를 끌어당기고 있다. 열대어들의 산뜻하고 아름다움은 참으로 말로 형용할 수가 없을 정도이다. 야메이족은 열대어들을 해치지도, 식용으로 먹지도 않기 때문에, 녀석은 사람들을 전혀 두려워하지 않는다.

나는 조용히 암초 위에 앉아 해류를 유심히 관찰하면서 물안경을 깨끗이 씻었다. 이미 서쪽으로 기운 태양으로 보건대, 집에 돌아갈 여정을 감안한다면 물고기 사냥할 시간은 고작 한 시간 남짓밖에 남아 있지 않았다. 나는 단층의 평평한 곳까지 잠수하여 납작 엎드렸다. 물빛은 맑은 편은 아니었지만, 해류에 수없이 많은 부유생물이 섞여 있어 넓적통돔이나 네동가리와 같은 부유어군을 끌고 있었다. 나는 바다 밑으로 잠수하여 암초 위에 엎드린 채 사냥감이 다가오기를 기다렸다. 그때 녀석들이 파리떼처럼 시계 방향으로 돌다가 느닷없이 시계 반대 방향으로 돌면서 내 머리 위를 둘러쌌다. 사냥감이 너무 많고 반응도 빠른데다가 해류 문제까지 겹쳐서 짧은 시간 안에 작살의 스위치를 당기는 게 어려웠다. 사실 같은 과의 물고기는 생김새가 엇비슷하여 예쁘고 못남의 차이가 없으며, 다만 크고 작음의 구별이 있을 따름이다. 그래서 여러 발 헛발만 쏘다가 한 마리가 명중된 후에, 녀석들은 삽시간에 나를 떠나 다른 곳으로 먹이를 찾아 떠났다.

나는 여전히 그 자리에서 무늬양쥐돔이 오기를 기다렸다. 조수는 시간이 갈수록 가득 밀려들었고, 하늘 역시 차츰 잿빛으로 어두워졌다. 해류가 서쪽에서 동쪽으로 흐르므로,

무늬양쥐돔은 틀림없이 금방 떼를 지어 밀물과 썰물이 드나드는 지역의 바다 골짜기로 와서 밤을 새울 것이라는 생각이 들었다. 과연 몇 분이 지나지 않아 녀석들이 내 물안경 너머로 보이는 범위 안에 나타나기 시작했다. 나는 다시 바다 밑으로 잠수해 들어가, 녀석들이 어서 작살총의 사정거리 안으로 들어오기를 고대했다. 이 어종은 물살을 거슬러 오르내리면서 부유생물을 즐겨 잡아먹는다. 때로 녀석들은 바다 밑으로 내려와 해조류 등의 수생식물을 뜯어 먹기도 한다. 내가 맨 처음 잠수하였을 때, 녀석들은 호기심 많은 습성과 달리 내게 다가오지 않았다. 내가 수면위로 떠올라 숨을 내쉬고 들이켰던 그 순간, 내가 괴물처럼 녀석들을 놀라게 했는지 뿔뿔이 나를 떠나버렸다.

나는 다시 한 번 바닥으로 잠수하여 보글보글 기포를 내뿜어 녀석들의 호기심을 자극했다. 하지만 역시 헛수고였다. 바로 이때 두려운 생각이 슬금슬금 들기 시작했다. 이런 두려움은 전에 없던 것이었다. 나는 늘 혼자서 잠수하고, 심지어 밤중에도 바다 밑에서 무슨 괴물이 튀어나올지 두려워하지 않았지만, 어떻게 이처럼 불길한 예감을 갖게 되었는지 깜짝 놀라고 말았다. 그래서 내 주변 사방의 환경을 찬찬히 살펴보았다. 괴물이라곤 아무것도 없었다. 하지만 난 여전히 뭐라 말할 수 없는 두려움에 사로잡혔다. 내가 머리를 치켜들어 수면을 쳐다보았을 때, 불쑥 가오리 한 마리가 내 바로 위에 떠 있는 게 보였다.

빌어먹을. 알고 보니 이 괴물이 나에게 겁을 주었구만. 가오리를 쳐다보고 있노라니, 마을 웃어른들이 한담을 나누다가 가오리에 대해 들려준 이야기가 생각났다. 언젠가 한번은 사촌 형과 친구들이 물고기 사냥을 나갔는데, 가오리에게 둘러싸인 바람에 도무지 숨을 돌리려고 해면으로 떠오를 수가 없었다. 녀석들의 생김새가 엄청나게 못생겨서 닿는 것만도 혐오스러운 데다가, 녀석의 가느다란 꼬리에 강력한 독이 있어 사촌 형은 더욱 두려워했다. 생명을 온전히 보존하기 위해 취할 수 있는 유일한 방어수단은 작살총으로 가오리를 쏘는 것이었다. 작살을 발사하자 엄청난 양의 피를 흘리면서도(야메이족은 추악하게 생긴 물고기, 이를테면 상어나 곰치, 장어류, 가오리 등의 피가 자신의 몸에 닿는 것을 금기로 여긴다. 친척 가운데 직계혈족이 악질에 걸리거나 죽음에 이르는 상징으로 여기기 때문이다), 가오리는 마치 미친 듯이 양쪽 날개로 묵직하게 사촌 형을 후려쳤다. 그 바람에 사촌 형은 마치 태풍의 엄청난 파도에 실려 암초에 부딪히듯, 온몸이 뾰족뾰족한 산호초에 찔리고 베여 만신창이가 되었다. 사촌 형의 이야기에 따르면, 그가 해안에 나왔을 때 두 발로는 이미 설 수 없고 머리가 어지러워 어디가 어딘지 알 수 없었다. 족히 두세 시간은 의식이 없었는데, 그나마 동료들이 도와주어 천만다행이었다고 한다. 그런데 내 머리 위의 이 괴물 – 가오리는 너비가 적어도 삼 미터나 되는 날개를 지니고 있었다. 그 녀석의 생김새는 정말 징그러운데다가 복부는 온통 하얀

색으로, 내 눈에는 바닷장어보다 수천 배나 추해 보였다. 그 래서 나는 천천히 산호를 붙들고서 해안 쪽으로 이동하였 다. 그런데 녀석이 특수한, 뭐라 말할 수 없는 예민함을 지녔 는지 나를 따라 똑같은 속도로 이동하는 것이었다. 만약 내 가 지금 해면으로 떠오른다면, 마침 바로 녀석의 복부일 것 이다. 순간 나는 긴장감에 휩싸였다. 비록 내가 해변 바로 아 래쪽에 있기는 하지만, 이곳은 단층인데다, 특히 밉살스럽 게도 녀석이 나를 해면으로 떠오르지 못하게 가로막고 있었 다. 녀석의 날개가 이미 암초에까지 닿아 있었던 것이다. 바 다 밑에서 숨을 참을 수 있는 건 기껏해야 십오 초 남짓인지 라, 긴장감은 더욱 고조되고 자연히 호흡은 짧아졌다. 하지 만 어쨌든 이 마귀에서 벗어날 방법을 짜내야만 했다. 작살 총으로 녀석을 쏜다면 틀림없이 작살총을 끌고 가버릴 테 고, 게다가 괴물의 시뻘건 피를 본다는 게 너무나 끔찍했다. 쥐도 궁지에 몰리면 고양이를 무는 법. 어쩔 수 없는 상황 속 에서 나는 있는 힘껏 소리를 질렀다. 결국, 녀석은 저주의 욕 설을 들은 양 깜짝 놀라더니 곧장 날개를 퍼덕거려 사라져 갔다.

푸와, 나는 마침내 참았던 숨을 토해내면서 해면으로 떠 올랐다. 그리고 곧바로 뭍으로 올라가 휴식을 취했다. 사랑 하는 조상님 영혼이시여, 저를 보호해주심에 감사드립니다. 나는 아주 자연스럽게 입에서 나오는 대로 조상님께 감사의 기도를 올렸다. 하지만 오 분도 채 되지 않아 가오리는 다시 헤엄쳐 왔다. 해안에서 바라보니, 너비가 적어도 이 미터 반쯤 되는 중형의 괴물이었다. 녀석은 내 앞에서 보란 듯이 쉬지 않고 이리저리 헤엄쳐 다녔다. 이때 나는 큰 돌멩이를 구했다. 녀석의 머리통을 후려쳐줄 참이었다. 야자열매만 한 크기의 조약돌은 녀석을 혼내주기에 안성맞춤이었다. 녀석이 내 가까이 바로 아래에 올 때 높은 곳에서 아래를 내려다보는 이점을 이용하여 녀석의 두 눈 한가운데를 겨냥하였다. '퍽' 소리와 함께 물보라를 일으키면서 조약돌은 정확히 명중되었다. 녀석은 돌멩이에 맞아 어지러운 듯 즉시 날개를 펴고서 달아나버렸다. 이때 한쪽 날개는 해면에 떠 있고, 다른 쪽 날개는 반쯤 물속에 잠긴 채 재빠르게 퍼덕거렸다. 녀석의 날개가 바다에 내려앉는 순간, 녀석은 묵직하게 해면을 박찼다. 그 바람에 물보라가 아주 높고 웅장하게 튀어 오른 후, 녀석은 물속으로 스며들었다. 이런 죽일 녀석. 나는 중얼거렸다.

그때 나는 해안에서 의기양양하게 담배를 피우면서 긴장을 풀고 있었다. 태양이 바다 너머로 진 지 이미 오래되었다. 하지만 나는 몇 마리를 더 잡고 싶었다. 구럭에는 겨우 넓적통돔 한 마리밖에 없었던 것이다. 그리하여 다시 잠수하였는데, 이때 보니 바다에는 물고기가 한 마리도 보이지 않았다. 난 참 난감했다. 어머니께 드릴 여인어도 없고, 구럭 안의 넓적통돔은 아이에게 지져줄 거라서 아버지께서 잡수실 물고기도 없었다. 가만히 생각하다가 다른 곳에 가서 물고기를 잡기로 했다. 나는 헤엄을 치는 한편, 방금 일어났던 일을 곰곰이 생각해보았다. 마음속에는 아직 두려움이 채 가시지 않았다. 무늬양쥐돔은 잡지도 못했으니 둔한 녀석 몇 마리라도 잡아가야 부모님께 생선탕이라도 끓여 드릴 수 있겠지. 그렇지 않고 그냥 집에 돌아갔다가 잡아온 고기가 없다는 걸 아시면, 아직은 사냥의 고수가 아닌 모양이라고 의심하실 거야. '퇴화한 야메이족'이란 오명을 씻어내려면, 지금 유일한 방법은 계속 물고기를 잡는 것으로 생각했다.

여인어인 비늘돔 한 마리를 잡자, 내 마음속에 공포가 밀려들기 시작했다. 아버지는 내게 이렇게 말씀하셨던 적이 있다.

"바다에서 고기를 잡을 때 네 영혼이 갑자기 두려움을 느낀다면 주저하지 말고 곧장 뭍으로 올라가 집에 돌아가거라. 그건 불길한 징조이니까." 이 말이 생각나자, 나는 몸을 돌려 원래 있던 곳으로 되돌아왔다. 원래 있던 곳에서 마지막으로 잠수하여 산호초 위에 엎드렸을 때, 나는 사방을 두리번거리면서 관찰하였다. 아직 두려움이 남아 있었기 때문이다. 솔직히 말해 내가 아직 사냥감을 고르지 않았을 때, 내 동쪽 멀지 않은 곳, 그러니까 대략 이삼십 미터쯤 되는 곳에서 복부가 온통 새하얀 거대한 가오리 세 마리가 내 쪽을 향해 다가오고 있었다. 이 세 마리의 괴물에게 희롱당하지 않도록, 그리고 자신의 생명을 보전하기 위해, 나는 곧장 해면으로 떠올라 재빨리 해안가로 헤엄쳐 돌아왔다. 뭍에 오르기 전에 나는 눈을 동그랗게 뜨고서 녀석들을 꼼꼼히 살펴보았다. 앞쪽 두 눈 바닥부위에 톱날 모양으로 늘어진 두 조각의 살이 있는데 대단히 흉측했다. 가운데는 주둥이인데, 적어도 크기가 두 자 남짓이며 정말 추악하기 그지없었다. 녀석들이 나란히 내 쪽을 향해 헤엄쳐 오는 게 마치 나에게 도전하는 듯, 복수하는 듯한 태세였다. 알고 보니 나에게 돌멩이로 얻어맞은 녀석이 '형제'를 모시고 온 것이었다. 녀석들이 그래도 지혜 넘치는 가오리과 어류임을 알 수 있었다.

해안에 올라서서 녀석들과 멀리 떨어져 있었건만, 녀석들은 내가 뭍으로 올라온 곳을 향해 헤엄쳐 오더니 그곳에서 멈추었다. 바다는 너희 세상, 뭍은 나의 천하. 내가 바다로 잠수하지 않는 이상, 너희가 날 어쩔 건데. 나는 중얼거렸다.

원래 가오리는 해면에서 떠다니면서 먹이를 찾을 때 통상적으로는 단독으로 움직이는 육식성의 어류이다. 오늘 내가 무슨 금기를 어겼는지 알 수 없지만, 그 중의 한 마리가 '친구를 불러'서까지 복수하러 온 것이다. 세 마리의 가오리가 바다로 나가는 통로를 가로막자, 나는 몹시 화가 치밀어 다시 한 번 돌멩이를 주워 그 중의 한 마리를 혼내줄 생각이었다. 그런데 녀석들이 유유히 이리저리 헤엄치고 있는 걸 보자, 홀연 아버지와 큰아버지가 하셨던 말씀이 떠올랐다.

"애야, 바다에서 기괴한 형상의 물고기를 보거들랑, 그 녀석들을 해치지 않는 게 상책이란다. 그 녀석들의 영혼은 정상적인 모양의 물고기보다 영성이 세거든." 아마 내가 너무 자주 단독으로 잠수하여 야메이족의 '만유정령'의 신앙에 점차 영향을 받았을지도 모른다. 나 스스로 자신의 모체 문화에 차츰 융화된 이후, 대자연의 모든 생명 있는 생물들은 모두 '영적 존재'이며, 자연을 초월한 존재라 믿게 되었다. 그래서 손안에 쥔 돌멩이를 내려놓고서 생김새가 괴이한 가오리에게 작별을 고하였다.

이 일에 대해 나는 아버지께 전혀 이야기하지 않았다. 이야기했다간 물고기 사냥을 나가지 말라고 저지할 뿐만 아니라, 장차 부모님 모두 내가 잡아온 물고기를 먹지 않겠다고 할 것이다. 잠수 사냥은 위험한데다가 나는 늘 단독이기에 바닷속에서 무슨 일이 벌어질지 몹시 걱정스럽기 때문이다. 잠수하고 싶다면, 팔순에 가까운 부모님께 싱싱한 생선을 맛보도록 하려면, 바다에서 겪었던 '어려움'이나 '괴물'일랑은 나의 머릿속에만 기록해두는 수밖에 없다.

타이완에서 온 화물선[*]

바다, 참으로 멋지고 아름답다.
검푸른 바다는 수많은 생명을 감추고 있다.
이제 그녀는 나를 깊이 빨아들인다.
검푸른 바닷속에서
나는 좌절하고 성장하였으며
나는 비겁하고 굳건해졌다.

[*] 원제는 「臺灣來的貨輪」. 1993년 5월 1일 『중국시보(中國時報)』 부간에 처음 발표되었다.

날치잡이 철이면 저 멀리, 정말 아주 저 멀리 바다 끄트머리 수평선에서, 타이둥(臺東)과 란위를 오가는 소형 화물선의 돛대가 보일 듯 말 듯 가물거린다. 한 떼의 야메이족 어린아이들이 해발 이백 미터에도 미치지 않는 산언덕에서 야생과일을 따다가, 늘 제시간도 아니건만 우리에게 낯익은 그 배를 바라본다. 화물선은 야메이족 어린아이들의 희망과 젊은이들의 방황, 늙은이들의 염려를 싣고 있다. 그리하여 한 떼의 사내아이와 계집아이들이 산언덕 위에서 화물선이 정박한 물굽이로 나는 듯이 달려간다. 도중에 우리는 펄쩍펄쩍 뛰면서 고함을 지른다. "타이완 배가 왔어요! 타이완 배가 왔어요!" 마을 안 족인들은 흥분한 아이들의 왁자지껄한 소리를 듣자마자 곧장 목을 쭉 내뻗어 멀리 수평선을 바라본다. "배가 왔어요!" 많은 사람이 떠들어대면 즉시 자질구레한 집안일을 내팽개치고서 남녀노소, 젖먹는 아기, 지팡이 짚은 노인 가리지 않고 한 사람도 빠짐없이, 타이완에서 온 중형 받은 죄수들이 깔아놓은 자갈길에 모여들어 가지런히 한 줄로 늘어선다. 바다이만은 이렇게 하여 떠들썩해진다. 달음박질할만한 또래의 아이들은 이때쯤 바다에서 헤엄치면서 장난을 치고, 운반능력이 있는 청장년은 조약돌 위에 앉아 자신들의 미래에 대해 잡담을 나눈다. 자갈길 위쪽에는 건축물이 하나 있는데, 대문에 '란위민중서비스센터'

라고 쓰여 있다. 이 광장에는 이때에 약 삼사십 명의 외성*
출신의 군인들이 서 있다. 군인들 모두 '흉악한 악귀'라고 형
용해서는 안 되겠지만, 그들의 표정은 근심으로 가득 차 있
다. "3년 준비, 5년 대륙 반격"**이라는 화려한 거짓말이 그들
의 가슴 깊이 낙인찍혀 있다. 이들 군인 역시 섬의 족인과 마
찬가지로 화물선의 방문에 대해 희망과 근심이 뒤섞여 있으
며, 족인들과 똑같은 대우를 받는다. 배 위에는 그들을 방문
해줄 친척은 말할 나위도 없고, 그들에게 속한 화물조차 하
나도 없다. 그들에게는 배 위의 화물을 소비할 돈이 있지만,
야메이족은 눈으로만 볼 수 있을 뿐 헛헛한 배를 고구마로
채울 꿈이나 꾸는 수밖에 없다.

　화물선에 바다가 갈라지면서 솟구치는 물보라가 갈수록
뚜렷해진다. 바다이만에 모인 사람들은 종족에 관계없이 화
물선에 도대체 무슨 물건이 실려 있을지, 누가 타고 있을지

---

* 타이완에서 '외성인(外省人)'은 '본성인(本省人)'과 상대되는 용어로 사용된다.
'외성인'은 제2차 세계대전 종전 이후, 특히 1949년 장제스(蔣介石)의 국민정부
를 따라 대륙에서 건너온 거주민을 가리킨다. 타이완에서 '외성인'이란 칭호는
족군(族群)의 의미도 담고 있지만, 정치적 및 이데올로기적 의미를 짙게 띠고
있다. 이는 '외성인'이 타이완의 정치와 경제의 90% 이상을 장악하고 있는 현
실과 밀접한 관계가 있다.
** 1949년에 국민당이 국공내전에 패하여 타이완으로 철수한 후, 장제스는 1950
년 5월 16일 「타이완 동포에게 고함」이라는 글을 통해 '일 년간 준비하고 이 년
간 반격하고 삼 년간 소탕하고 오 년간에 승리한다(一年準備, 兩年反攻, 三年掃
蕩 五年成功)'는 슬로건을 제기하여 반공 이데올로기를 강화함으로써 체제의
안정을 도모하였다. 이 슬로건 외에도 '삼 년 준비, 오 년 반격, 십 년 승리(三年
準備, 五年反攻, 十年成功)' 등 다양한 슬로건이 등장하였다.

마음껏 떠들어댄다. 아마 이럴지도 모른다.

외성인은 땅콩과 빼갈을 바라고
타이완인은 전근 고지서를 기대하고
선생님들은 두세 달 치 월급봉투를 갈망하고
초등학교 학생들은 점심으로 먹을 밀가루를 고대하고
젊은이는 타이완으로의 밀항을 희망하고
노인과 아녀자는 구호물품을 원하고
잡화점 안주인은 석유와 계란을 소망하고
야메이의 용사는
두 눈 부릅뜨고 화물선의 속도를 지켜본다.

화물선이 더욱 가까워진다. 배 위에 몇 사람이 있는지 똑똑히 셀 수 있을 정도이다. 배 위에 야메이족은 한 명도 없지만, 무슨 까닭인지 족인들은 늘 유독 흥겨워한다. 특히 초등학교를 막 마친 남녀 청소년들은 흥분을 감추지 못한다. 그 당시 화물선은 정말이지 족인의 한없는 희망을 싣고 있고 전후의 야메이 신세대에게 금방 깨지고 말 수많은 몽상을 가져다준다. 그래서 화물선의 정의에 따르면, 50년대에 태어난 야메이족 어린아이에게 타이완은 천국이요 란위는 감옥이다. 이리하여 화물선의 오감은 우리 심령의 몽상을 가혹할 정도로 지배한다.

화물선이 마침내 바다이만에 들어서자, 그 서슬에 놀란

날치가 사방의 해면으로 도망친다. "화물선이 우리의 날치를 더럽힌다"고 용사들은 개탄한다. 말이야 그렇게 하지만, 그들 역시 배 안의 화물을 두 눈으로 몹시 보고 싶다. 그래서 한 줄로 늘어선 사람들은 날치와 화물선에 대해 열띤 토론을 벌인다. 환영하는 것도 같고 거부하는 것도 같은 모순된 정서가 족인들의 망연한 얼굴에 분분히 피어오른다.

무슨 좋은 변론이 있으랴만, 올해 초어제의 주최 선박 팀이 신성한 수탉의 피와 조상의 은빛 모자로 날치의 영혼을 소리쳐 부르지 않던가? 이곳은 날치의 고향이며, 우리 야메이족만큼 날치와 바다를 숭상하는 해양민족이 어디 있겠는가? 타이완의 화물선이 오겠다는데, 우리가 무슨 수로 오지 못하게 막겠는가? 이렇게 말하자, 사람들은 모두 입을 다문다. 날치축제 '언어'의 금기를 범할까 몹시 두려운 것이다.

"뿌우…… 뿌우…… " 화물선의 기적이 울린다. 기적소리는 두·서언트산 골짜기의 골 바닥을 뚫고서 바다이만 가에 모인 사람들에게까지 메아리친다. "와아…… " 하는 긴소리는 마치 환영의 기호인 듯, 한 떼의 아이들이 뛰어오른다. 화물선은 금방 닻을 내린다. 그러자 50년대에 태어난 아이들은 헤엄치기 시합을 벌인다. 수영에서 이긴 사람은 무엇이든 남들이 훔쳐온 물건을 제 것으로 만들 수 있다. 그러나 이와 동시에 한 줄로 늘어서 있던 사람들이 웅성거리기 시작하더니 곤혹스러운 시공에 빠져든다. 웃어른들이 소리 높여 외치고 있다. "타이완에서 온 영혼들에게 붙들리지 마라!" 말투는 서글프기 짝이 없다. 서비스센터 광장 앞의 군인들과 잡화점 안주인은 신이 난 듯 웃음을 터뜨린다.

화물선은 도대체 우리 꼬맹이들에게 무엇을 가져다주었을까? 전후의 신세대는 무엇 때문에 그토록 타이완을 동경하였을까? 이제 나는 란위로 돌아와 정착한 지 오래되었는데, 어렸을 적 60년대의 풍경을 여전히 떠올려 되돌아본다. 화물은 마침내 바닷가로 옮겨지고, 우리는 못된 생각을 하기 시작한다. 수영에서 일 등을 먹은 아이는 임무를 짜준다. 너희는 감귤을 나르고, 너희는 통조림을 나르고, 너희는 멜대에 메고……. 다른 한편, 잡화점 안주인은 하나하나 값을 부른다. 그건 한 바구니에 오 푼, 그건 한 상자에 일 원, 그건……. 화물을 날라 돈을 버는 건 물론 중요하지만, 더욱 중요한 건 바구니 밑바닥에 구멍을 내어 물건을 빼돌려 몰래 모래 속이나 자갈 밑에 숨겨두는 일이다. 잡화점 안주인은 기분 좋게 수고비를 나누어주고, 우리는 더욱 신 나게 오가며 운반한다.

"너희가 매긴 표시를 절대 잊어서는 안 돼. 그렇지 않으면 국물도 없어." 수영 우승자는 위엄을 부리면서 말한다. 화물은 차츰 줄어들고, 석양 역시 고운 경관을 보여주기 시작한다. 우리의 기쁜 심정은 시간을 따라 고조되고, 반달은 하늘에서 희미한 빛을 흩뿌린다. 아버지뻘 어른들은 야간에 운항할 배의 상앗대 끈을 단단히 붙들어 매고서 저녁 해가 바다 너머로 지기를 기다리고, 아이들은 아무 하는 일 없이 선박의 사방을 둘러싸고서 고기잡이 선단을 전송하고 축복한다.

별들이 점점이 바다이만 상공에 나타나고, 야메이족의 배들은 한 척 또 한 척 바다이만의 해면을 스쳐 지난다. 그러자 우리는 자신이 숨겨놓은 '사냥감'을 찾으러 물고기떼마냥 우르르 돌격하였다가, 나중에 수영 우승자 앞으로 모여든다. "와아…… 물건 정말 많다!" 우리 족인이 만들어낼 수 있는 먹을거리는 하나도 없다. 아버지뻘 어른들이 회항할 때까지 기다리면서 먹는 감귤, 수박, 오렌지 등은 날치의 속살보다 훨씬 맛있다. 아마 이게 우리가 타이완 화물선을 기다리는 두 번째 원인인지도 모른다.

"와우 배불러, 배불러 죽겠어!" 십여 명의 꼬맹이는 모래밭을 파내고 잠이 들었다. 꿈속에서도 목이 빠져라 기다리고 있다. 화물선이 다음에는 언제 또 란위에 오지?

모래밭은 우리의 침상이고, 바닷물결이 철썩이는 소리는 우리의 자장가이며, 하늘의 별은 조상님의 영혼이고, 달은 조상님의 친구이다. 이것들은 아마 타이완보다 훨씬 예쁘고 아름다울 것이다. 하지만 화물선이 다음에 또 올 때 타이완까지 밀항할 수 있으면 얼마나 좋을까. 이거야말로 우리가 화물선이 오기를 눈이 빠져라 기다리는 첫 번째 바람이다!

타이완이 정말 – 천당인가? 아버지뻘 어른들은 자못 의심스러운 표정을 지으면서 이렇게 말했다.

샤번 미도리의 이야기[*]

앞줄 왼쪽 두 번째가 스누라이(1971년),
지금 이름은 샤만 란보안.
한가운데의 한족 친구는 내게 대학에 진학하라고 권유했는데,
지금 어디 있는지 모른다.
사진 속 두 사람이 벌써 세상을 떠났다,
이 책으로 그들 두 사람을 기념한다.

---

* 원제는 「夏本·米多利的故事」, 1993년 8월 2일 『연합보(聯合報)』 부간에 처음 발표되었다..

바다는 신비한 한 장의 그림, 그 안에 먹어도 먹어도 다 먹을 수 없고, 써도 써도 다 쓸 수 없는 먹을거리가 감추어져 있고, 또한 기괴하기 그지없는 물의 세계라 할 수 있다. 바다는 도로 없는 한 장의 지도, 바다를 좋아하는 이는 그의 절친한 벗이다. 때로 바다는 깨물어주고 싶을 만큼 귀여운 젖먹이의 웃음 띤 얼굴처럼 부드러워 차마 저항할 수가 없다. 어쩌다가는 적의 비수처럼 흉포하여 죽일 듯 인정사정 두지 않는다.

샤번 미도리*는 바다에 관한 자그마한 이야기를 자기 곁의 셋째 아들인 시 레이후에게 이렇게 대충 서술해주었다.

시 레이후는 참으로 아버지를 똑 닮은 거인으로, 거대하고 건장하며 억센 체격에 튼튼한 팔, 부리부리한 두 눈을 지니고 있다. 그래서 샤번은 각별히 셋째 아들을 좋아했다.

"아버지(Yama)," 레이후는 잠시 주저하더니 말을 삼킨 채 더 이상 잇지 못했다. 그는 잠시 후 우물쭈물 자신이 없다는 투로 입을 열었다. "아버지(Yama), 언제 교역하러 저를 데리고 바단도([Ivatan] 巴丹島)에 가실 거예요?"

"교역하러?"

"이제 전 바단도까지 배 저어갈 자신 있어요." 레이후가 힘주어 말했다.

---

* 샤번(夏本)은 할아버지이며, 모계에 따른 칭호이다. 야메이족 사회에서는 여론 주도층을 상징한다.(원주)

"바다는 인정사정 두지 않는단다."

"적의 비수처럼요." 레이후가 아버지의 말을 이어받아 말했다. "그래요. 하지만 비수의 주인은 눈이 있으니 제멋대로 칼집에서 꺼내지는 않지요."

"바다의 주인에게는 두 눈이 없고, 암류와 소용돌이뿐이란다." 샤번은 친절하게 아들의 질문에 이어 대답해주었다.

암류, 소용돌이는 두렵지 않아. 내겐 이겨낼 수 있는 힘과 지혜가 있으니까. 시 레이후는 이렇게 자신을 다독였다.

"아버지(Yama), 절 데리고 교역하러 바단도에 언제 가실 거예요?" 야메이인과 바단인의 교역을 주도하는 아버지에게 레이후는 다시 한 번 간청했다.

샤번은 한 마디 대꾸도 하지 않은 채 휘적휘적 걸어나갔다. 하지만 그의 마음속에는 이미 계획이 서 있었다. 그것은 다시 한 번 싸움 잘하는 족인들을 모아 바단도에 가서 교역을 트고, 아울러 레이후를 위해 견고한 'Pagad'** 하나를 바꿔오겠다는 것이었다. 하늘에는 천신에게 내쫓겨난 듯 구름 한 조각 없었다. 이른 아침 수많은 야메이 용사들은 벌써 바다이만에서 둥둥 떠다니는 채로 'Arayo(옥돔)'이 가는 곳을 뒤쫓았다. 이후 며칠이 지나 샤번 미도리는 이렇게 호언장담했다. "굳세고 사납다고 자처하는 야메이인이라면 어부 마을로 나 샤번 미도리를 찾아오시오."

** Pagad는 등나무로 만든 호신용 방패로서, 흔히 전투에 쓰인다. (원주)

샤번의 큰아들과 둘째 아들은 이 소식을 들은 후 무의식 중에 장차 무슨 일인가 일어나고 말리라 예감했다. 그런데 샤번 파카크*가 야메이와의 교역을 재개한다는 사항을 중지시키고, 이를 어기는 자는 죽이겠노라고 이미 헛소리를 지껄였던 것이다. 그래서 바단도 사람들 역시 배짱 좋게 야메이인과 거래하지는 못했다. 하지만 두 형제는 바단도에 가서 교역을 하겠다는 아버지를 만류할 뾰족한 방법이 없었다. 다만, 마음속에 여러 가지 가정이 싹트고 있을 뿐이었다. 두 사람은 아버지께서 정 가시겠다면 오만한 아버지를 보호할 방안이 무엇인지 남몰래 강구하였다.

"아버지(Yama), 정말로 교역을 재개하시렵니까?" 큰아들이 걱정스러운 듯 물었다.

"그래, 난 가야만 한단다."

샤번 미도리는 그의 두 아들이 그를 내버리지도 못하지만, 그렇다고 따르지도 않는다는 것을 잘 알고 있었다. 왜냐하면, 두 아들 역시 그처럼 체면을 중시하고 용맹을 뽐내기를 좋아하였기 때문이다. 그렇지만 셋째 아들을 위해 견고한 'Pagad' 하나를 거래해야 한다는 게 시종 그의 마음을 짓누르고 있었다. 'Pagad'가 없다면 어떻게 성년 남자가 될 수

---

* 샤번 파카크는 최초로 란위를 찾아온 바단도 사람이다. 그는 거인이었기에 샤번 미도리와 좋은 벗이 되었다. 그의 이름은 아주 존귀했으므로 야메이인은 그의 이름으로 자식의 이름을 짓지 않았는데, 자신을 건방지고 무능하다고 남들이 비웃을까 염려했기 때문이다.(원주)

있단 말인가? 물론 그 역시 마음속으로 잘 알고 있었다. 이번 출항의 교역에 흉한 일이 많고 길한 일이 적을 것이며 살육의 교역이 되고 말리라는 점을. 그렇기에 몸에 지니고 다니는 호신용 비수를 날카롭게 갈았던 것이다. 애야, 'Pagad' 없이 어찌 성년남자가 될 수 있겠느냐? 미도리는 늘 이렇게 마음에 새기고 있었다.

얼마 지나지 않아 교역 선이 완성되었다. 길이는 약 25미터, 너비는 2미터 반. 각 마을에서 자원한 여든 명 남짓의 용사들 가운데, 반은 노를 젓고 반은 휴식을 취하였으며, 서로 교대하였다. 샤번 미도리는 고물에서 두 개의 키를 잡아 항해를 이끌었다. 그리고 그의 거인 친구, 즉 랑다오(朗島)에서 온 샤번 쟈바크는 뱃머리에서 두 개의 노를 잡았으며, 나머지 사람은 배 측면에서 노를 하나씩 저었다. 온 섬의 족인들은 모두 바다이만에 모여 교역을 위해 바단도로 떠나는 야메이 용사를 눈으로 전송하고 축복하였다. 이 장면은 참으로 장관이었다. 교역 선이 마침내 일렁거리는 파도를 가르면서 나아가자, 배의 노에 의해 튀어 오른 물보라가 바닷속 어신(魚神)을 놀라게 할 정도였다. 그들은 이틀 낮, 하룻밤 동안 노를 저어 나아갔다. 교역 선은 마침내 샤번 파카크가 거주하는 섬 바단도에 도착했다. 그때는 마침 이글거리는 태양이 높이 내리쬐는 오후였다.

바단도 사람들은 저 멀리에서 나부끼는 교역 선의 깃발을 바라보았다. 그들은 교역 선이 정박한 깊은 물굽이 가로 모여들었다.

"샤번 파카크여, 야메이의 교역 선이 또 왔습니다." 많은 바단도 사람들이 이렇게 외쳤다.

샤번 파카크는 비수를 날카롭게 갈면서 생각에 잠겼다. 이미 미도리와 합의하였지 않는가? 그런데 왜 또 온 거야? 설마 유혈 사태가 터지고 나서야 교역을 중지하겠단 말인가? 그는 왜 약속을 지키지 않는 거지? 타는 듯한 햇빛으로 인해, 그의 마음은 조급해지고 정서는 불안해졌다.

교역 선이 시종 해안에 접안하여 정박하지 않자, 샤번 파카크는 그들 족인에게 린터우수 안에 감금된 마귀들을 풀어놓으라고 명령했다. 귀문관(鬼門關)이 열리자, 수많은 악령이 샤번 파카크 앞에 모여들었다. 샤번에게서 몇 가지 일에 대해 설명을 들은 후, 수많은 남녀 악령은 사람들을 유혹하는 춤, 이를테면 사랑을 나누는 동작 따위의 저질 행위를 떠올리는 춤을 추기 시작했다.

그러자 배 위에 있던 야메이족은 끝내 유혹적인 춤사위를 견디지 못하고 배를 해안가에 대고 말았다. 오래지 않아 교역 선이 밀물과 썰물이 드나드는 곳까지 저어오자, 백여 명의 바단인들이 힘을 합쳐 사람과 배를 해안가 린터우수 숲 속으로 끌어갔다. 이후 여러 악령은 다시 린터우수 속에 감금되었다. 그때 각 집안의 가장들은 자기 마음대로 자신의 거래 상대를 골라 집으로 데려갔다. 여인들은 그제야 불을 지피고 토란을 삶았으며, 토란 떡으로 거래 상대를 대접하고자 하였다. 토란 떡이 만들어진 후에는 그 안에 돼지고기 한 조각을 끼워 넣었다. 야메이인이 돼지고기를 입에 넣을 때가 바로 거래 상대를 찔러죽일 시각인데, 다만 반드시 해 질 녘에 이르러야만 토란 떡을 꺼내 거래 상대를 대접할 수 있었다. 샤번 파카크는 이렇게 자신의 의도대로 준비해 두었던 것이다.

샤번 미도리는 물론 샤번 파카크의 거래 상대였다. 또한, 두 사람은 이미 십여 년이나 교역해온 역사가 있었다(그들은 통상 금박조각, 마노 및 각양각색의 뜻을 지닌 수공예품* 등을 이용하여 교역하였다). 파카크가 미도리를 집으로 초대하여 토란 떡을 대접하자, 미도리는 이렇게 말했다. "나의 절친한 벗이여, 나는 이틀 낮 하룻밤 동안 배를 저어오느라 몹시 피곤하니 우선 테라스에서 쉬고 싶습니다." "괜찮습니다. 그렇다면 우리 테라스에서 쉬면서 이야기를 나누시지요."

샤번 파카크의 높다란 테라스에서는 저 멀리 눈에 거칠 것 없는 바다가 펼쳐져 있고, 바닷속 암초가 짙푸르게 보였다. 날치잡이 철은 야메인과 바단인이 교역하는 시기이다. 바단도 북쪽에도 'Ikbayat'라는 섬이 있는데, 이곳에도 사람이 살고 있다. 좀 더 북쪽으로 가면 다섯 개의 섬이 있는데, 이곳에는 사람이 살지 않는다. 교역 선은 바로 이들 작은 섬

---

* 교역 물품 가운데에는 돌절구가 란위에 운송되기도 했는데, 이 돌절구는 현재 타이베이 어느 소장가의 집에 보관되어 있다.(원주)

을 따라왔던 것이다. 그때 파카크가 최근에 그곳 작은 섬들에서 일어났던 몇 가지 일을 이야기해 주었다.

"나의 가장 친밀한 거래 상대여," 미도리가 용건을 꺼냈다. "이번에 교역하러 온 것은 내 셋째아들을 위해 견고한 'Pagad'를 구하기 위함입니다."

"나의 벗 샤번 미도리여, 우리 다시는 교역하지 않기로 협정을 맺지 않았습니까?" 파카크가 말했다.

"내 아들이 'Pagad'를 갖지 못한다면, 싸움 잘하는 성년 남자라 할 수 있겠습니까? 마지막 교역을 합시다. 친구여."

석양은 바다 너머로 이미 기울었건만, 석양이 남긴 따스한 기운은 아직 파카크 집 앞 테라스의 등받이 돌에 남아 있었다. 바단의 여인들은 어둔 밤이 다가오기를 두려운 마음으로 기다리고 있었다. 밤이 되면 토란 떡으로 거래 상대를 대접할 시각임과 동시에, 가장 긴장된 시각, 즉 거래 상대인 야메이인을 찔러 죽여야 하는 시각이기 때문이었다. 그녀들은 시시각각 목을 빼고 사방을 두리번거리면서 샤번 파카크가 테라스에서 보낼 암호를 지켜보았다.

"씨름 시합, 소잡기 시합 등이 열릴 적마다 당신은 온 힘을 다해 나를 패배시켜 족인들 앞에서 나의 체면을 깎아내리고 권위를 실추시켰습니다. 왜 그랬지요?" 파카크의 음성에 노기가 서려 있었다.

"알고 보니 나에게 패배한 일로 교역을 중지시키셨군요!"

이어 미도리가 다시 입을 열었다. "자, 마지막 한 번만 교역을 합시다! 친구."

"안 됩니다. 나는 약속을 반드시 지켜야 합니다." 파카크
가 대꾸했다.

"당신과 견고한 'Pagad'를 거래하려고 수많은 금박조각
을 가져왔어요. 친구"

"안 됩니다. 시합 때마다 제 체면을 구긴 건 무엇 때문입
니까?"

두 사람 모두 거인이었다. 주먹 하나로 콧구멍을 막을 수
있고, 혼자서 소 한 마리를 거뜬히 들 수 있으며, 돼지 반 마
리를 먹어치울 수 있는 괴인이었다. 밤은 점점 어두워졌다.
미도리도 진즉 가슴 앞에 비수를 매단 끈을 풀어버렸다. 혹
거래가 성사되지 않으면 날이 어두워지기를 기다려 파카크
의 가슴을 찔러버릴 참이었다. 날이 정말로 어두워졌다. 천
신의 하늘에는 차츰 조그마한 별빛이 반짝이기 시작했다.
샤번 파카크는 높다란 테라스에서 거래 상대에게 토란 떡을
대접하라는 암호를 바단도의 여인들에게 내렸다.

"방에 들어가 토란 떡을 드시지요, 나의 거래 상대여."

"마지막으로 한 번만 교역을 합시다, 나의 친구여."

"할 수 없습니다, 절대로."

바로 이때 미도리는 주저 없이 가슴 앞의 예리한 비수를
뽑아들어 그의 거래 상대인 샤번 파카크의 가슴을 힘차게
서너 번 찔렀다. 피가 상처에서 솟구쳐 미도리의 얼굴에 튀
었다.

"이게 너에게 보내는 마지막 교역의 선물이다." 미도리는 크게 외쳤다.

바단인이든 야메이인이든 한밤의 시각에 미도리의 이 외침을 듣자마자, 야메이인과 바단인의 교역의 역사 과정 중의 유일한 전쟁이 시작되었다. 와아…… 와아…… 으윽…… 침통한 음성이 여기저기서 들려오고, 비명이 천신의 고요한 밤하늘을 찢었다. 사람들은 이리 숨고 저리 피했지만, 야메이인은 사사로이 아이들과 부녀들은 죽이지 않기로 한 약속을 지켰다.

"저주하노니 너의 팔 대 조상, 팔 대 후손에 이르도록 편안한 죽음을 맞지 못하리라!" 샤번 파카크는 강물처럼 피를 흘리는 가슴을 부여안고서 침통하게 마지막으로 외쳤다.

샤번 미도리는 잇달아 두 번째, 세 번째…… 여섯 번째 집의 가장을 죽이고 일곱 번째 집에 이르렀을 때, 그만 한 노파를 죽이고 말았다. 노부인은 자신을 죽인 살인자의 손을 꽉 움켜쥐고서야 그가 샤번 미도리임을 알았다.

"우리 섬에서 비참한 죽음을 맞도록 저주하노라." 그녀는 고통스럽게 신음하더니 다시 말을 이었다. "손자야, 네가 집안 어딘가에 있다면 미도리에게 치명적인 일격을 날려 다오!"

미도리는 거인인지라 집 밖으로 나가려면 걸어서 나가지 못하고 두 손과 두 무릎으로 엉금엉금 기어야만 했다. 바로 이때 이 집안의 어린 가장인 손자가 'Pasaptan'*에서 뛰쳐나오더니, 문밖으로 막 기어나오던 미도리의 배를 비수로 찔렀다. 그리고는 복부 깊이 비수를 쑤시고서 복부 안에 비수를 남겨놓았다. 어린 가장은 분노에 찬 목소리로 용감하게 소리쳤다.

"죽……어라, 북방에서 온 거인 놈아."

"정말 네 할머니의……" 미도리는 노파의 저주를 떠올렸다.

"할머니(Yakes), 제가 할머니를 위해 북방에서 온 거인을 찔러 죽였어요." 어린 가장은 자랑스럽게 말했다.

샤번 미도리는 급소를 찔린 후 피를 질질 흘리면서 커다란 나무로 기어가 쉬었다. 그는 엄청난 고통으로 신음하면서 말했다.

"레이후에게 견고한 'Pagad'가 없다면, 어찌 야메이의 싸움 잘하는 용사라 할 수 있겠느냐!"

"거인 아저씨, 괜찮습니까?" 마침 죽임을 당하지 않은 몇 명의 야메이 선원이 바닷가에서 달려오다가 미도리를 만나자 위로하듯 물었다.

"칼에 한 방 당했네, 복부에."

"우리 교역 선은 박살 나버렸습니다."

"그럼 스스로들 알아서 몸조심하게. 산으로 피신하게."

---

* Pasaptan은 도기 그릇이나 솥을 놓는 데 사용하는 나무토막이다. 십 미터 이상의 잘 깎여진 나무판자를 사용하기도 한다.(원주)

전해오는 이야기에 따르면, 칠팔십 명이었던 야메이인은 겨우 스무 명 남짓만 살아남아 산속에 숨어 지내다가 각자 마상이를 만들었다. 이건 바단의 여인들이 용감한 야메이 선원들의 기백을 좋아하여 능동적으로 그들에게 도움을 주었던 것이다. 하지만 회항하는 도중에 대부분이 바다신에게 잡아먹혀 버리고, 겨우 두 사람만이 란위로 돌아오는 데에 성공하였다.

그 중의 한 사람은 홍터우촌(紅頭村)의 시 로커로쿠이고, 다른 한 사람은 랑다오촌(朗島村)의 시 라사인이다. 이 두 사람은 'Jimalavang A Pongso'에서 해후하였다.

이들이 돌아올 수 있었던 것은 북쪽의 'Minamo-rong'이라는 별이 안내해준 덕분이었다.

이 두 사람이 안전하게 돌아옴으로써 이 이야기는 오늘까지 전해질 수 있었다. 이 이야기는 나의 아버지께서 들려주신 것이다. 아버지는 극적인 부분에 이르렀을 때 손짓 발짓을 해가면서 이야기해주었다. 물론 이 일이 있었던 후 이십 년이 지나 바단도의 사람이 청혼하러 란위에 왔다. 이것은 이 실제 이야기의 연속이자 야메이인과 바단인의 마지막 왕래이기도 하다.

1987년 야메이의 한 젊은이가 청혼하러 'Ikbayat'섬에 갔을 때, 그곳의 노인들은 이 기록되지 않은 역사 그리고 바다에서 만새기를 잡다가 야메이인과 바단인이 서로 만났던 이야기를 아직도 알고 있었다.

원망도⋯⋯ 후회도 없이[*]

나의 루카이족(魯凱族) 친구인 'OVINI'가
나를 만나러 란위에 왔다.
나는 손으로 물고기 사냥터를 가리켰다.
그가 말했다. 다음에는 좋은 차를 마시러 가서
그의 사냥터를 보여주겠노라고.
구름표범의 후손인 그는
참으로 좋은 사람이다.

---

* 원제는 「無怨⋯⋯也無悔」. 1997년 2월 『산해문화(山海文化)』에 처음 발표되
었다.

아버지와 어머니는 늘 그랬듯이 매일 오후 집 앞 빈터에 하릴없이 앉아 어제, 오늘 그리고 지난날의 갖가지를 이야깃거리 삼아 노닥인다. 그분들의 이야기는 늘 변함없이 반복되어 들어줄 이도 없지만, 추운 겨울날 오후의 적막함을 달래주기에는 그만이다.

나는 부모님 위쪽의 시멘트를 바른 테라스에서 멀리 잠수 사냥터의 조류를 바라보았다. 잠수하러 가고는 싶지만, 오후에 잠수하러 가지 말라고 말리는 부모님의 잔소리가 지겨웠다. 내가 제일 듣기 싫어하는 말은 "저녁때가 되었으니 물고기 잡으러 나가지 마라, 샤만"이라는 말이다.

하지만 내가 마음속으로 물고기 사냥하러 가겠다고 일단 정하고 나면, 그 무슨 일도 나의 가는 길을 가로막지는 못한다. 설사 차가운 비바람이 분다 해도 내 마음속에 끓어오르는 사냥에 대한 열망의 불꽃을 잠재우지는 못한다.

"애야! 곧 저녁이 될 텐데, 어쩌자고 우리 두 노인의 말을 듣지 않는 거니? 꼭 물고기 잡으러 가야만 하니?"

나는 바다와 연애하는 중이다. 대답해줄 말도, 마음도 없이 나는 곧장 오토바이를 몰고서 목적지로 향했다. 날이 저물도록 집에 돌아오지 못하리라는 건 나도 잘 알고 있다. 물고기를 잡든 잡지 못하든 오직 바닷속에 한두 시간만 몸을 담그고 나면 기분이 상쾌해지고 만면에 기쁨이 넘쳐흐른다. 그런 날 밤에는 마치 모든 일이 막힘없이 순조롭게 잘 풀릴 것만 같은 기분이 절로 든다. 최근 사오 년간 쉼 없이 물고기 사냥을 하면서 바다와 뭐라 말할 수 없는 특수한 정감을 쌓아왔다. 바다는 물론 세상의 가장 인정사정없는 실체이지만, 인류의 가장 귀중한 벗이기도 하다. 이처럼 심령의 느낌은 양극화되어 있지만, 대대로 란위에 살아온 다우족 입장에서 본다면, 자그마한 섬 생활, 그리고 조상이 쌓아온 바다와의 정감어린 소통은 마치 오만하기 짝이 없는 급류처럼 다우족의 혈장 안에서 응고나 사망을 일으킨 적이 없는 듯하다.

나는 길을 가는 도중에 그 뭐라 형언할 수 없는 정감으로 바다에 대해 곰곰이 생각해보았다. 어느 저우족(鄒族)* 사냥꾼은 내게 이렇게 말했다. "중앙산맥에서 사냥감인 문착을 짊어지고 마을까지 내려오는 데 꼬박 하루가 걸리지. 그런 다음 친척과 친구들에게 고기를 나누어주고, 마지막 남은 몇 조각을 고기 나누어주느라 기름으로 번지르르한 두 손으로 탁 하고 입안에 쳐넣고 우적우적 씹으면서 사냥꾼이라 일컬어지는 영예를 누리는 거지." 사냥꾼은 원시생산자로서, 마을에서 가장 존귀한 칭호이다. 그러나 가라오케에서 노래 부르고 술 마시면서 시장이나 시의원 옆에 앉아 있을 때, 이 사냥꾼은 얼마나 초라하고 저속하고 겁 많아 보이는

---

* 저우족(鄒族)은 타이완 원주민의 일파로서, 주로 쟈이현(嘉義縣) 아리산향(阿里山鄉)에 거주하고 있다. 산구(山區) 원주민 인구로 본다면 싸이샤족(賽夏族)에 뒤이어 두 번째로 많으며, 인구는 약 7,000명 남짓이다.

지, 깊은 산속에서의 기민하고 예리한 기백은 눈을 씻고 찾아보아도 보이지 않는다. 왜냐고? 그 사냥꾼은 법원에 의해 보호 동물을 남획했다는 혐의로 기소되었으니까. 작년에 그가 란위 우리 집에 찾아왔다. 씁쌀한 막걸리를 삼키더니 그가 말했다. "샤만, 너 알지? 사냥꾼이란 지고무상(至高無上)의 호칭이 이젠 우리 세 명의 도제에게만 남아 전해질 뿐, 이제 나의 긍지는 시장이 선거민에게 뿌리는 막걸리만도 못 하다고! 넌 참 좋겠어. 네가 사냥하는 물고기는 보호동물에 들어가지 않잖아. 넌 영원히 한족의 법률에 따라 감옥에서 고생할 일이 없을 거야." 쓰디쓴 술, 떨떠름한 표정. 사냥꾼은 이제 원주민 어린아이의 가슴에서조차 흐릿한 기호일 뿐 살아숨 쉬는 영웅이 아니다. 나는 씁싸름한 맥주잔을 들어 올리면서 말했다. "나의 사냥꾼 친구, 대자연만은 우리의 활달한 자긍심을 알아줄 걸세. 대자연의 품에 안겨 살지 않는 사람들이야 우리의 존엄에 침을 뱉고, 우리가 생명을 담보로 잡은 싱싱한 먹을거리에 침을 뱉겠지만."

나는 매일 물고기를 사냥한다. 그게 무엇 때문이냐고? 이 방면에서의 성취를 마을 사람들에게 인정받기 위해서냐고? 애초에는 그렇게 생각하지 않았냐고? 나에 대해 마을 사람들이 평가하는 '한족화된 다우족'이란 말을 변화시켜, 자신이 맨손으로 귀향하여 생산에 나선 다우족임을 입증하기 위해서? 그래, 나도 그렇게 생각한 적이 있었다. 하지만 부모님은 시종 나를 '한족화된 다우족'으로 치부하셨다. 그렇다면 진정한 다우족 자손이란 뭘까? 도대체 기본적인 정의라도 있는가? 난 왜 취업해서 돈 버는 걸 경멸하는가? 만약 내가 잠수 사냥을 하지 않는다면, 내가 잃게 될 것은 뭘까?

멀리 타이베이를 떠나 어머니의 땅으로 돌아와 산 지 셈해보니 벌써 칠팔 년이 되었다. 사촌 형이 타이완으로 돈 벌러 떠났던 그 두 해 동안 나는 낯익지 않아 싹텄던 바다에 대한 두려움을 나 홀로 극복하였다. 이제는 혼자서도 용감한 잠수부가 되었으며, 오후에 홀로 잠수하는 것에도 익숙해졌다. 이렇게 된 후 해저 세계에 대한 사랑이 돈 벌어 식구를 먹여 살리는 것보다 더 좋아졌다. 바다, 해저 세계, 바닷속 어류. 이런 게 정말로 나의 영혼을 빼앗아 갈까? 바다, 제기랄, 그렇게 매력이 있어? 여름철에 파도가 잔잔할 때에는 정말 바다에 나가 일하지 않는 다우족이 바보, 병신처럼 여겨진다. 이렇게 우리의 마음을 즐겁게 해주는 경치는 다우족이 바다를 사랑하는 주요인이다. 그러나 태풍이 휘몰아치고 집채만 한 파도가 우르르 쾅쾅…… 암초 틈새로 밀어닥칠 때, 파도가 하늘까지 치솟는 장엄한 경관 또한 우리 다우족에게 바다의 무시무시함에 대한 두려움을 심어주었다. 자연계가 순환하고 있는 이 리듬을 어느 누가 가로막을 수 있겠는가? 고요하고 잔잔한 바다에서 나는 잠수하여 물고기를 사냥하지만, 만 길 높이의 거센 태풍으로부터 나는 거칠게 분노하는 바다의 모습을 엿볼 수 있다. 오랜 시간이 흘러 나는 바다의 고요함, 성마른 분노에 정복당하고 말았다. 그렇기에 나는 바다의 두려움을 어떻게 묘사해야 좋을지 모른다.

석양이 수평선에 덮인 후 나는 집으로 돌아왔다. 부모님은 여전히 원래 있던 자리에 하릴없이 앉아 있었다. 아이들이 수업을 마치고 돌아오자, 아내는 부지런히 부엌살림을 시작한다. 나는 잡아온 물고기 몇 마리를 사방 삼십 센티미터 정도의 나무판자 위에 놓았다. 무늬양쥐돔 여섯 마리 가운데 세 마리는 아버지의 몫이고 나머지 세 마리는 내 몫이다. 두 마리 여인어인 황줄감정이는 어머니와 애 엄마의 몫으로 각각 한 마리씩이다. 날카로운 칼날로 물고기의 등위를 가르자, 물고기의 살이 아직도 꿈틀거리고 심장 역시 펄쩍거린다. 막내딸 'Nomuk'이 말했다. "아빠, 이건 아직도 움직이고 있는데!" "너에게 줄 테니 먹을래?" "싫어." 막내딸이 말했다. 내가 벌건 피를 흘리고 있는, 엄지손가락만 한 크기의 심장을 입안에 쏙 넣자, 막내딸이 다시 입을 열었다. "맛있어, 아빠?" "음, 맛있지." "그럼 이 물고기 심장은 내가 먹을래." 나는 흔쾌히 그러마 하고 대답했다. 그런데 이때 아버지와 어머니는 주름으로 가득 찬 얼굴에 기쁜 기색이란 하나도 없이 깊은 시름에 잠겨 있었다. 어쩌면 노인들의 습관적인 침묵일 뿐일지도 모른다. 아들 'Rapongan'과 큰딸 'Matnaw'가 마침 곁에 서서 여동생을 보고 있었다. 막내딸은 물고기 심장을 손에 받쳐 들어 살펴보더니 천천히 고개를 쳐들고서 꿈틀대는 심장을 우아하게 조그만 입안에 집어넣었다. "우와! 오빠, 정말 맛있어!" 오빠는 들을 필요도 없다는 듯 심드렁한 표정을 지었다. 이어 언니가 웃으면서 말했다. "그렇게 맛있어? 물고기 심장이?" "응, 근데 맥도날드 치킨만큼 맛있지는 않아……."

"샤만……" 어머니가 마침내 도저히 못 참겠다는 듯이 입을 열었다. "샤만, 너 우리 말은 안 듣고 맨날 물고기나 잡으러 다니면서 금기도 지키지 않고, 또 돈도 안 벌고…… 바다 외에는 아무 일도 하지 않으니 너…… 아예 타이완으로 돈 벌러 떠나렴. 어쨌든 나와 네 아버지는 네 물고기 질리도록 먹었으니 네 효심은 우리가 잘 안다. 그러니 돈 벌러 타이완에 가거라……."

타이완으로 일하러 가라는 어머니의 명령을 듣자, 나는 깜짝 놀랐다. 마음이 복잡해졌다. 아이들은 자기 종족의 언어를 알아듣지 못하는지라, 내 옆에 쪼그려 앉아 내가 물고기 손질하는 걸 구경하고 있었다. 나는 고개를 푹 숙인 채 물고기 손질을 계속했다.

"네가 매일 물고기 잡으러 갔다가 조금이라도 늦게 돌아오는 날이면 나와 네 엄마는 너 때문에 노심초사하여 애간장이 탄다. 애야, 겨울에는 바닷속 악령이 엄청 흉악하다. 우린 너에게 달리 바라는 게 없다. 네가 왜 그렇게 바다와 물고기 사냥에 겁날 정도로 미쳐 있는지 모르겠다. 네가 싱싱한 물고기로 우리에게 효도한다면, 이제 우린 이미 충분히 기쁘다. 네가 그래도 우리에게 효도하겠다면, 나와 네 엄마는 결정했다. 란위를 떠나 타이완에 가서 번 돈으로 효도하라고…… 어떠냐, 샤만."

"여보, 어머님, 아버님 말씀 그른 게 하나도 없어요. 당신은 아무 일도 안 하고 날이면 날마다 바다에 나가고, 집안의 지출은 몽땅 나 혼자서 감당하는데, 전화비, 전기세, 아이들 용돈, 게다가 당신 담뱃값도 다 내가 주어야 할 판이니, 당신 미안하지 않아요? 사내대장부가? 바다의 매력이 정말 그렇게 대단한가요? 삼 년이나 돈은 벌지 않고 물고기만 잡았으니, 이게 공평한가요? 아예 타이완으로 가세요. 나도 부모님과 마찬가지로 바다에 대한 당신의 미친듯한 열정이 너무 두렵다고요……."

"맞아요, 아빠. 아빠가 타이완으로 가시면 되잖아요. 엄마도 아빠 보기를 지긋지긋해하고, 우리도 쓸 용돈이 없어요. 아빠가 돈 벌어 부쳐주면 엄마가 그 돈으로 물고기를 사 먹을 수 있잖아요? 아빠, 타이완으로 가세요! 타이완으로 가요, 아빠……." 아이들조차 한목소리를 내는 데에 나는 깜짝 놀라지 않을 수 없었다. 애 엄마의 입김은 정말이지 내가 물고기를 손질하는 칼만큼이나 날카로웠다.

온 식구 – 부모님, 애 엄마 그리고 세 아이, 모두 여섯 명이 나를 집안에서 내쫓으려 한다. 그저 내가 돈을 벌어다 주지 않고, 내가 날마다 바다로 잠수하러 나간다고 해서. 이제 잠수 사냥 고수의 맨 꼭대기 단계에 다 왔는데, 온 가족이 뼈가 시리도록 찬물을 뿌리고 있는 것이다.

"샤만, 당신과 함께 타이완으로 공부하러 떠났던 족인들은 다들 귀향한 후 안정된 직장을 찾고 타이완에 집을 장만하고 아이들도 타이완에서 교육을 받는데, 당신은 어찌 된 거예요? 좋은 것은 하나도 없고, 머릿속엔 오직 바다 생각, 민족 정체성이니 족군의식이니, 다우족이여 굳세어라 따위의…… 조리도 없고 당치도 않은 헛소리뿐이잖아요. 내일 돈 드릴 테니 타이완으로 가세요." 애 엄마는 나의 마음을 콕콕 찌르는 듯한 어투로 말했다. 나는 부끄러워 쥐구멍에라도 들어가고 싶었다. 나는 땅바닥에 흩어져 있는 작살총, 물안경, 오리발과 물고기 담는 구럭을 주섬주섬 모았다. 나는 사람들에게 욕을 얻어먹어도 마땅한 고아인 양 비참한 기분이 들었다. 이 층으로 올라가는 계단에서 세 아이가 조그만 주먹으로 돌아가면서 내 엉덩이를 툭툭 치며 말했다. "맞아요! 맞아요! 타이완으로 돈 벌러 가세요! 타이완으로 가세요!" "아이들까지 날 얕보는구먼!" 나는 불현듯 중얼거렸다. 이 순간 나의 상황은 마치 뭇사람들에게 놀림당하는 비루 맞은 개처럼 일말의 동정도 얻지 못하고 있었다.

타이완으로 가자, 타이완에 가서 일하여 돈을 벌자는 생각이 머릿속을 가득 채웠다. 하늘이 어두컴컴해졌다. 내 마음은 훨씬 더 처량하고 암담했다. 나는 가만히 생각에 잠겼다. 최근 몇 년간 홀로 외로이 잠수 사냥을 익히고, 진정한 다우족 사내가 되어 가족의 생계를 책임질 생존기술을 익혔으며, 원시적 체력으로 바다와 맞서 싸웠던 조상의 생활경험을 바탕으로 자신감을 길렀다. 싱싱한 물고기로 길러주신 부모님의 은덕에 보답하고, 달콤한 생선탕으로 아이들을 양육하였다. 내가 어렸을 때 아버지가 나를 길렀던 것과 똑같은 생산방식으로 말이다. 내 방식이 틀렸는가? 담배를 한 대 피워 물고서, 마치 오후의 부모님처럼 테라스에 우두커니 앉아 끝없이 펼쳐진 수평선을 바라보면서 수많은 일을 머리에 떠올려 보았다. 내가 목숨을 걸고 물속에 잠수하는 것은 집안 식구들에게 싱싱한 물고기를 먹이기 위해서이다. 마을 어느 집에 이 겨울날 싱싱한 물고기가 있겠는가? 뭍에서라면 추워서 바다에 들어가지도 않을 텐데, 나는 추운 날씨일수록 잠수하기를 좋아하여 아무도 말릴 수 없을 정도이다. 하지만 오늘 집안 식구들은 모두 나더러 나가라고 한다. 마음속 깊이 나를 알아주고 이해해줄 사람이 누가 있을까?

나는 자신에게 반문하였다. "나는 왜 매일같이 잠수 사냥에 나서는 거지?" 바다에는 상어, 가오리, 바닷장어, 급류……등등 목숨을 위협하는 것이 많이 있는데, 나는 손쉽게 이겨내고 또한 조금도 두려워하지 않는다. 드넓은 바다에서 홀로 붕 떠 있다가 가라앉는 느낌을 받는다. 나는 전 세계에서 가장 즐거운 사람인 모양이다. 마치 숨을 꾹 참고서 십여 미터의 바다 밑으로 잠수하여 해면으로 떠오르기 직전의 몇초 동안 숨이 다해 무수한 기포를 토해내다가, 마치 누군가에게 목이 졸려 질식할 것만 같은 그 순간 해면으로 힘차게 나와 숨을 토해내는 1, 2초 사이에 생명 소생의 편안함을 느끼는 듯하다. 그건 극도의 흥분이며, 남성이 사정할 때보다 훨씬 더한 상쾌함이다. 오! 정말 그렇다. 나는 바로 그런 느낌을 체험하고 싶은 것이며, 그것이 날이 갈수록 떨쳐버릴 수 없는 기호가 된 것이다. 이것이야말로 내가 추구하고자 하는 것이며, 자신의 잠수 경험을 바탕으로 어두운 해저 세계에서 느낀 자신의 생명철학을 충실케 하는 것이다. 이런 생각이 들자 나는 빙긋 웃을 수 있었다. 우울함과 답답함은 저 멀리 사라져버렸다.

그때 나는 아직 잠수복도 채 벗지 않은 상태였다. 온 가족에 의해 집에서 내쫓기게 된 일을 생각하자, 나는 가족들이 내 마음을 돌이키려 작정했음을 깨달았다. 날이 어두워지고, 등불이 속속 켜졌다. '집을 나가라'는 건 나에 대한 저주였다. 나는 분이 아직 풀리지 않아 아내가 차려준 저녁을 먹고 싶지도, 그녀를 상대하고 싶지도 않았다. 나는 잘 알고 있다. 나의 원망을 해소하기 위해서는 지금 저녁에라도 다시 잠수하여 물고기 몇 마리와 바닷가재를 잡아 혼자라도 즐겨야 오늘 일을 액땜할 수 있다는 것을.

벌써 어둑어둑 일곱 시가 되었다. 잠수도구와 잠수용 손전등을 챙겨 막 문을 나서려던 참이었다.

"엄마, 아빠 또 잠수하러 나가셔." 아이가 당황한 표정으로 말했다.

"여보, 당신 뭐 하려는 거예요. 설마 당신 지금의 행위가 바로 바닷속…… 악령이 당신을 꾀고 있다는 걸 모르진 않겠지요? 하루에 두 번 바다에 나가선 안 된다는 금기도 몰라요? 하물며 날도 이렇게 음산한데……"

나는 여자와 다투기도 싫고 화내기도 싫어서 한 마디도 대꾸하지 않았다.

"아버님, 좀 보세요. 애 아빠가 또 바다에 간다네요. 날씨가 이렇게 안 좋은데!"

"샤만, 너 정말 노인의 가르침을 안 들을 테냐?" 아버지의 우려가 복잡하다는 건 나도 알고 있다.

"저 오늘 물고기를 잡아와서 엄청 기분이 좋았어요. 그런데 결국 집안 식구에게 내쫓기게 되었잖아요. 내일 전 친구에게 돈 빌려서 타이완으로 일 구하러 갈 거예요. 그러니 오늘 밤만은 절 막지 마세요. 제가 먹고 싶은 물고기와 바닷가재를 잡으러 가니, 절 막지 마세요!"

"좋아요! 상관하지 않겠어요. 대신 내일 타이완에 가는 거예요. 이제 날마다 고기 잡으러 바다에 나가는 당신 때문에 걱정할 일이 없겠네요." 아내는 나와 눈에는 눈으로, 이에는 이로 맞섰다.

"어쨌든 오늘 밤바다에서 죽을지라도 난 원망도, 후회도 없어. 결국은 집안 식구들이 날 저주했으니까." 나는 큰 소리로 말했다. 내 말이 끝났다. 사실 나는 벌써 서글픈 눈물을 흘리고 있었다.

애 엄마, 아버지와 어머니는 내 말을 들은 후, 가장 악독한 악령에게 지독한 일을 당한 듯 눈물을 삼키면서 천천히 방 안으로 들어갔다.

　바다에서 죽는다. 솔직히 말해 이게 내 일생 최대의 바람이지만, 내 한창나이에 일어나야 할 일은 아니다. 그러나 이 말은 집안 식구들의 모진 말을 틀어막을 수 있는 최후의 계책이기도 하다. 이 말을 내뱉은 후 내 마음은 식구들보다 천 배 만 배나 더 괴로웠지만, 이렇게라도 하지 않으면 미쳐버릴 것만 같았다.

　어둔 밤길은 멀고 멀었고, 내 생각은 복잡하기 짝이 없었다. 원래 귀향하여 정착했던 것은 나를 힘들게 하고 방황케 했던, 진심 어린 우의가 없는 도시생활과 인간미 없는 환경에서 벗어나고 싶어서였다. 그런데 이제 다시 나를 삶의 열에너지를 묶어버린 그곳으로 내쫓으려 하다니. 이건 정말 원치 않는 일이다. 아아……

　바닷속은 뭍 위의 공간보다 훨씬 어둡고 훨씬 음산하고 무서웠다. 손전등은 바닷속에서 여기저기 끝없이 비추었다. 바닷속은 차가왔지만, 내 체온에 딱 알맞아 아주 편안했다. 그리하여 뭍 위에서의 좌절은 이 순간 오히려 두려움을 몰아내는 좋은 약이 되었다. 나는 무척 성취감을 즐겼다. 특히 대학 입시에 합격했던 그 순간이 그랬다. 아마 지금 나더러 바다에서 죽으라고 한다면 후회해 마지 않을 것이다. 어쨌든 처자식, 연로한 부모님이 남아 있으니까. 그러나 몇 년이 지나 바다의 어느 구석에 깊이 잠긴다 해도 난 원망도, 후회도 없을 것이다. 비록 예금통장에는 한 푼도 남아 있지 않고, 자신의 황금 시절을 바다에 다 쏟아부었지만, 난 원망도, 후회도 하지 않을 것이다.

물고기 서너 마리, 바닷가재 두세 마리면 나 먹기에 충분하리라고 생각했다. 손목시계를 비춰보니 이제 겨우 여덟 시 남짓이었다. 아직 소모할 체력과 시간이 남아 있었다. 내가 헤엄치는 동안 수많은 물고기가 손전등 조명에 민첩함을 잃어버렸다. 그러나 나는 바닷속으로 들어가 사냥할 마음이 내키지 않았다. 그저 큼지막한 비늘돔을 찾아 혼자서 재미있게 즐기고 싶었다. 그래서 자주 잠수하여 바다 골짜기에, 틈새에, 동굴에 손전등을 마구 비추었다. 일부 암초의 동굴들은 해면에서 비출 때에는 어떤지 몰랐었는데, 일단 물속에 잠수하자 그 안의 생물과 해초가 대단히 예쁘고 아름다웠다. 게다가 수많은 각양각색의 조그마한 물고기는 장난스럽게 동굴 안팎을 들락날락하였다. 어떤 물고기는 아예 멈춘 채 제자리에 가만히 있으면서 내 눈을 즐겁게 해주었다. 아마도 내가 자신들을 해치지 않으리라는 걸 아는 모양이다. 그러다가 순간 동굴 속 작은 구멍에서 이삼십 마리의 손바닥만 한 크기의 'Mavala(얼게돔, 여인어)'가 튀어나왔다. 이렇게 잠수했다가 떠오르기를 여러 차례 하였지만, 비늘돔은 보이지 않았다. 뭍 위에서의 원망의 느낌이 완전히 가셨다는 느낌이 들자, 나는 천천히 해안으로 헤엄쳐 나왔다. 밀물과 썰물이 드나드는 곳의 산호초 쪽으로 헤엄쳐 나와 바닷가재를 잡아 맛있게 먹어치울 작정이었다.

해안가에서 사오 미터 거리에 깊이는 약 삼 미터쯤 되는 조그마한 바다 골짜기는 내게 익숙한 곳이다. 이 정도 깊이라면 내 손바닥처럼 속속들이 잘 알고 있다. 바닷속으로 잠수하자, 전등 빛은 금세 깊은 바닷속 저 멀리 사라져버렸다. 바다 밑바닥의 자갈까지 잠수해 들어갔다. 야아, 대단하구면. 초대형 무명갈전갱이가 꿈적도 하지 않은 채 암초 벽에 붙어 있었다. 녀석과의 거리는 고작 일 미터. 나의 소형 작살총을 뻗으면 금방이라도 녀석의 웅장한 몸통을 건드릴 것만 같았다.

와아, 무지하게 크구면. 나는 즉시 해면으로 떠올라 스노클 안의 바닷물을 내뿜고 숨을 갈아 쉬었다. 심장의 고동소리가 더욱 빨라졌다. 후우 길게 산소를 들이켜 긴장을 풀었다. 그러나 사냥감이 달아날까 봐 손전등과 눈은 단 일 초도 녀석에게서 떼지 않았다. 해안가의 대어라면 손쉽게 잡을 수 있어야 마땅하다. 하지만 밤에 사용하는 소형 작살총으로 녀석의 두껍고 견고한 몸통을 뚫을 수 있을까? 엄청나게 커다란 무명갈전갱이의 모습이 해면에서도 똑똑히 보였다. 심장의 박동수가 정상적인 리듬을 되찾자, 나는 다시 숨을 들이켜고서 바닷속으로 잠수해 들어가 자갈밭 위에 엎드렸다. 손전등이 내 쪽을 향해 있던 녀석의 눈알을 곧바로 비추었다. 공포를 불러일으키는 눈알은 크기가 야구공만 하였으며, 바깥층의 각막은 불시에 껌벅거렸다. 마치 나는 안중에도 없는 듯하기도 하고, 나에게 덤벼볼 테면 덤비라고 젠체

하는 듯하기도 하였다. 이때 나는 녀석 온몸의 크기를 대충 훑어보았다. 얼핏 보기에 적어도 길이가 백오십 센티미터에 너비는 칠팔십 센티미터쯤으로, 엄청나게 커다란 무명갈전갱이였다. 녀석과 이십 초 남짓 서로 맞섰지만, 도무지 녀석을 쏠 용기가 나지 않았다. 이 밖에도 나를 경악하게 하였던 것은 녀석의 주둥이에 물려 있는 이미 녹이 슨 커다란 갈고리였다. 열두 근 이상의 무명갈전갱이를 열 마리도 잡아본 적이 있지만, 이 녀석은 적어도 무게가 팔십 근 이상은 될 듯하였다. 나는 해면으로 떠올랐다가 곧바로 잠수해 들어갔다. 이번에 잠수하여 녀석을 쏘려는 것은 결코 아니었다. 설사 쏜다 해도 이 녀석의 웅장하고 튼실한 몸뚱어리에 끌려가고 말 게 뻔했다. 이건 틀림없는 일이었다. 게다가 나의 소형 작살총의 고무 탄력 역시 녀석의 딱딱하고 두터운 살갗에 상처를 낼 수 없을 정도였다. 아예 야구공만 한 녀석의 눈을 쏘지 않는 한. 이번에는 잠수하여 녀석의 웅장한 아름다움을 감상하면서 녀석을 영혼 속의 친구로 삼을 작정이었다. 참으로 천재일우의 기회였다. 이 순간 감상하지 않는다면, 아마 이후로 다시는 감상할 기회가 없을지도 모른다. 나는 녀석의 곁에 엎드려 녀석과 도타운 우의를 나누고자 하였다. 십 초, 이십 초, 삼십 초, 사십 초…… 마침내 나는 바닷속에서 일 분 반 남짓 숨을 참으면서 머리부터 꼬리까지, 등지느러미에서 복부까지 느긋하게 감상하였다. 이건 내게 참으로 멋진 순간이었다.

"내 영혼의 벗(Kowyowyod), 너를 사랑해. 네 비늘 하나 다 치게 하지 않을 거야. 다음에는 네 반쯤 크기의 같은 종인 무명갈전갱이를 내게 보내줘, 알았지?"

녀석의 영혼과의 소통이 끝나자, 녀석이 움찔거리더니 천천히 헤엄쳤다. 야아, 정말 대단한 무명갈전갱이(Gilat)야, 널 사랑한다. 나도 천천히 해면으로 떠올랐다. 그러나 녀석을 지켜보는 시선을 차마 떼지 못했다. 나는 정말로 기분이 좋아졌다. 손전등의 빛은 줄곧 녀석을 따라 먼바다 쪽까지 쭉 나아갔지만, 일망무제(一望無際)의 깊은 바다에까지는 미치지 못했다. 새카만 해저 세계는 손전등의 빛이 미치는 곳까지만 볼 수 있을 뿐이었다. 나의 친구, 은백색의 대어는 갈수록 작아지더니, 손전등의 빛이 닿지 않는 깊은 골짜기에서 마침내 모습이 사라지고 말았다. 정말 사라져 버렸다.

"친구여, 안녕!" "야호!" 나는 머리를 치켜들고 큰 소리로 외쳤다. 어둔 밤의 적막을 깨뜨린 채 나의 외침은 산골짜기와 산봉우리에 웅웅 메아리쳤다. 오늘 밤 녀석을 해치지 않았던 것은 잠수 사냥을 다닌 최근 몇 년 동안의 가장 영광된 순간이며, 한 오라기의 후회도 없었다.

"내 영혼의 친구여, 이승에서 그대를 만났으니, 난 아무 바람이 없고, 원망도, 후회도 없다네. 오직 그대가 바다에서 날 보우해주길 바랄 뿐이네. 내가 잠수할 수 없는 나이까지!" 집으로 돌아오는 밤길에 나는 쉼 없이 이렇게 기도하고 이렇게 녀석을 축복했다.

그러고 보니 야간 잠수의 원동력은 바로 녀석의 영혼이 부른 것이었다. 이제 나는 원망도, 후회도 없이 오늘의 유쾌하지 못한 일을 잊었다. 내일이 되면 집안 식구들이 타이완에 가라고 성화를 대겠지만, 아무리 힘들어도 무엇이든 할 수 있다.

오직 내가…… 어머니, 조상의 섬에 남아 있을 수만 있다면.

쏴아…… 쏴아……. 이건 작은 물결이 암초 위로 박자에 맞추어 흘러나오는 절묘한 자연의 소리이다. 마음이 유쾌한 사람에게는 자연의 소리가 가장 아름다운 법이다.

나는 미치광이처럼 도중에 중얼중얼 떠들어댔다. 캄캄한 하늘과 캄캄한 바다 사이에 '바다의 폭군'이라 자처하는 오만방자한 자가 끼어 있다.

역자후기

타이완의 인구는 말레이 폴리네시아계의 고산족(高山族), 명청 교체기인 17세기경에 이주하여 타이완 인구의 대부분을 차지하고 있는 본성인(本省人) 그리고 1949년 장제스(蔣介石)의 국민당과 함께 이주해온 외성인(外省人)으로 이루어져 있다. 고산족은 타이완의 고산지대에 거주하는 종족을 가리키는 용어로써, 한때 평지에 살면서 한족화(漢族化)가 이루어진 평포족(平埔族, 흔히 숙번[熟番]이라 일컬음)과 대칭되어 사용되기도 하였지만, 지금은 한족 외의 모든 원주민을 통칭하는 용어로 사용되고 있다. 흥미롭게도 타이완에서는 소수민족이라는 용어 대신 원주민이라는 용어를 사용하고 있다. 타이완에서는 현재 타이야족(泰雅族), 싸이샤족(賽夏族), 부눙족(布農族), 루카이족(魯凱族), 싸이더크족(賽德克族), 아메이족(阿美族) 등 모두 14개의 종족을 원주민으로 인정하고 있다.

이 책의 저자 샤만 란보안(Syman Rapongan)은 바로 이 14개 원주민 가운데의 하나인 다우족(達悟族) 작가이다. 그의 이름 '샤만 란보안'의 '샤만'은 아버지라는 뜻이다. 원래 호적부에는 호적계 직원이 멋대로 지은 한자명의 '스누라이(施努來)'로 적혀 있었으나, 1986년 9월 큰아들 '란보안'이 태어난 후 '란보안의 아버지'란 의미에서 '샤만 란보안'으로 개명하였다. 그는 1957년에 타이완의 남동쪽 해상의 아름다운 섬 란위(蘭嶼)에서 태어나 자랐으며, 1980년에 란위 섬에서 처음으로 원주민 특별전형에 의해서가 아니라 자신의 실력으로 단장(淡江)대학 불문학과에 입학하였다. 대학을 졸업한 후 갖가지 잡일을 하고 택시를 몰기도 하였던 그는 타이완의 민주화 운동이 한창이던 1980년대 말 원주민 제 이름 찾기 운동, 환경보호운동, 핵폐기물처리시설 반대운동 등의 사회운동에 적극적으로 참여하였다.

결국, 1989년에 란위로 귀향한 그는 자신의 종족을 세심하게 관찰하면서 자신의 종족을 위하여 문자기록을 남기기로 결심하였다. 이후 그는 칭화(淸華)대학 인류학연구소에 입학하여 석사 학위를 취득하였으며, 2005년에는 청궁(成功)대학 대만문학연구소 박사 반에 입학하였다. 그는 한편으로 작가의 신분으로서 문학적 글쓰기를 통해 다우족의 생명과 삶의 경험을 문자기록으로 남기고, 다른 한편으로는 인류학자이자 원주민의 신분으로서 자신의 힘으로 직접 배 짓기와 날치잡이 등의 생산활동에 참여하고 있다.

샤만 란보안은 소설과 산문 등에서 많은 작품을 출판하였다. 대표적인 작품으로는 『바다이만의 신화(八代灣的神話)』(1991), 『찬 바다 깊은 정(冷海情深)』(1997), 『까만 날개(黑色的翅膀)』(1999), 『바다의 바람(海洋的風)』(2001), 『바닷물결의 기억(海浪的記憶)』(2002), 『어부의 탄생(漁夫的誕生)』(2006), 『항해가의 얼굴(航海家的臉)』(2007), 『하늘의 눈(天空的眼睛)』(2012) 등이 있다. 이 가운데 『까만 날개』는 1999년 오탁류(吳濁流)문학상을 수상하였고, 『바다의 바람』은 2001년 대만성 문학상 가작을 수상하였으며, 『바닷물결의 기억』은 2002년 시보(時報)문학 추천상을 수상하였다.

그의 작품은 주로 바다에 대한 깊은 정감을 바탕으로 현대와 전통 사이에서 겪는 다우족의 내적 모순과 충돌을 그려내고 있다. 그는 사면이 바다로 둘러싸인 타이완의 지리적 특성에 근거하여 해양민족과 바다의 상호의존적 유대관계를 깊이 성찰하고, 특히 원주민 문화를 통한 아이덴티티 모색. 해양문화의 생명력, 다우족과 대자연 생태의 융합 등에 깊은 관심을 보여왔다. 그의 작품은 흔히 '해양소설'로 일컬어지지만, 서구의 해양소설이 주로 바다를 정복의 대상으로 간주하면서 인간 불굴의 의지를 보여주는 데 치중한다면, 그의 작품 속의 바다는 생명의 시원이자 공존의 대상으로서 그려지고 있다고 볼 수 있다.

이 책에는 모두 13편의 단편이 실려 있다. 이 가운데 「타이완에서 온 화물선」은 타이완에서 온 화물선의 입항이라는 에피소드를 통해 란위 섬과 다우족의 지위와 가치를 묻고 있으며, 「샤번 미도리의 이야기」는 다우족과 바단인의 교역을 둘러싸고 벌어진 다우족의 전설을 서사하고 있다. 이 두 편을 제외한 11편의 단편은 모두 바다와 관련된 이야기이며, 작가의 시선은 대부분 다우족 문화의 독특한 내재적 정신세계에 집중되어 있다. 작가는 바다와 자연에 대한 다우족의 태도, 생명에 대한 깨달음과 지혜, 전통문화에 대한 자긍심을 서술하는 한편, 작가 스스로 날씨와 해류, 밀물과 썰물, 노인 세대와의 대화, 물고기와의 박투를 통해 바다를 배워가고, 다우족의 일원으로서 족인들에게 받아들여져 바다의 아들로 거듭나기까지의 과정을 담담히 그려내고 있다.

지난날 야메이족(雅美族)이라 일컬어졌던 다우족은 주로 타이둥(臺東) 바다 너머의 란위 섬에 주로 거주하고 있으며, 인구는 대략 4천여 명에 달한다. 다우족의 기원과 관련된 설화에 따르면, 다우족이 살고 있는 섬은 원래 먹을 것이 풍족하고 아름다운 섬이었지만, 아무도 살지 않는 곳이었다. 이를 안타깝게 여긴 천신이 자손들을 불러 모으고서 이 섬에서 살기를 원하는 이가 있는지 묻자, 남자아이 한 명과 여자아이 한 명이 일어나 천신의 명에 따르겠다고 하였다. 천신은 바위를 반으로 쪼개 남자아이를 그 안에 넣고, 여자아이는 대나무 속에 넣어 하계로 내려보냈다. 하계로 내려온 남자아이와 여자아이는 우여곡절 끝에 다시 만나 인류를 창조하는 한편 각종 사물에 이름을 붙여주었는데, 자신의 이름을 사람이란 의미의 '다우(Tawoo)'라고 하였다. 바위에서 나온 남자(石男)와 대나무에서 나온 여자(竹女)에게 태어난 사람인 '다우'가 이후 다우족의 조상이 되었다고 한다.

다우족은 특이하게도 물고기를 크게 세 종류로 나눈다. 즉 노인만이 먹을 수 있는 노인어, 비린내가 나고 껍질이 까칠까칠하여 여자는 먹어서는 안 되는 남인어, 육질이 신선하여 모두가 먹을 수 있는 여인어 등이 그것이다. 이로 인해 다우족 남자들은 물고기를 잡을 때 집안의 남녀노소 모두가 즐길 수 있도록 여러 종의 물고기를 잡아야 하는데, 이는 단일 어종의 남획을 막아 생태환경의 균형을 유지하는 데에 도움을 준다. 다우족의 특유한 문화로는 '날치 문화'를 들 수 있는데, 매년 3월 날치가 구로시오 해류를 따라 란위 해역으로 회유할 즈음 다우족은 날치잡이에 앞서 초어제 등의 의식을 거행한 후 날치잡이를 시작한다.

날치잡이의 의식과 관련된 전설에 따르면, 홍터우(紅頭) 마을의 다우족 후손들은 갖가지 해산물을 잡아 생활하였다. 그런데 날치를 잡아먹고 나면 두드러기와 같은 피부병을 앓는지라, 날치를 잡으면 버린 채 먹지 않았다. 천신은 자신이 만든 날치를 인간이 먹지 않자 몹시 안타까워하였다. 그리하여 천신은 어느 날 어느 다우족 할아버지의 꿈에 현신하여 언제 어디로 손자와 함께 나오라고 말하였다. 할아버지가 손자와 함께 정해진 장소에 가자, 날치가 파도처럼 몰려왔다. 그 가운데 검정 지느러미의 날치가 할아버지에게 "우리는 천신이 만든 날치이며, 우리를 잡아먹어도 좋다"고 이야기한 후, 어떤 의식을 치러야 하고, 어떻게 잡아야 하며, 어떻게 요리해야 하는지를 자세히 알려주었다. 과연 날치의 말에 따르자, 날치를 풍성하게 잡을 수 있을 뿐만 아니라 먹고 나서도 피부병이 생기지 않았다고 한다.

날치는 다우족 언어로는 알리방방(Alibangbang)이라고 하는데, 다우족에게 날치는 란위 섬 연안해역의 회유성 어종으로서 어획량이 가장 많은 어종이다. 게다가 날치는 다우족이 섭취하는 단백질의 주요 공급원이며, 건어로 가공하여 부식으로도 사용된다. 다우족의 만유정령의 신앙에 따르면, 날치는 하늘에서 내려준 것으로서, 평소에는 천신과 함께 천상에서 지내다가 매년 봄이 되면 바다에서 다우족에게 먹을거리를 제공하고, 이 철이 끝난 후에는 다시 천상으로 올라간다고 믿는다. 이리하여 날치는 다우족에게 숭앙받는 지위에 오르게 되었으며, 또한 이로 인해 날치를 잡고 요리하여 먹는 방식은 신성하고도 복잡한 제의와 금기를 지니게 되었던 것이다.

이 번역서의 저본으로는 2006년에 연합문학출판사에서 발행된 『찬 바다 깊은 정(冷海情深)』(연합문총 117)을 사용하였다. 다만, 이 번역서에서는 독자들의 이해를 돕기 위해 책의 제명을 책 중의 편명을 빌려 『바다의 순례자』로 바꾸었다. 이 책의 출판을 위해 작가 샤만 란보안은 한국의 독자를 위한 서문을 보내주고 이 책의 내용과 관련된 사진들을 제공해주었다. 이 자리를 빌려 깊은 감사의 인사를 전한다. 아울러 이 책의 번역 및 출판을 위해 작가와의 연락을 도맡아주신 전북대학교 이숙연 교수께도 감사의 인사를 전한다. 또한, 이 책이 정해진 기한 내에 출판될 수 있도록 정성을 다해준 어문학사 편집부에게도 감사의 인사를 전한다. 이분들의 도움과 정성으로 책의 꼴을 갖추었음에도 번역상의 적지 않은 오류와 허점이 있을 터, 이는 오로지 역자의 불민함으로 인한 것이다. 독자 여러분의 질정을 바란다. 이 책이 타이완의 원주민 문학을 엿볼 수 있는 자그마한 창문이 되기를 소망한다.

2013년 12월
역자

바다의 순례자

초판 1쇄 발행일 2013년 12월 15일

지은이 샤만 란보안
옮긴이 이주노
펴낸이 박영희
편집 배정옥·유태선
디자인 김미령·박희경
인쇄·제본 태광인쇄
펴낸곳 도서출판 어문학사
　　　　서울특별시 도봉구 쌍문동 523-21 나너울 카운티 1층
　　　　대표전화: 02-998-0094/편집부1: 02-998-2267, 편집부2: 02-998-2269
　　　　홈페이지: www.amhbook.com
　　　　트위터: @with_amhbook
　　　　블로그: 네이버 http://blog.naver.com/amhbook
　　　　다음 http://blog.daum.net/amhbook
　　　　e-mail: am@amhbook.com
　　　　등록: 2004년 4월 6일 제7-276호

ISBN 978-89-6184-321-8　03820
정가 15,000원

이 도서의 국립중앙도서관 출판시도서목록(CIP)은 e-CIP홈페이지(http://www.nl.go.kr/ecip)와
국가자료공동목록시스템(http://www.nl.go.kr/kolisnet)에서 이용하실 수 있습니다.
(CIP제어번호: CIP2013026942)

※잘못 만들어진 책은 교환해 드립니다.